hanser**blau**

TANJA SCHWARZ

In neuem Licht

Romanminiaturen

hanserblau

Die beschriebenen Ereignisse sind fiktiv und spiegeln
nicht die Geschichten realer Personen wieder.

1. Auflage 2021

ISBN 978-3-446-27113-5
© 2021 hanserblau in der Carl Hanser Verlag
GmbH & Co. KG, München
Umschlag: ZERO Werbeagentur, München
Motiv: Colors of Fall, William Mason Brown (1828–1898),
Öl auf Leinwand. 59 x 87cm, © Christie's Images/Bridgeman Images
Foto der Autorin: © Rebecca Hoppé
Satz im Verlag
Druck und Bindung: CPI books, Leck
Printed in Germany

MIX
Papier aus verantwortungs-
vollen Quellen
FSC
www.fsc.org
FSC® C083411

In
neuem
Licht

SONNENWENDE

Scharbockskraut«, sagte meine Mutter, »wilde Malve.« –
»Odermennig.«

Strich mit dem Zeigefinger über die zähen, pelzigen Stängel, die Dolde winziger blassgelber Blüten, die sich nach oben hin in Samentöpfchen mit klettendem Schopf wandelten. Ruprechtskraut: zarte, lilafarbene Blumen am Wegrand, mit Storchenschnäbeln an den winzigen, verblühten Köpfen.

Sie blieb stehen, beugte sich mit ihrem ohnehin schon krummen Rücken zu den Blumen hinunter, als müsste sie deren Anblick unbedingt festhalten, eine letzte Schau des Schönen in sich aufsaugen. Ich griff nach ihrer Hand, zog sie durch das Junigras, das uns bis an die Knie reichte, zwischen den Obstbäumen hindurch, an denen noch unreife, bucklige Birnen und Äpfel hingen, hin zu dem Kirschbaum, riesig war der, eine Frühsommerkathedrale mit hellroten Kugeln im Laub, was konnte man bei dem Anblick anderes empfinden als Freude, ich zog sie hin, Mama mit dem weißen Haar, reckte mich zu den unteren Ästen, pflückte die prallen, wie Organe geformten Früchte und fütterte sie damit. Sie nahm sie mit krummen Fingern, lutschte das Fruchtfleisch von den Kernen, ich beobachtete ihr Gesicht, die faltigen Wangen in Bewegung, und lächelte sie an. Sie förderte einen Kern zutage, ließ ihn aus dem Mund fallen und lächelte scheu zurück.

»Und du meinst nicht, ich habe alles falsch gemacht«, fragte sie, sicher zum fünfzehnten Mal, seit ich sie von der gerontopsychiatrischen Station abgeholt und hierher mitgenommen hatte mit dem Versprechen, sie vor dem Abendessen zurückzubringen. Die Frage, die sie wie die anderen Zwangsgedanken in quälender Frequenz wiederholte, hatte etwas von ihrer Dringlichkeit verloren, bildete ich mir ein, meine Mutter wirkte beinahe unkonzentriert, während sie sie stellte.

»Nein«, sagte ich, »hast du nicht«, und reichte ihr Kirschen, etwas zu helle vielleicht, darunter eine mit einem schon verschorften Riss, sie nahm sie und aß. Ich reckte den Arm und sprang zu einem besonders üppig tragenden Ast, einmal, zweimal, bis ich einen der Zweige mit den fingrigen Blättern zu fassen bekam und herunterzog. Die Früchte waren von der Sonne gewärmt und voller Süße. Eine Kirsche erschien mir als die schönste, so prall war sie, hell und auf einer Seite rotbackig, es hätte mich nicht gewundert, hätte sie einen Herzschlag gehabt.

»Ich hoffe, du kannst rennen. Falls uns einer erwischt«, sagte ich im Versuch, einen Scherz zu machen.

Ich nahm ihre Hand und führte sie über die Wiese, oft waren wir vom Neubaugebiet aus, wohin sie nach meinem Weggang gezogen war, über die hügelauf- und -abwärts führenden Feldwege zwischen den Gärten und Obstwiesen gegangen. Wir erreichten ein asphaltiertes Stück Weg, das über den Bach führte. Ich fühlte in Abständen ein Zucken in ihrer Hand, Ruhe hatte sie keine, dennoch blieb sie stehen und lauschte dem vielstimmigen Geräusch des Wassers. Es war ein helles, akustisches Glitzern, heiter und machtvoll zugleich.

»Hier war ich noch nie«, sagte sie beinahe andächtig und schaute mich, immer noch lauschend, an.

Meine Mutter wohnte seit fünfzehn Jahren im Neugreut, in einem der viergeschossigen Blocks, die als eine Reihe erster Gebäude an den damals neu erschlossenen Straßen standen. Für das Viertel war ein Teil der alten Obstgärten und -wiesen gerodet, eingeebnet und bebaut worden. Die noch übrig gebliebenen Wiesen und eingezäunten Grundstücke zogen sich nach Westen bis hinunter ins Österbachtal, am anderen Bachufer gingen sie in eine Landschaft aus Wacholderheide über, das Tal war früher als Truppenübungsgelände genutzt worden. Der Blick war eingerahmt von den Bergen, die nach Süden hin der Stadt im Rücken standen. Als Riesenwesen mit oben abgeflachten, bläulich dunkelgrünen Rücken umstellten sie den Horizont, taten alle paar Jahre einen Atemzug und bewachten meine Träume.

Ich kam normalerweise zwei-, höchstens dreimal im Jahr hierher. Seit Sina geboren war, waren mir die siebenstündigen Bahnfahrten auf eine neue Art wichtig geworden, ich entdeckte die Landschaft in meiner DNA, wollte meiner Tochter Kindheitsbilder mitgeben, in denen die Alb, die Streuobstwiesen und Kalksteine vorkamen.

Die Gründe meines Weggangs verblassten zusehends. Damals hatte ich es Enge, Engstirnigkeit, Mangel an offenen Enden genannt. Ich war im Rückblick nicht sicher, ob ich in der Bilanz meines bisherigen Lebens mehr gewonnen hatte als verloren. Ich hatte natürlich Sina, eine nicht zu verrechnende Größe, Neuausrichtung des Mittelpunkts, auf den die Kraftpfeile meines Lebens zeigten.

Die Landschaft goss jetzt im Juni, im Licht des späten Nachmittags, das Übermaß ihrer Süße aus.

Ich sah die gebeugte alte Frau, die meine Mutter war, stehen und Kirschen essen. In einem einfachen grünen T-Shirt und hellgrauer Hose, mit leeren Händen und Taschen, hatte ich sie aus dem Krankenhaus abgeholt. Wir gingen weiter.

Es ging bergauf, sie geriet ins Schwitzen, Atem schöpfend und im Grübeln befangen blieb sie stehen, bemerkte dabei einen kleinen Vogel, der mit dem Kopf voraus den Stamm eines Nussbaums abwärtslief, ihre Lippen zuckten, als wollten sie seinen Namen sagen.

»Ein Kleiber«, half ich ihr aus, »so heißt er doch.«

Ihr Gesicht hellte sich auf, aber nur für einen Augenblick, dann versank sie wieder in ihrer grauen Unruhe.

»Ich weiß wirklich keinen Ausweg mehr.« Sie sah mich mit ihren alten Augen, ihren schon immer braunen, schon immer voll Liebe und Furcht auf mich gerichteten Augen an, ihr Blick versetzte mir einen Stich.

»Ja, Mama, ich weiß.«

Ich zog sie an der Hand weiter.

Vor ihr riss ich im Gehen von einem Haferfeld einige der matten, bläulich grünen Halme ab, mit ihren zitternden Rispen und einer noch knittrigen orangeroten Mohnblume, die ich ebenfalls pflückte, schien mir dies der schönste kleine Handstrauß, den es geben konnte, ich reichte ihn ihr.

»Oh«, machte sie, ein Laut der Freude, den ich ebenfalls kannte und der viele Jahre lang mein Missbehagen erregt hatte, drückte sie doch damit mehr Freude aus, als ich annehmen konnte, eine Bürde für mich, als hätte die Tochter eine ganz außergewöhnliche Leistung vollbracht. Dieses spezielle Zuviel hatte ich früher zurückgewiesen. Heute nahm ich es hin, begrüßte im Stillen jede ihrer Gemütsregungen, die eine andere war als Selbstanklagen und Angst. Ich ging voran.

Durch die Landschaft zu streifen, am Morgen, am Abend, zu allen Jahreszeiten, mir schien, als hätten meine Mutter und ich das immer zusammen getan.

»Eigentlich brauche ich fast gar nichts«, sagte Mama in

meinem Rücken, leicht außer Atem. »Wenn ich so eine Wiese hätte und eine Hütte·darauf, ich hätte nicht diese Depressionen.«

Sie war mir in diesem Moment, in diesem aufgelösten Zustand näher als während vieler Jahre zuvor.

»Ja«, sagte ich. »Das glaube ich auch.«

Es hatte vor zwei Wochen angefangen. Sina hielt das Telefon in der Hand, »Oma«, formte sie mit den Lippen. Es war spätnachmittags, ich war gerade zur Tür hereingekommen. Bei der Arbeit war ich länger geblieben als sonst, hatte nur noch mit Ungeduld die Ratsuchenden angehört, deren Anliegen mir alle gleich erschienen, wenn ich müde wurde. Es war schön draußen, es drängte mich, die Büroklamotten gegen meine Laufsachen zu tauschen und hinauszurennen. Ich warf meine Jacke und die Tasche von mir.

»Ich kenne das Gefühl«, sagte Sina ernsthaft in den Hörer, »man wünscht sich nur, dass es aufhört.«

Ich vergaß, was ich gerade im Begriff war zu tun, und horchte bei offener Badezimmertür, mit dem Rücken zu meiner im Flur telefonierenden Tochter, auf diesen mir aus ihrem Mund unbekannten Gesprächston.

»Die Wahrheit ist aber, es hört irgendwann auf. Ganz sicher. Daran musst du fest glauben.«

Nun wollte ich wissen, was los war. Ich bedeutete Sina, mir das Telefon zu geben. Sie wehrte mich ab, kehrte mir den Rücken zu und ging in ihr Zimmer.

»Oma. Das ist nur die Stimme deiner Angst. Und gar nicht die schlimme Sache selbst.«

Woher hatte mein Kind solche Sätze? Nicht zum ersten Mal ging mir auf, dass ich wenig Einblick in ihr Seelenleben hatte. Ich hatte gehofft, wenn ich eine andere Mutter würde als meine eigene, wäre das anders.

»Möchtest du Mama sprechen? – Tschüs, Oma«.

Ich war ihr nachgegangen und streckte die Hand aus, aber Sina legte das Telefon beiseite und nahm ein Schulbuch in die Hand. Sie sah mich gequält an, um nichts mehr bemüht, als von mir in Ruhe gelassen zu werden.

»Sie will nicht mit dir sprechen.«

»Was ist denn los?«

»Keine Ahnung.«

Als ich meine Mutter anrief, ertönte nur der Besetztton. Ich versuchte es in Abständen wieder, aber es blieb dauerhaft besetzt bis in den Abend.

So beunruhigend es für mich gewesen war, Teile dieses Telefongesprächs mitzuhören, hatte ich die Episode doch beinahe ganz im Tumult des nächsten Tages vergessen. Auch am Abend hatte ich nicht daran gedacht, mich bei meiner Mutter danach zu erkundigen. Ich rief sie normalerweise am Wochenende an.

So traf mich die Nachricht, sie sei in die Psychiatrie gebracht worden, überraschend.

Hinter einem Stromzaun standen in einem exakt abgezirkelten Geviert Schafe, zu viele auf kleiner Fläche, wie mir schien, sie mussten vor nicht langer Zeit geschoren worden sein. Mit ihren kleinen Körpern, flauschigen Köpfen und uns aufmerksam zugewandten Ohren erinnerten sie an Hunde. Von einer um den Schafspferch herum erst vor Kurzem gemähten, stark duftenden Fläche hafteten Klee und Grasschnitt an unseren Schuhen. Der Himmel spannte sich weit, faserige kleine Wolken trieben über den Horizont. Hoch oben rüttelte eine Lerche und sang.

»Mama«, sagte ich, »es ist jetzt schlimm für dich, aber es wird wieder. Ich weiß es.«

Sie sah mich an, als müsste sie mich ausforschen, der Weg in ihr Inneres war offen. Davon ermutigt und von neuer Kraft durchströmt, führte ich sie weiter weg von ihrem Zuhause, ich hätte all das ewig machen können, mit ihr Hand in Hand gehen, Blumen und Kirschen pflücken, meine Beteuerungen, die immer waghalsiger wurden, es wird gut, ich verspreche es dir, du wirst wieder ganz gesund. Versprochen, versprochen.

Nach einer Weile schien sie müde geworden, auch das zauberhafte Licht wurde von einer Wolke, die sich vor die sinkende Sonne geschoben hatte, in etwas Matteres abgedämpft. Sie blieb stehen, ich konnte sie zu einem Holzstapel unter einem Birnbaum ziehen, wo sie sich in angespannter Haltung an die Kante lehnte.

»Ich sitze ganz schön in der Scheiße«, sagte sie und sah mich an. Allein die Wortwahl war neu.

»Warum denn«, gab ich zurück, »es hat sich doch gar nichts verändert. Es ist doch alles in Ordnung.«

»In Ordnung.« Sie lachte bitter, in ihrem entzündeten Gemütszustand vermochte sie mich noch zu überraschen, noch nie hatte ich von ihr sarkastisches Lachen gehört.

»Sie haben den Computer mitgenommen, heute in aller Frühe.«

Ihr Blick ruhte nachdrücklich auf mir. »Sie haben alles herausgenommen, und ich habe nur noch ein leeres Gehäuse.«

»So ein Quatsch«, entfuhr es mir voller Empörung, »du hast im Krankenhaus doch gar keinen Computer. Und wer sind sie überhaupt?«

Ihr Blick verriet leichtes Bedauern.

»Heutzutage braucht jeder Computer. Ich habe jetzt nichts

mehr, keine Programme, nichts. Andere haben Kinder, die so etwas können.«

»Du hast aber doch auch ein Kind! Mich! Ich bin hier und höre mir diesen Quatsch an.«

»Die stellen mir die Taschen vor die Tür, du wirst sehen.«

»Wer denn?«

»Na, die vom Krankenhaus. Die brauchen das Bett. Es ist ja auch nichts bezahlt worden. Die wollen mich jetzt loswerden. Die mögen mich nicht mehr.«

Sie sah ganz normal aus, während sie all das vom Stapel ließ. Sie hockte auf den aufgeschichteten Aststücken, eine Amsel sang.

»Mama. Du kannst gerade nicht nach Hause. Du musst erst gesund werden.«

»Das alles muss ja jemand bezahlen. Das kann ich irgendwann nicht mehr überweisen. Ich bin ja gar nicht richtig versichert.«

»Hör auf!«

»Meine Wohnung ist auch bald weg.«

Sie rieb ihren in den letzten Jahren sich mehr und mehr nach außen krümmenden Zeigefinger.

»Die stellen mir heute Abend die Sachen vor die Tür.«

»Ich habe mit dem Arzt gesprochen. Keiner will dich entlassen.«

»Heute Abend! Und der Computer ist weg, alles weg. Nur noch eine leere Hülle.«

»Mama.«

»Ich hab es doch gesehen. Sie haben alles mitgenommen. Ich bin am Arsch, am Arsch.«

»Mama!«

»Die anderen haben Kinder.«

Sie sprach ohne Pause weiter, ich sprang auf, und obwohl man das mit Menschen in ihrem Zustand nicht machen sollte, schrie ich sie an: »Du musst damit aufhören, um Himmels willen!«

Sie reagierte in keiner für mich erkennbaren Weise, nahm es hin, ließ beim Gehen die hohen Rispen der Gräser durch ihre Finger gleiten. Im Vorbeigehen an den Gärten riss sie eine noch unreife Samenkapsel, einen hellgrünen Ballon, in ein zartgrünes Geflecht gehüllt, von einem Busch Gartenblumen –, war es Jungfer im Grünen? – und ich empfand Sehnsucht nach ihr, wie sie früher war.

Zurück in der Klinik, wurde sie kleiner und kleiner, schon auf dem Flur, im Fahrstuhl, sie wurde noch kleiner, als wir Hand in Hand vor der Stationstür standen. Ich klingelte, wir warteten auf die Stimme aus der Sprechanlage. Wir betraten die Station, wo es nach inkontinenten alten Menschen roch, wo im Lichthof des Aufenthaltsraums ebendiese alten, zerstörten Menschen zwischen zusammengewürfelten antiken Sofas, Tischen und Kommoden herumirrten oder ganz teilnahmslos und von Schüttellähmung befallen in Rollstühlen saßen. Ich misstraute mir selbst, als ich, kaum dass wir eingetreten waren, etwas von der unerschütterlichen Robustheit der Schwestern annahm, ihre brutale Strukturiertheit, jetzt machen wir das und dann das, ich konnte nicht mehr anders. Zwei alte Frauen und ein Mann saßen auf Stühlen und blickten ausdruckslos erst uns, dann sogleich wieder die Stationstür an. Am Tresen der Schwestern und Pfleger stand eine weißhaarige Alte und wartete ins Leere, auch vor der Tür des Dienstzimmers warteten zwei Patientinnen.

»Ich kann nicht mehr bleiben«, sagte ich, schaute viel zu schnell schon nach der Tür, durch die hindurchzugehen ich alle Freiheit hatte, sie hingegen nicht. Sie erschrak, klammerte sich an mich, ich merkte genau, wie grausam ich war. Ich besann mich, wollte uns einen friedlichen Abschied bereiten und begleitete sie in ihr Zimmer.

Dort standen zwei Krankenhausbetten, dasjenige am Fenster war ihres, außerdem ein Tisch, zwei Stühle und zwei doppeltürige Schränke. Das zweite Bett war mit einer transparenten Schutzfolie überzogen.

Ich goss ein Glas Wasser ein und reichte es ihr, sie stellte es weg, ohne zu trinken, ich drängte sie sanft, bis sie durch fast geschlossene Lippen einen winzigen Schluck nahm.

Sie hielt das Band mit dem Schrankschlüssel unschlüssig in der Hand, um ihn fürchtete sie ebenso wie um ihre Aufzeichnungen, die sie in ihrer unverändert schönen Schrift in einen abgelaufenen Wochenkalender eintrug. Sie öffnete ihren Schrank, strich über das oberste von fünf oder sechs aufgestapelten T-Shirts, alle viel ordentlicher gefaltet und gebügelt, als ich es je könnte, und hob das oberste an, betrachtete es, nahm ein zweites und legte das andere zurück, hielt mir das zweite T-Shirt, himbeerrot mit einem Aufdruck, eine abstrahierte florale Fläche, entgegen und sagte: »Nimm, das ist zu schade für mich.«

Ich spürte, wie sich in meinem Inneren etwas schmerzhaft regte. Ich wollte sie nicht betrüben, indem ich ablehnte, aber auch nicht darin bestärken, dass sie ihrer Sachen nicht wert sei.

»Zu schade?«, fragte ich. »Aber nein, das steht dir doch bestimmt gut. Das grüne von heute gefällt mir auch.«

»Ich hab ja so viele schöne Sachen, viel zu viele«, murmelte sie, gab die Idee mit dem T-Shirt auf und ging zu ihrem Bett, es war aus weißem Stahlrohr mit Rollen, zog die Schublade des Nachtschranks auf und kramte darin herum. Sie förderte mehrere Taschentuchpackungen zutage, kleine Fotoalben mit bunten, biegsamen Plastikumschlägen, die Schokolade, die ich ihr mitgebracht hatte.

»Hier«, sagte sie, »nimm.«

»Aber die isst du doch gerne.«

»Ja, aber hier kommt doch alles weg.«

»Nicht, wenn wir schneller sind.« Ich versuchte ihr ein Lächeln zu entlocken, brach von der Schokoladentafel in der geschlossenen Packung zwei Querreihen ab, öffnete Papier und Silberfolie, teilte jede Reihe noch einmal durch zwei, für jede von uns zwei Rippchen, wie wir das früher genannt hatten, wir aßen die Schokolade im Stehen.

»Schmeckt gut«, sagte sie nachdenklich, die Schokoladenränder zu beiden Seiten an ihren Mundwinkeln bemerkte sie nicht. Sie ging zum Tisch und wandte sich wieder ihren Aufzeichnungen zu, blätterte darin, es steckten mehrere bis zum Rand vollgeschriebene Zettel in dem Kalender.

»Die lesen das«, flüsterte sie mir zu und gab mir mit Blicken und Kopfbewegungen zu verstehen, dass sie das Pflegepersonal oder die Ärzte meinte oder alle zusammen.

»Das alles war sicher ein Fehler. Ich habe zu viel preisgegeben.«

»Aber nein«, sagte ich, erschrocken von ihrer Intensität.

»Ich bin in so einer beschissenen Situation.«

Sie weinte, ich fühlte mich bestürzt und hilflos, eigenartige, gepresste Schluchzer drangen aus ihrer Kehle, dann war es schon wieder vorbei, keine Träne war in dieser kurzen Zeit geflossen, als könnte sie sich nicht einmal auf ihre Traurigkeit und Angst konzentrieren, obwohl sie davon derart beherrscht wurde.

»Bald bist du wieder gesund«, sagte ich, gern wäre ich überzeugter gewesen, ich spürte in diesem Moment nur die Erschöpfung, die von mir Besitz ergriff. »Ich muss jetzt gehen.«

»Ich sehe doch, was die mit den Leuten machen«, murmelte sie, ihr Blick wanderte unruhig hin und her, »die werden von hier aus runter in den Keller gebracht.«

Ich spürte Ungeduld und Verzweiflung aufsteigen, dies war nicht mehr meine Mutter, dies war eine Zerrversion von ihr. Ich spürte meinen fluchtbereiten, starken Körper, kaum konnte ich meine Beine stillhalten, ich wollte jetzt wirklich hinaus.

Von einer Flut von Zärtlichkeit überschwemmt, rannte ich beinahe aus dem Zimmer, es war eine Flucht, aber auch Mama wurde plötzlich schnell, und weil ich einen Augenblick warten musste, bis der langhaarige Pfleger mit seinem elektronischen Sendeknopf den Türmechanismus ausgelöst hatte, war sie bei mir und schob ihren Fuß in die Tür.

»Geh nicht«, sagte sie atemlos.

Der Pfleger rief aus dem Hintergrund ihren Namen. Mein Herz klopfte.

»Lass mich gehen. Bitte.«

Der Pfleger hatte sich zwischen uns gestellt, sie war drinnen, ich draußen.

Verlassen stand sie da, seltsam schief, in ihrem grünen Oberteil und der hellen Hose, ihr weißes Haar zurückgebunden, das Gebeugte, das Hilflose, ich drückte mich noch einmal an dem Pfleger vorbei nach drinnen, es war mir egal, was er davon hielt, und nahm sie in den Arm.

Ich wusste, dass sie sich seit Jahrzehnten danach sehnte, dass es zwischen uns leicht würde und wir uns in unverstellter

Zuneigung begegnen könnten. Indem ich sie lange umarmte, tat ich also endlich, was sie sich viele Jahre lang gewünscht hatte, in der noch geöffneten Tür der ansonsten geschlossenen gerontopsychiatrischen Station.

Auf dem Weg durch die Flure, zur Pforte hinaus ins Freie war ich von einem so starken Gefühl des Lebendigseins durchdrungen, als käme ich von einem Leichenschmaus.

Es waren die Tage um den Mittsommer, ein schmerzhaft schöner Abend hatte begonnen, die Wohnstraßen am Krankenhaushügel waren von Wärme, Grün und Blütendüften erfüllt. Ich ging, atmete, als wäre die Luft aus den Gärten Nahrung, der Duft der tragenden Obstbäume und Blütenstauden, die schattigen Rasenflecken mit Schaukelgestellen und Gartentischen. Ich berührte eine Rosenblüte, die über den Zaun hing, ihre fest gefaltete Samtigkeit und Süße. Meinen begeisterten Zustand empfand ich als ausgleichenden Gegensatz zur Depression meiner Mutter. Sie konnte aus ihrer Verfinsterung nicht heraus, hätte aber gewollt, dass ich diese Atemzüge für sie mittat.

Ich erkannte einige Straßennamen, die in meiner Jugend klingende Wegmarken gewesen waren, jetzt erschienen sie als fast vergessene Erinnerungsstücke, die ich einzeln anhob und für unbedeutend befand, wie alles Große der Kindheit beim Wiederanblick geschrumpft erscheint.

Hügelaufwärts zum Neugreutviertel waren die Vorbereitungen für den Sommerabend zu spüren, eine treibende Erwartung, ein sich selbst überholender Puls hallte von den Wänden der Hochhäuser. Ein schwarzer BMW brauste vorbei, darin Frisuren, Bärte und Sonnenbrillen von vier jungen Männern, die so laut Musik hörten, dass sich die Karosserie von den Bässen aufzublähen schien.

Im Wohnheim der Fachhochschule standen die Fenster offen, auch von dort tönten Bässe.

Ich kam ins Wohngebiet, bog bei den Kleingärten ab auf den Spielplatz und setzte mich dort auf eine Schaukel. Der Spielplatz war mit Erinnerungen an Sina verbunden, mit der meine Mutter und ich bei jedem unserer Besuche hierher gegangen waren, seit Sina ein Baby war. Diese Zeit schien mir länger zurückzuliegen als meine eigene Kindheit und Jugend.

Ich schaukelte, die Luft war weich, auf und nieder bewegten sich die Bergrücken des Albtraufs. Ich spürte das kitzelnde Schwindelgefühl, das ich als Kind geliebt hatte, ich schwang kräftiger aus, blickte hinauf zu den Wolken. Sie wechselten rasch, dennoch unmerklich ihre Farbe und Gestalt, die Dramatik steigerte sich, ein feuriges Faltengewand war über dem Neugreut ausgerollt worden. Ich stieg von der Schaukel ab, ging den Weg, der zwischen den Gärten der Eigenheime und den Wohnblocks entlangführte, in Richtung der Wohnung meiner Mutter.

Auf den Balkonen der GWG-Blocks hatten sich deren Bewohner versammelt. Die gehobene Stimmung sprang von Balkon zu Balkon, ich hörte Lachen und Gespräche, roch Gegrilltes.

Zwei Hausnummern vor meinem Ziel, auf der rechten Straßenseite, ging die Haustür auf, und im Duft ihrer langen, wehenden Haare, den ich aus der Entfernung zu riechen meinte, trat ein toll aufgemachtes Mädchen heraus, in glänzenden, anliegenden Hosen, mit abendlichem Make-up und Handtasche, ein Auto wartete am Straßenrand, wo im Schimmer der Armaturenbeleuchtung eine zweite, ebenfalls gestylte junge Frau saß. Es gab einen Moment, als die eine junge Frau die Autotür öffnete, in dem das Lachen und die Begrüßungen der beiden sich mit der treibenden Musik aus dem Radio mischten, dann klappte die Autotür zu, und voller Erregung schwebte die weiß lackierte Kapsel in den Samstagabend hinaus.

Ich schlief in der Wohnung meiner Mutter. In den Räumen hingen Erinnerungen an das Zusammensein mit Sina. Ihr Wachstum war mit Bleistiftstrichen am Türrahmen dokumentiert, versehen mit den Daten unserer Besuche. Die Wände zierten Buntstiftzeichnungen, Fotos und selbst gestaltete Kalender, die Enkelin war längst stärker präsent als die Tochter. Ich empfand das als angemessen. In dieser Wohnung hatte ich nie gewohnt, wohl aber mit den meisten Möbeln. Also war das Hantieren in der Küche, das Sitzen auf dem Sofa und am Wohnzimmertisch für mich doch so, als wäre ich hier immer zu Hause gewesen.

Am nächsten Morgen bestieg ich den Zug. Ich hatte meinen Computer im Gepäck, außerdem Bücher und Arbeitsunterlagen, die hervorzuholen mir während der Hochgeschwindigkeitsfahrt wie immer schwerfiel. Dennoch gelang es mir, ein paar Stunden an meinen Fallberichten zu arbeiten.

Nicht lang vor der Ankunft in Hamburg standen auf vielen parallelen Gleisen Güterzüge, einer davon war mit einer großen Zahl neuer Autos beladen, die auf doppelstöckigen Transportwaggons standen, jedes einzelne hob sich, mit einem weißen Überzug verhüllt, vom Rostrot der Güterwaggons, Gleisanlagen und Schuppen ab als schutzwürdige Kostbarkeit.

Innerlich hatte ich das Bild meiner Mutter vor Augen, so deutlich und schimmernd wie ein holografisches Amulett, das ich bei mir trug, während ich in den Abend und die Kulisse Hamburgs hineinfuhr, vorbei an blau-roten Hafenanlagen,

Kränen und aufgetürmten Containern. Von der Brücke aus sah ich die Elbphilharmonie als glitzernde Welle im Licht, die Schiffe im Dock und am Kehrwieder, auf der Wasserfläche der Elbe Barkassen. In einer großen Gleiskurve fuhr ich am Kreuzfahrtterminal vorbei in mein Leben, ich hatte die Fülle, meine Mutter die Schreie der alten Männer, das Parkinson-Schlottern, die erhobenen Stimmen der Schwestern.

»Ich möchte dir antworten«, sagte sie zu mir am Telefon, »aber es kommt nichts heraus.«

»Ja, Mama. Ich höre dich trotzdem.«

»Ich finde die Unterlagen nicht.«

»Bleib bei der Frage. Bitte. Wie möchtest du leben.«

»Sie wollen mich hier raushaben.«

Ihre Stimme war kräftig, gegenwärtig, ihre Überzeugung absolut.

»Sie brauchen das Bett.«

Sie so sprechen zu hören, hätte mir gefallen, wäre nicht ihre Paranoia der Antrieb hinter dem Selbstbewusstsein gewesen, das ihr früher immer gefehlt hatte.

»Ich weiß nicht, wohin ich mein Gepäck bringen soll. Ich kenne mich hier nicht aus.«

»Mama, Liebe, das macht nichts. Was ich wissen will: Wenn du rauskommst aus dem Krankenhaus, in ein paar Wochen vielleicht, möchtest du dann in deine Wohnung zurück?«

»Die ist schon anderweitig vergeben worden. Da ist so lange keine Miete gezahlt worden.«

»Sie ist noch deine, Mama.«

Es rumorte in der Leitung. Dann hörte ich sie wieder in den Hörer atmen.

»Ich blick nicht durch. Ich reite alle in die Scheiße.«

»Tust du nicht!«

»Doch!«

Ihr Widerstand gefiel mir erneut, die Unterhaltung strengte mich jedoch dermaßen an, dass ich mich ebenfalls von der Krankheit befallen fühlte.

»Es ist in Ordnung. Ich liebe dich. Du hast Zeit.«

»Ich habe so viele Fehler gemacht«, sagte sie leiser, mehr zu sich, aber mit einer solchen Entschiedenheit, als wäre sie zum ersten Mal in ihrem Leben von etwas wirklich überzeugt.

Die zwei Wochen bis zu den Ferien schienen mir endlos.

Bei der Arbeit fühlte ich mich wund gerieben, geschwächt. Die ganzen Arbeitstage und U-Bahn-Fahrten hindurch spürte ich die Verbindung zu meiner Mutter überstark, es schmerzte und zog, sie hilflos in so großer Entfernung zu wissen. Das Wochenende durfte sie probeweise zu Hause verbringen.

Ich telefonierte mit ihr am Samstag, unter ihrer alten, noch fünfstelligen Nummer, nachdem vorher stundenlang das Besetztzeichen zu hören war.

»Hast du genug getrunken?« An ihrer brüchigen Stimme meinte ich zu hören, dass sie bis zur Erschöpfung mit allen Bekannten telefoniert, aber keinen Tropfen Wasser getrunken hatte. Ich war siebenhundert Kilometer von ihr entfernt.

»Es steht ein Glas vor mir auf dem Tisch.«

»Bitte, trink jetzt, für mich.«

»Ach, das kann ich jetzt nicht. Es gibt ja so viel zu regeln. Diese vielen Unterlagen.«

Während meiner Übernachtungen in ihrer Wohnung hatte ich mich davon überzeugen können, dass all ihre persönlichen Papiere wohl sortiert und beschriftet in einem leicht auffindbaren Ordner in ihrem Regal standen. An neuer Post war nichts Wichtiges gekommen. Werbebriefe hatte ich weggeworfen, um sie nicht zu irritieren.

»Es gibt nichts zu regeln. Du bist Patientin im Krankenhaus, alles geht seinen Gang, automatisch.«

»Aber ich bin längst nicht mehr versichert. Da kommen riesige Kosten auf mich zu.«

»Aber, Mama. Das haben wir alles viele Male besprochen. Die Krankenkasse bezahlt alles.«

»Da ist schon zu viel zusammengekommen.«

Ich ballte die Faust meiner freien Hand so stark zusammen, dass die Nägel in die Handballen schnitten. Ich war wütend auf sie, auf ihren verbohrten, verkapselten Zustand, und gleichzeitig auf mich selbst. Alles war organisiert für das Wochenende, die Nachbarin würde hereinschauen und ihr das Essen bringen, ihre Freundinnen wechselten sich ab, und dennoch war mir nicht wohl dabei, sie allein in ihrer Wohnung zu wissen.

»Trink einen Schluck, Mama.«

Stille.

»Oh.«

»Was.«

»Jetzt habe ich mir in die Hosen gemacht.«

»Das ist doch gar nicht schlimm«, sagte ich, um Fassung bemüht, »dann machen wir eine Pause.«

»Ich weiß nicht, was ich jetzt tun soll.«

»Deine Sachen ausziehen. Und gleich in die Waschmaschine stecken. Danach nimmst du dir aus dem Schrank etwas Frisches. Ich ruf dich später wieder an.«

Die ganze Woche über erkannte ich an mir Anzeichen ihrer Krankheit. Sina mied wie in den Monaten zuvor meine

Gesellschaft, wo es ging. Sie lebte hinter ihrer geschlossenen Zimmertür oder durchschritt den Flur mit lautem Klackern ihrer Absätze, bevor die Wohnungstür ins Schloss fiel. Ich unternahm nichts dagegen. Ich fühlte mich außerstande zu arbeiten. Wenn das Telefon auf meinem Schreibtisch klingelte, schrak ich zusammen, wenn Kunden hereinkamen, ebenso. Ich trug meine Mutter in mir, machte ihre Handbewegungen, erkannte ihre Stimmlage an mir, ihre Blicke. Ich versuchte ihren Arzt anzurufen, er ließ mir einen Telefontermin für Donnerstag geben. Am Samstag würde ich zu ihr fahren können.

»Wir haben noch eine letzte Möglichkeit«, sagte der Arzt, seine Stimme klang weich, die Dialektfärbung kam noch hinzu. Sicher war auch er müde. »Die medikamentösen Möglichkeiten haben wir ausgeschöpft. Wir sind ein Akutkrankenhaus. In diesem Zustand können wir sie nicht dauerhaft behalten.«

»Ich verstehe.«

»Bitte erschrecken Sie jetzt nicht.«

Ich stand am U-Bahnhof, hatte vom Bahnsteig kommend neben der Rolltreppe die Stufen genommen. Oben standen Busse mit laufendem Motor. Es nieselte leicht.

»Wir empfehlen eine Elektrokrampftherapie.«

Ich spürte, wie meine Knie unter mir nachgaben.

»Meinen Sie Elektroschocks?«

»Die EKT ist mittlerweile sehr gut erforscht, wir haben damit hervorragende Erfolge.«

Ich muss irgendein Geräusch gemacht haben, das er für Zustimmung hielt.

»Allerdings brauche ich dafür das Einverständnis Ihrer Mutter.«

25

Im Krankenhaus kam sie mir noch krummer entgegen, zu meinem Schrecken wirkte sie auf mich jetzt ganz ihrer Umgebung angepasst, kein Lächeln, kein Aufhellen ihres fahlen Gesichts bei meiner Ankunft. Der Patient mit der Schüttellähmung stand in einem raumgreifenden Fahrgestell zum Festhalten und Fortbewegen im Flur, sein Gesicht war zu einer grinsenden Grimasse verzerrt. Er trug ein Unterhemd und bewegte das Gestell in zufällig wirkenden Schubbewegungen vorwärts. Sein Tremor war schwächer geworden, vielleicht bestand darin der Erfolg seiner Behandlung. Ich begrüßte alle alten Frauen und Männer, die im Flur saßen, standen oder ruhelos wanderten. Ich führte meine Mutter in ihr Zimmer, dort blieb sie vor dem geöffneten Schrank stehen. Sie sah hinein, sie sah mich an, ihr Gesicht war gelblich grau, ihr Haar hing in ungewaschenen Strähnen herunter.

»Mama«, sagte ich. »Da bin ich wieder. Wie geht es dir.«

»Schlecht«, antwortete sie, mir fiel ihr trüber Blick auf, ein Schleier lag über ihren Augen, deren Lider auch etwas herunterzuhängen schienen.

»Ich muss heute den Schrank räumen, aber ich finde mich nicht zurecht.«

Ich nahm sie in den Arm. Sie schmiegte sich kurz an mich, versteifte sich dann wieder und wandte sich dem Schrank zu. Ich sah mit ihr zusammen hinein. Ihre Habseligkeiten waren darin verstaut, in den Fächern lag in Stapeln ihre Kleidung, Hosen, Oberteile, auch Unter- und Nachtwäsche, ein offener Waschbeutel, links unten Schuhe, auf der rechten Seite hingen an einer Stange auf Bügeln zwei Jacken, darunter zwei offene Taschen, in denen wie hastig zusammengerafft ihre persönlichen Dinge lagen, die kleinen Alben, Postkarten, Bücher, die ich und Bekannte von ihr mitgebracht oder geschickt hatten, als würde sie sich während dieses Krankenhausaufenthalts in herkömmlicher Weise beschäftigen, sinnvoll, wie man so sagt, stattdessen räumte sie ohne Sinn für gleich welchen Gegenstand ihre Taschen ein und aus, stopfte in der Annahme, sie müsse unter Zeitdruck packen, alles wahllos hinein. Hosen und Unterhosen, in die sie eingenässt hatte, lagen zuoberst in einer Tasche mit frisch gebügelter Kleidung. Weiter hinten im Schrank steckten bräunlich transparente, zugeknotete Tüten, in denen sich ebenfalls Schmutzwäsche befand.

Für einen Moment war ich mir unsicher, ob die Sache mit dem Packen eine ihrer Wahnideen war oder nicht.

»Warum sollst du denn den Schrank ausräumen, du bleibst doch noch hier. Du bist doch noch nicht entlassen.«

»Nein.«

Ihr Kopfschütteln war matt, aber dennoch entschieden.

»Sie sagen, sie brauchen das Bett. Es ist nichts überwiesen worden. Da kommen wahnsinnige Kosten auf mich zu. Ich bin wirklich ganz unten.«

»Komm«, sagte ich, »lass uns das hier einpacken für die Wäsche.«

Sie machte eine Geste, wie um sich durchs Haar zu fahren, brachte sie aber nicht zu Ende, die Hand stand unschlüssig in der Luft. Ihr Gesichtsausdruck war leidvoll, zermürbt.

»Ich bekomme überhaupt nichts mehr auf die Reihe.«

Sie sah mich an, ihr Blick war trübe, aber dennoch voller Angst.

»Ich weiß. Ich bin jetzt da. Hast du schon geduscht heute«, fragte ich mit Blick auf ihr strähniges Haar.

»Geduscht«, wiederholte sie. »Nein, wohl nicht. Das gehört auch gar nicht zu meinem Bereich.«

Das Ausmaß ihrer Hilflosigkeit machte mich fassungslos.

Mich schauderte vor der aufscheinenden Vorstellung, über ihr restliches Leben bestimmen zu müssen.

»Bitte, geh jetzt duschen.«

Ich reichte ihr frische Sachen von ihren Wäschestapeln, Unterwäsche, Hose, T-Shirt und ein Paar zusammengesteckte Socken. Sie nahm alles, ließ sich noch einmal von mir auffordern und ging ins Bad.

Es verging einige Zeit, in der ich mich im Zimmer umsah, die Therapiepläne las, die über den Betten an der Wand hingen. Für meine Mutter waren über die Woche verteilt Einkaufen, Backen, Musik und Gruppengespräche angesetzt. Im Bad lief Wasser. Nach einiger Zeit kam sie aus dem Badezimmer zurück. Sie war teilweise anders gekleidet als zuvor, Teile des frischen Wäschestapels lagen jedoch unberührt auf dem Toilettendeckel.

»Du musst bitte frische Unterwäsche anziehen, Mama«, sagte ich, »vor allem frische Unterwäsche.«

Ich spürte ohnmächtigen Ärger aufsteigen, versuchte ihn gleichzeitig zu unterdrücken. Auch mit Sina war mir das so gegangen, wenn sie, für den Weg zum Kindergarten in mehrere Schichten Winterkleidung, einen Schneeanzug und Stiefel gepackt, mit piepsender Stimme gestand, dass sie noch mal musste. Unter keinen Umständen würde ich meine Mutter in mittlerer oder längerer Frist zu mir nehmen können. Sie ließ im Zimmer stehend ihre Hose zu Boden fallen, die Tür zum Flur stand weit offen.

»Nicht hier, zieh dich bitte im Bad um.« Sie zog die Hose wieder hoch, ließ sie wieder fallen. »Nein, im Bad«, sagte ich, diesmal in schärferem Ton. Ich schwitzte.

Da begriff ich, dass sie überhaupt nicht geduscht hatte. Ihr Haar war noch ebenso strähnig, sie hatte nur ein anderes T-

Shirt über das alte gezogen. Sie stand da und sah mich an, grau, unsauber, zermürbt von quälenden Grübeleien. Ich begriff, dass sie eine komplexe Handlung wie Duschen nicht bewältigen konnte.

»Komm«, sagte ich, »duschen. Ich helfe dir.«

Ich verriegelte die Tür und stand in dem dampfigen, nicht ganz sauberen Gemeinschaftsbad, in dem sich ein Duschstuhl mit am Po ausgeschnittener Sitzfläche befand. Ich rollte ihn beiseite. Sie entkleidete sich, ihren Körper hatte ich als Kind gut gekannt und seither nicht mehr nackt gesehen, all die Krümmungen und Wülste und gealterten Formen, die Frau, die mich vor vierundvierzig Jahren geboren hatte, hielt den Duschkopf mit sprühendem Wasser in der Hand und erinnerte sich in diesem Moment offenbar genau an die angenehme und vertraute Handlung, sie ließ sich den Wasserstrahl über den Kopf laufen, da bemerkte ich, dass sie ihre Uhr und ihre Brille nicht abgelegt hatte.

»Mama«, sagte ich und stellte das Wasser aus. Ich wies auf Uhr und Brille.

Ihr Erschrecken offenbarte auf ihrem Gesicht wieder den Wahnsinn, der zuvor für einen Moment pausiert hatte.

»Nein«, sagte sie. »Sonst kommen die auch noch weg.«

Ich versuchte, ihr beides abzunehmen, gegen ihren Willen. Es war ein Kampf wie um Körperteile, meine nackte, nasse alte Mutter und ich, die ich in diesem Moment entschlossen war, ihre Wertgegenstände vor ihr selbst zu schützen. Sie begriff nicht, warum ich sie ihr entreißen wollte, ich drang nicht zu ihr durch, sie fürchtete nur einen weiteren Verlust. Ich fasste mich wieder.

»Mama«, sagte ich, »ich passe gut auf die Brille auf, solange du dir die Haare einseifst. Das geht doch viel besser ohne.«

Sie ließ sich, immer noch misstrauisch blickend, die Brille abnehmen, auch die Uhr, deren Verschlussmechanismus ich nicht gleich durchschaute, wie ausgeliefert muss sich ein Mensch fühlen, dessen Denken und Empfinden in dieser Weise gestört ist.

Wir hatten das Duschen hinter uns gebracht, mit langsam trocknenden, immer flauschiger und weißer aussehenden Haaren und einer kornblumenblauen Bluse sah sie gleich viel besser aus.

Ich zog sie an der Hand aus der Station hinaus zu einem Gang in den Garten, umkreiste mit ihr mehrmals das verbliebene Wildblumenbeet, unser Mantra von Blumennamen memorierend, Tagetes, Kornblume, Petunia. Mein gesamter Besuch war ein Zwangsprogramm, gestand ich mir innerlich ein, weder hatte sie duschen noch mit mir spazieren gehen wollen, ohne Pause sprach sie von ihrem Schrank, von dem sie sich offenbar nicht gern entfernte. Ihre Gedankenschleifen wechselten von Zeit zu Zeit den Gegenstand, Daten, Formulare, Computerprogramme oder Chipkarten. Ihre Hölle war eine bürokratische.

Ich fühlte mich nach kurzer Zeit im Krankenhausgarten völlig entkräftet. »Mama«, begann ich. »Die Ärzte können dir helfen. Sie möchten eine Therapie mit dir machen. Du spürst nichts. Aber du musst vorher unterschreiben.«

Sie sah mich mit ihren durch die Medikamente eingetrübten Augen an.

»Eine Elektrotherapie.«

Das Wort Krampf brachte ich nicht heraus. Ich fühlte mich allein und ohne Kraft.

Meine Mutter besah sich unschlüssig ihre Hände, dann sah sie kurz zu mir, fahrig, gequält, aber sagte nichts.

»Ich habe ja keine Unterlagen«, murmelte sie. »Es ist alles weg. Meine Daten, alles.«

Ich wollte sie jetzt zurückbringen, den Schwestern und Pflegern übergeben und mein Leben leben, es war mein Recht, ich glaubte auch, dass sie – oder der Mensch, der sie eigentlich war, beziehungsweise der, den ich bis vor Kurzem noch gekannt hatte – das so wollte.

Zurück in der Station war der Essenswagen schon da, ein silberner Rollcontainer, der mir knapp bis zur Nase reichte und in den die Speisetabletts für jeden Patienten geschoben waren, das war mir ein willkommener Anlass, um mich davonzumachen. Ich führte meine Mutter in den Speisesaal, wo schon die anderen Kranken an den Tischen saßen. Obwohl meine Mutter seit sechs Wochen Patientin der Station war und sonst immer sehr schnell Bekannte gefunden hatte, grüßte sie niemanden und wurde von niemandem gegrüßt.

Vor dem Essen sollte eine aktivierende Übungseinheit stattfinden, eine Schwester hatte verschiedenfarbige Plastikrollen verteilt, die Patienten sollten damit bestimmte Bewegungen ausführen, sie mit beiden Händen über den Kopf heben oder von einer Hand in die andere wandern lassen. Einzelne Patienten dämmerten vor sich hin und betrachteten ihre Plastikrolle ausdruckslos oder gar nicht, andere wirkten vollkommen normal, und man fragte sich, warum sie an einem Programm auf diesem Niveau teilnahmen. Eine Greisin erschien zum Essen in Windeln und wurde wieder hinausgeführt. Der Mann mit der Schüttellähmung trommelte unfreiwillig mit seinem Besteck auf den Tisch.

»Ich will den Oberarzt sprechen, sofort«, tönte eine Stimme, als ich am Stationstresen nach jemandem Ausschau hielt, der mir die Tür öffnen könnte. Eine kurzhaarige Schwester mittleren Alters saß am Rechner, reagierte auch auf meine Blicke, bat per Handzeichen um eine Minute Zeit, ohne sich im Mindesten um den weißhaarigen, sicher über achtzigjährigen Mann zu kümmern, der lautstark um Beachtung warb.

»Ich muss sofort hinaus, mein Helikopter wartet.«

Er heftete sich an mich, ich konnte ihm nicht entkommen, denn ich wartete noch immer darauf, hinausgelassen zu werden. »Ich bin Unternehmer«, sagte der Mann und sah mich eindringlich an, er hatte schöne, klare blaue Augen, »auf mich warten Geschäfte.«

Ich erwiderte seinen Blick.

»Ich habe tausendvierhundert Angestellte. Das Hauptgeschäft ist in Kanada. Ich habe keine Zeit, es liegt ein Irrtum vor.«

»Ja«, sagte ich, »tut mir leid.«

»Undenkbar so was in der freien Wirtschaft. Der Oberarzt sitzt da hinten, in aller Ruhe.«

Ich sah mich um, und es stimmte. Im Personalraum hinter dem Tresen saß der leitende Arzt und arbeitete am Rechner.

»Ich habe Kosten durch diese Sache, das glaubt mir keiner.«

»Ja«, sagte ich.

»Mein Helikopter.«

»Es tut mir wirklich leid.«

Ein Vorgeschmack auf den Tod, dachte ich, diese Gleichheit in Umnachtung und Wahnsinn.

Ich sah meine Mutter, die aus dem Speisesaal hinaus- und zu mir gelaufen kam, »Mama«, sagte ich, froh, sie noch einmal zu umarmen, »bis morgen.«

Meine Zärtlichkeit für sie überwältigte mich, die Schwester näherte sich mit ihrem Sendeknopf der Tür, um mich hinauszulassen, und da war plötzlich der Unternehmer, seinen Gehwagen wie einen Rammbock vor sich schiebend, schoss er blitzschnell auf die sich schon schließende Tür zu und versuchte, sich den Weg hinauszubahnen. Sofort waren drei Schwestern zur Stelle, die den Alten unterhakten und wieder hineinzerrten. Hinter der rangelnden Gruppe, wie von einem sich entfernenden Schiff aus kleiner werdend, stand meine Mutter, mein Herz krampfte sich zusammen, ich winkte ein letztes Mal, dann schloss sich die Tür der gerontopsychiatrischen Station.

»Sina, ich muss einen oder zwei Tage länger hierbleiben.«

»Warum?« Ich hörte sie in ihr Telefon atmen.

Zuvor hatte ich sie die ganze Woche lang kaum gesehen, sie hatte lediglich Sachen in die Wäschetonne geworfen und nach Essensgeld gefragt, trotzdem gefiel es ihr nicht, wenn meine Aufmerksamkeit nicht bei ihr war.

»Oma geht es schlecht. Sie benötigt eine Therapie, und dafür brauche ich noch einen oder zwei Tage.«

»Warum musst du dafür dableiben?«

»Sie kann gerade nicht für sich selbst entscheiden.«

»Sie will nicht, und du wirst sie entmündigen lassen. Du wirst sie zwingen. So ist es doch?«

Sina hatte, wie ich wusste, zusammen mit ihrer besten Freundin eine Serie angesehen, in der es um ein Mädchen ging, das Stimmen hörte. Seither schien Sina die Alterspsychiatrie im Klinikum Süd-West für eine üble Klapsmühle voller Naziärzte zu halten.

»Diese Therapie ist ihre letzte Chance. Sonst bleibt es so, und sie muss in ein Heim.«

»Und was ist das für eine Therapie?« Sina hielt sich durch

die Serie auch für qualifiziert, sämtliche Behandlungsmethoden zu beurteilen.

»Nennt sich EKT. Sie haben sehr hohe Erfolgsquoten. Ich habe einiges darüber gelesen.«

»Du erzählst mir jetzt nicht, dass sie Elektroschocks bekommen soll, und du sie dazu zwingst.«

»Sie spürt nichts davon. Sie machen das unter Vollnarkose.«

»*Was*?« Sinas Fassungslosigkeit übertrug sich über die volle Distanz.

»Das ist nicht dein Ernst. Wenn du *das* zulässt –«. Sie war außerstande weiterzusprechen, ich hörte ihren stockenden Atem.

Warum konnte ich meine Klappe nicht halten? Natürlich überforderten solche Informationen eine Fünfzehnjährige, zumal sie damit für die nächsten zwei Tage alleine war, allein mit YouTube und ein paar anderen, ebenso leicht zu beeindruckenden Mädchen. Fieberhaft überlegte ich, ob ich die Nummer von der Mutter der Freundin hatte, mit der sie die Psychoserie gesehen hatte. Ich war wirklich eine Idiotin.

»Die nächsten Tage wird überhaupt nichts passieren. Ich muss mich noch mit den Ärzten beraten und einige bürokratische Sachen erledigen. Alle hier sind sehr nett und wollen ihr helfen.«

»Ich ziehe aus und spreche nie wieder ein Wort mit dir, wenn du das zulässt. Das meine ich so.« Sina drückte mich weg.

Abends, von der Wohnung meiner Mutter aus, ging ich joggen, meine Beine trugen mich weiter als bei den letzten Läufen. Ich lief hügelabwärts zwischen Feldern und Wiesen, überquerte den Bach, die Schafweiden und die Heidelandschaft des ehemaligen Truppenübungsgeländes. Der Pfad führte wieder einen Hügel hinauf, die Wiesen wurden dunkler grün, zur einen Seite hin erstreckte sich ein Waldstück. Es war ganz still bis auf meinen Atem und das hohe, an- und abschwellende Summen der vorbeischießenden Autos auf der Verbindungsstraße ins nächste eingemeindete Dorf.

Plötzlich verspürte ich den heftigen Drang, zur Toilette zu gehen, kein Aufschub möglich, ich würde nicht weiterlaufen können, wenn ich keine Gelegenheit fand. Ich gab meinen Laufrhythmus auf und trat mit meinen knallfarbenen Laufschuhen ins Unterholz, keines der Gewächse unter den Buchenstämmen schien mir als Sichtschutz ausreichend, obwohl im weiten Umkreis kein Mensch zu sehen oder zu hören war. Endlich kauerte ich mich mit entblößtem Hinterteil hin und begann umsummt von den allgegenwärtigen Kleintieren zu scheißen. Es schien mir ein ganz anderer Vorgang als auf einer herkömmlichen Toilette, die Geräusche und Gerüche waren andere, mit Rascheln und Moosgeruch und feinem Dampf durch die Wärme. Mit ein paar großen Blättern, die ich vorsorglich gepflückt hatte, säuberte ich mich, bedeckte die Hinterlassenschaft, die hier ihre angestammte Umgebung gefunden zu haben schien, auch eine andere, zum rundlichen Kuchen gestauchte Form hatte, mit Laub, zog mich an und schritt unter viel Astgeknacke auf den Weg zurück.

Ich freute mich über die gelungene Verrichtung, sie trug zu dem Gefühl bei, das in diesen Tagen immer wieder in mir aufstieg, das des unbezwingbaren Drangs zu leben, und dieser Drang begründete sein eigenes Recht, das Recht, zu atmen, mir Nahrung einzuverleiben, meine eigenen Bedürfnisse zu erfüllen: atmen, rennen, schwitzen, scheißen, jubeln.

Es war nun schon Herbst. Auf dem Anrufbeantworter, auf den eigentlich nur noch sie sprach und ganz selten der Vermieter, die von Räuspern unterbrochene Stimme meiner Mutter: »Hallo, hier ist – deine, also, Mama.«

Ich hatte ihr schon vor vielen Jahren vorgeschlagen, einfach ihren Vornamen zu sagen. Dann musste sie nicht alle Beziehungsinformationen für mich und Sina in ihrer Ansage unterbringen.

»Ich wollte nur sagen, heute war ich zum letzten Mal zur EKT in der Klinik oben, und, ja, die Abende werden kühler.«

Sie schien zum Elektroschocken genauso selbstverständlich zu gehen wie andere zu einer Massage. Sie nahm es, so schien es mir, als eine Prozedur, die das Bedrohliche, das in ihr lauerte, ohne ihr Zutun aus ihrem Bewusstsein löschte.

Ich zog im Badezimmer eine Ladung warme, frisch geschleuderte Wäsche aus der Waschmaschine und füllte sie in die Plastikwanne, die ich in mein Zimmer trug. Während ich mit einer Hand die Wäschestücke ausschüttelte und über die Streben des Ständers hängte, rief ich mit dem Telefon in der anderen Hand meine Mutter zurück. Ich war ihr behilflich gewesen, ihr einmaliges, kostbares Leben zurückzugewinnen. Sie hatte das Fernsehen, Ausschneiden von Coupons, Telefonieren wieder aufgenommen, genauso wie vorher, erleichtert, wie es schien. Von ihrem Klinikaufenthalt und was sie dahin geführt hatte, wollte sie nichts mehr wissen. Mit ihr sprechend hatte ich wieder das vertraute Gefühl, das ich als Kind gehabt hatte, ihre Worte waren nur Geräusche, und ich blieb allein.

»Warst du draußen?«, fragte ich.

»Heute Mittag bin ich aus der Klinik wiedergekommen. Der Bus war ziemlich voll. In die neuen Häuser sind überall junge Leute eingezogen. Mit Kindern.«

»Was ist das im Hintergrund?«, fragte ich. Ich wusste genau, dass sie schon wieder am helllichten Tag vor dem Fernseher saß.

»Ach, das ist eine sehr interessante Sendung über einen Fachmann für Kirchturmuhren. Allein der kleine Zeiger von einer solchen Uhr –«

»Mama –«

»Was?«

Ein Wäschestück fiel mir in die Hände, das ich nicht kannte und zunächst für ein verirrtes Geschenk-Anhängsel oder Spielzeug hielt; es war ein hauchdünner, transparenter Slip aus Spitze, wenig später tauchte ein dazu passender BH mit sehr wenig Stoff, dafür umso dickeren Push-up-Polstern auf, die feinen Träger um andere Wäschestücke geschlungen. Ich drapierte Slip und BH behutsam auf dem Gestänge. Sina. Ich kannte mein eigenes Kind nicht mehr.

»Bist du noch dran?«

»Ich muss los, Mama. Versprich mir, dass du rausgehst.«

»Es soll zum Wochenende kälter werden. Inge hat ja Geburtstag.«

Ich hatte es nun eilig, das Gespräch zu beenden.

Schon während ich im Zimmer meine Laufschuhe band, fiel mein Blick durch das Fenster auf einen Ausschnitt von blauem Himmel. Ich kam aus der Haustür und nahm loslaufend wieder das Himmelsstück in den Blick, es schien unberührt vom Getöse der Fahrzeuge, von den Rufen der Gerüstbauer an der Fassade gegenüber, verborgen hinter einer grünen Hülle aus Gaze, das Himmelsblau gehorchte einem ruhigen, gleichgültigen Zeitlauf und schien mich zu meinen, während ich die Straße hinunter lief, nach rechts und an der Kreuzung über die sechsspurige Straße auf den Park zu, immer weiter rissen die Wolken auf, ein größeres Stück Himmel schaute auf mich herunter, laufend, atmend und immer mehr Geruch ausströmend bot ich mich dar.

UNABOMBER

Seit sieben Wochen und vier Tagen bin ich nicht mehr in meiner Wohnung gewesen. Ich nenne die zweieinhalb Zimmer im Rotklinkerbau nur noch das Steinhaus. Dort wird sich auf den Dielen unter dem Briefschlitz die Post stapeln, hat sich, wie ich annehme, ein abgestandener Geruch ausgebreitet und eine Staubschicht über alles gelegt, was ich besitze und doch nicht brauche. Ich verspüre keinerlei Sehnsucht nach diesem Ort.

Die Sommerferien sind vorüber, und es steht eine Entscheidung an. Werde ich zurückgehen, zurück ins Steinhaus, zurück in die KompA, eine Krankschreibung nachreichen, weitermachen wie zuvor. Oder nicht. Die Nächte werden schon kühler.

Ich sitze vor der Hütte, meine Hündin neben mir, in dem Anglerstuhl, den ich einmal als Prämie für ein Abonnement bekommen habe. Es gab eine Zeit, da machte ich mir Gedanken über die Lektüre auf dem Küchentisch, die ich für einen Jungen in Ians Alter für wünschenswert erachtete. Er griff nach den Heften und las. Nach einiger Zeit änderte ich meine Ansichten und kündigte das Abonnement wieder.

Auf dem schwankenden Ast der Weide sitzt ein kleiner Vogel von einer mir unbekannten Art. Der Pole quält seinen Kompressor, in den Arbeitspausen dringt vom Nachbargrundstück das Geschnatter der Laufenten herüber. Die Erde riecht nach dem sonnigen Tag, der die Grassoden ausgetrocknet hat, und gleichzeitig dem ersten Anflug von Tau. Ich sitze und schaue, auf die dicken roten Adern der Mangoldblätter, die Kürbisse, die an ihren grünen Anschlüssen saugen, jeden Tag praller. Das Brombeergestrüpp zum Schaugraben hin ist kaum noch zu bändigen, es trägt die süßesten Früchte. Den ganzen Sommer bin ich auf meinem Acker herumgelaufen, jeden Tag hacke, grabe, ernte ich, gehe mit meiner Hündin spazieren oder stehe einfach nur da und schaue. Und warte darauf, dass er zurückkommt, Ibo.

Die Hütte habe ich mit ihm zusammen gebaut. Das heißt, ich habe gezeichnet, den Holzbedarf berechnet, mit dem Plan in der Hand im Baumarkt gestanden. Fundamentplatten verlegt, gehämmert, gesägt und das Dach gedeckt hat Ibo. Ich wohne unerlaubterweise in der Hütte, laut Vertrag darf man auf dem Acker nicht übernachten. Wenn ich in meiner Hütte bin, glaube ich manchmal, meinen Geliebten hinter der Tür stehen zu sehen, als käme er gleich herein.

Mein Sohn Ian mochte die Hütte zuerst in ihrer abweisenden Schlichtheit. Eine Behausung für eine, die es ernst meint. Sie ist weder niedlich noch gemütlich, und auch zur distinguierenden Geste steht sie quer, bedient keinen Bauhausgeschmack oder dergleichen. Ich habe die Pläne nach Bildern aus dem Internet gezeichnet.

Ted Kaczynski, der Unabomber, hat die Hütte nach mathematischen Gesichtspunkten entworfen, sie folgt bestimmten Proportionen, ich glaube das zu sehen oder zu spüren. Genauso wie die Vollkommenheit einer Bachfuge, die ich am Notenbild nicht erklären kann, aber diese Schönheit hören, das kann ich. Kaczynski lebte fast zwanzig Jahre lang unbehelligt in seiner Hütte, abgeschieden im Wald, und baute akribisch seine Bomben, bevor man ihm auf die Spur kam. Er wollte die Welt vor unserer Zivilisation erretten. Sein Manifest *Die industrielle Gesellschaft und ihre Zukunft* habe ich mit einigem Respekt gelesen.

»Der Unabomber«, schnaubte Ian, als ich ihn über den Kaczynski-Hintergrund ins Bild gesetzt hatte. Da stand die Hütte schon längst. »Ich glaub's nicht, du guckst ein paar Folgen Netflix, und schon tönst du herum, dass du die Hütte nachbauen willst. Das ist ein Terrorist, ein geisteskranker Mörder. Du bist über fünfzig, Mama.«

Mein Sohn steht neuerdings fest auf dem Boden des Rechtsstaats. Er studiert Jura im zweiten Semester und hat sich einen Vollbart wachsen lassen, der ihm einen gravitätischen Ausdruck verleiht. Er findet alles unmöglich, was ich sage oder tue. Auch meine Beziehung zu Ibo.

Zwischen Ibo und mir spielt das Alter überhaupt keine Rolle. Ich weiß, das klingt unglaubwürdig aus dem Mund einer Frau, die mehr als doppelt so alt ist wie ihr Liebhaber. Und doch ist es die Wahrheit.

Ibo hat Dinge erlebt, die Ians Vorstellungskraft übersteigen. Meine ebenso. Es ist nicht Ians Schuld, dass er nie sein Leben aufs Spiel setzen musste. Ihn zu einem Helden zu erziehen, hatte es keinen Grund gegeben.

»Was kannst du alles schießen?«

Wir hatten in der Hütte miteinander geschlafen und lagen nackt unter den Laken, durch die Fensterluke fiel das Licht auf Ibos Haar, seinen glatten Oberkörper, seine schwarzen Augen.

»Alles«, antwortete er und drehte eine meiner Haarsträhnen auf. »Maschinenpistole, Revolver, Jagdgewehr, RPG, egal.«

Er bemerkte mein ratloses Gesicht und zeigte mir mit Gesten, was eine RPG ist. Eine Panzerfaust.

»Es war Krieg, wir nahmen, was wir kriegen konnten.«

Er machte noch mal die RPG nach, wir lachten, und es wurde eine zweite Runde Sex daraus. Ibo ist das Beste in meinem Leben.

Natürlich ist mir klar, dass er Menschen getötet hat. Denke ich daran, wenn ich mit ihm zusammen bin? Wenn er seine Hände auf mich legt? Immer. Und gleichzeitig spielt es keine Rolle.

Möglicherweise reifen wir als Menschen gar nicht erst aus, solange uns rund ums Jahr alle erdenklichen Früchte und Produkte zur Verfügung stehen, solange kaum eine Blödheit Konsequenzen hat. Wir bleiben pummelige, winselnde Welpen.

Ibo kann nicht schlafen. Nicht nur schlecht, sondern buchstäblich gar nicht. Er flieht den Schlaf, fürchtet ihn, bekämpft ihn regelrecht und unterliegt schließlich. Dann halte ich ihn, wenn er aufschreckt, stöhnt, mit den Zähnen knirscht. Manchmal ist es zu schlimm, dann wecke ich ihn auf. Dann wieder versucht er, ein toxikologisches Gleichgewicht zu halten, ein Mittel zum Schlafen, eines zum Wachwerden, weitere gegen Ängste, Aggressionen, Abgründe. Er glaubt sich irreparabel beschädigt, ich bewache die Hoffnung.

Seine Fäden reißen gar zu leicht ab. Sein Mut hat gereicht, um am Fuß des Sindschargebirges auf dem aufgeheizten Dach eines Pick-up liegend, worauf jemand notdürftig eine Stahlplatte geschweißt hatte, tollkühn mit einer Maschinenpistole auf eine bestens ausgerüstete Truppe zu schießen, auch auf Panzer. Dieser Mut verlässt ihn bei einer Seite mit Aufgaben in seinem Deutschbuch.

Seine Nerven haben die Spannung ertragen, sich in der vom IS besetzten kurdischen Stadt Kobane im Dunkeln in Häuser zu schleichen, den verhassten Besatzern von Da'esch nachts aufzulauern, in nassen Klamotten und mit Schlamm eingeschmiert, weil die Wärmebildkameras einen dann nicht bemerkten.

Ibo führte als Achtzehnjähriger eine Einheit anderer Jugendlicher an und lehrte sie, wie man sich verbirgt und aus dem Nichts mit dem Messer angreift. Die feisten Arschlöcher absticht, die sich in den geraubten kurdischen Häusern fläzen, ihnen Waffen und Telefone abnimmt. Alles durch dieselben Gänge und Gassen wegschleppt, durch die man unbemerkt gekommen ist. Auf diese Weise Straße um Straße eine ganze Stadt dem an Personen und Ausrüstung vielfach überlegenen Feind entwindet, etwas, das die Amerikaner nicht fertigbrachten.

Heute ertragen es seine Nerven nicht, wenn er auf etwas, das ein anderer vermeintlich vor ihm bekommen hat, warten soll.

Er fand eine Lehrstelle, wollte Bauelektriker lernen. Der Meister hielt große Stücke auf ihn. In der Berufsschule wurde er an die Tafel gerufen. Er, der sonst den Mund kaum halten kann, bekam am Whiteboard das Wort elektrisch nicht zusammen. Es wurde gelacht. Da sirrte es in seinem Kopf, und was er schrie und tat, daran kann er sich nicht mehr erinnern. Daraufhin flog er von der Berufsschule. Die Traumatherapie wurde ihm nicht bewilligt.

Abends unter der Gartendusche hinter der Hütte, unter den Weiden, im Geschwirr der Hummeln und Schwebfliegen, nackt, atemlos den kühlen Schauer empfangen, dann mit der Erinnerung an Erde und Wärme auf der Haut ins Bett kriechen, dem Zirpen und Tschilpen lauschen. Das Weiß im Auge der Hündin sehen, die neben mir liegt. Warten auf den Geliebten. Meinen schönen Krieger.

Manchmal sind wir an einem heißen Tag schwimmen gewesen, im See oder in der Elbe. Ibo sitzt gern am Wasser, die Hündin neben sich, die mir sofort untreu wird, wenn er in der Nähe ist. Von einem Freund hat er eine Angel bekommen. Er fängt nichts. Dass er eigentlich einen Angelschein bräuchte, habe ich ihm bisher verschwiegen. Er scheint am glücklichsten in diesen Momenten: Hund, Angel, gemächlich bewegtes Wasser, und ich möchte nicht daran rühren.

Manchmal ist er böse mit mir. Etwa wenn ich ihm sage, was ich von einer weiteren Kreditkartenbestellung halte. Er braucht Geld, weil er den Führerschein machen will. Ich sage ihm, dass er erst seinen Deutschkurs fertig machen soll, den ich ja schließlich bezahle. Danach, das habe ich durchblicken lassen, könnten wir über den Führerschein reden. Er will nichts von solchen Ratschlägen hören.

Die Szenen, die er mir macht, ähneln denen meines Sohnes, doch ist er noch unbeherrschter als Ian. Im Steinhaus ist manches zu Bruch gegangen. Und er straft mich mit Sexentzug, mit Fremdgehen, zu diesem Mittel kann mein Sohn natürlich nicht greifen.

Ich warte schon seit Freitag auf Ibo. Ich müsste mich dringend rühren, aus dem Anglerstuhl, aus meiner Unwilligkeit, mich meinen dringendsten Verpflichtungen zu stellen. Zu meiner Wohnung fahren, mich zurückmelden bei der KompA.

Verlassen, alternd, ausgehöhlt fühle ich mich, ich hänge dem Aberglauben an, dass ich ihn für immer verpasse, wenn ich mich von hier wegbewege. Wenn ich mein Warten aufgebe, wird er auftauchen, mich nicht vorfinden und für immer aus meinem Leben verschwinden. Dieser Gedanke ist schlimmer für mich, als den Job in einer Einrichtung namens »Kompetenz Akademie« zu verlieren.

Ich unterrichte dort Deutsch und EDV für kaufmännische Berufe. Also für Menschen, die in diese Richtung umschulen. Was an sich nichts Schlechtes ist, aber diesen Leuten täglich zu begegnen macht mich fertig.

Ich warte so sehr, dass sich sein Name unter meinen Blicken in alles einbrennt. IBO müsste auf den Kürbissen stehen, auf den Tomaten und in riesigen, aus der Luft sichtbaren Lettern im Gras. Die Hündin schaut, als ob sie sich Sorgen um mich machte. Oder sie vermisst ihn ebenso sehr.

Ich habe zahllose Nachrichten auf seiner Mailbox hinterlassen. Geweint, gebettelt, damit gedroht, mein Geld zurückzufordern. Ich habe ganz normal gesagt, ruf mich zurück, ich würde mich freuen. Bisher ist er spätestens nach drei Tagen aufgetaucht, egal, wie heftig wir zuvor gestritten hatten. Jetzt sind es schon acht.

Die Hündin hebt den Kopf und blafft. Sie spannt sich an und schaut an den wogenden Weiden entlang Richtung Straße. Mein Herz dehnt sich einen Schlag lang fast schmerzhaft aus. All die langatmigen und verworrenen Litaneien wirbeln davon: Ich brauche nichts mehr, mein Geliebter kommt.

Die Gestalt auf dem Fahrrad nähert sich, ist schon auf der Höhe des mit Schrott gefüllten Treibhauses.

Und dann ist es nicht Ibo. Ich sollte mich trotzdem freuen, denn da kommt mein Kind. Ian ist größer und hat breitere Schultern als mein Geliebter. Sein etwas schlabberiger Pullover mit breiten Streifen gefällt mir, auch sein altmodisches Herrenfahrrad. Wenn er draußen und in Bewegung ist, sieht man, wie jung er ist, voll erblüht. Ich stehe am Weg und lächle. Die Hündin ebenfalls.

Ian lächelt nicht. Er wischt sich mit einem Taschentuch den Schweiß ab.

»Wann warst du zuletzt in der Wohnung?«, beginnt er, ohne mich zu begrüßen oder anzusehen. Er steht mit der Fahrradstange zwischen den Beinen, vibriert vor Wut. Ich bin gekränkt.

»Hallo erst mal. Wieso fragst du?«

»Hast du die geringste Ahnung, was sich da abspielt?«

Ich weiß nicht, was ich antworten soll. Jetzt steigt er doch ab, schaut mich an, seine grüngrauen Augen flackern.

»Also weißt du es nicht.«

Der Ständer seines Fahrrads sinkt in die Erde, er legt es auf die Seite ins Gras. Ich deute auf den Tisch vor der Hütte. Wir gehen über die Trittplatten, die Ibo verlegt hat.

»Willst du was trinken?«, frage ich.

»Da wohnen mehrere Kumpels von deinem Kurden. Gestern gab es einen Polizeieinsatz. Die Feuerwehr war auch da. Einen haben sie mitgenommen.«

Ich habe Schwierigkeiten zu folgen. Die Bilder bauen sich ganz langsam auf.

»Jeder einzelne Nachbar in deinem Haus wurde befragt. Du wirst hier sicher auch noch Besuch kriegen.«

»Und warum?«

»Das solltest du doch wissen, wenn du denen deine Wohnung überlässt, Mama!«

Wie kann ich ihm sagen, dass ich nunmehr seit sieben Wochen im Hier und Jetzt lebe, von einem Sommertag zum nächsten, dass ich meine Haut für mich denken lasse, mich leiten lasse von der Empfindung von Sonne, Erde und Ibos Körper?

»Ich weiß davon nichts. Ich war der Meinung, die Wohnung stände leer.«

Ian sagt nichts, schaut zum Himmel, in die Korkenzieherweiden, die vom Nachbargrundstück herübernicken, auf seine Hände. Mein Herz regt sich, ein hohles Gefühl, als ich sehe, wie er unter mir leidet.

»Dein – Privatleben geht mich nichts an«, beginnt er. Vor dem Wort Privatleben lässt er einen Raum für Kommentare, ich höre genau seine Abscheu heraus gegenüber meiner Beziehung zu einem jungen Mann seines Alters. Ich kann wohl nichts anderes erwarten.

»Aber dass du dir jedes Urteilsvermögen aus dem Hirn ficken lässt –«

»Stopp!«

Mein Arm ist schon ausgefahren, ich weise auf den Feldweg, die Zufahrt zu den Gärten. Meine Wut sengt seinen Bart an, die Kabel an seinem Dynamo.

Leise vor mühsamer Beherrschung sage ich: »Du weißt nichts.«

Die Hündin stupst mich am Bein, leckt meine Hand, sie möchte wissen, ob ich ihr noch gut bin, und ob sie sich entscheiden muss zwischen mir und Ian. Ich streichle ihr beruhigend über den Kopf, sie setzt sich zitternd auf ihren eingezogenen Schwanz.

»Gut. Also«, setzt Ian an zu einer Umständlichkeit, eine Entschuldigung wird wohl nicht kommen.

Mir scheint, wir dringen vor zum eigentlichen Zweck seiner Anreise.

»Es ist vielleicht nicht der ideale Moment zu fragen, ob du dir das mit dem Auto überlegt hast.«

Ein wespenähnliches Insekt, das aber anders fliegt, surrt um ihn herum und bleibt während des Fluges immer wieder in der Luft stehen, wie um Messungen an ihm vorzunehmen. Er scheint es nicht zu bemerken.

Er sagt: »Ich könnte einfach das höchste Gebot abgeben.«

Eine der wenigen Aktionen, die ich vom Acker aus hinbekommen habe, war, meinen VW-Bus bei Ebay einzustellen. Das Gebot läuft in drei Tagen ab. Ich brauche das Geld, aber definitiv kein so großes Auto. Ian ist deswegen böse auf mich. Er kann es einfach nicht fassen, dass ich ihn nicht um Erlaubnis gefragt habe. Der kindliche Zugriff auf alles, was mir gehört, ist ihm selbstverständlich.

»Du kannst es gern ersteigern. Wenn du das Geld hast. Aber das meinst du nicht, oder?«

Ich stelle mir vor, dass er eine neue Freundin hat, der er einen Trip mit dem VW-Bus versprochen hat. Oder dass er surfen gehen will. Aber erstens habe ich nie eine Freundin zu Gesicht bekommen, mir zweitens jahrelang abfällige Tiraden über meinen Lebensstil angehört.

»Gut.« Ian hebt die Hände. »Ich habe verstanden. Deine Prioritäten sind jetzt andere.«

Es langweilt mich mit einem Mal, das Pathos dieses Jungen, dieses Grünschnabels mit den rosigen Wangen und dem lückenlos geführten Bonusheft, den ich selbst großgezogen habe, so gut ich konnte. Mag sein, dass in meiner Wohnung ein Schlamassel droht, möglich, dass Ibo mein Vertrauen ausnutzt. Das berechtigt Ian noch lange nicht, über meine Angelegenheiten zu urteilen.

Er steht auf, indem er sich zuerst von den Armlehnen hochdrückt und mit den Füßen geschmeidig auf die Erde aufspringt, als bewegte sie sich unter ihm wie ein gleitendes Board.

»Also, vielleicht stoppst du diese Auktion. Würde für mich einen Unterschied machen. Weißt du, es gibt Leute in meinem Semester …«

Ich bemühe mich, keinerlei Reaktion zu zeigen.

»Egal. Und vielleicht schaust du mal in deiner Wohnung vorbei, gehst mal an dein Telefon, das würde sich bestimmt gut machen.«

Auf dem Tisch liegen einige Radieschen, sie sind noch kaum kugelig und auch mehr weiß als rot, nur leicht verdickte Stängel mit welkem Grün und unten Schwänzchen, Ian nimmt sich ein paar und isst sie mitsamt der daran klebenden Erde.

Kauend stellt er sein Fahrrad auf, schwingt sich darauf und fährt davon, immer noch kauend, die Radieschenschwänze beißt er ab und lässt sie einen nach dem anderen fallen, wie um eine Spur zu legen.

Ich wünschte, ich könnte mich an den Reiher hängen, der über die Wiesen und Gärten fliegt. Ich wünschte, Ibo wäre hier, ich wünschte, es wäre noch früher in diesem Sommer.

In der Hütte suche ich nach meinem Smartphone, das ich seit der Ebay-Aktion nicht benutzt habe und erst einmal laden muss. Während der Wochen in der Unabomberhütte hatte ich nur mein altes Tastenhandy in Betrieb, weil dessen Akku ewig hält, mit den Nummern von Ian, Ibo und Susanne.

Ich finde das Smartphone, aber nicht die Powerbank. Ich durchwühle die Hütte. Ich werde hinfahren, in die Stadt, vielleicht heute noch, kaum kann ich mich auf einen zielgerichteten Handgriff konzentrieren. Ich packe Dinge ein und aus. Lasse etwas ins Beet fallen, mein Portemonnaie, die ganzen Karten rutschen fächerförmig heraus, ich sammle sie wieder auf, beim nächsten Bezahlvorgang wird Erde herunterrieseln. Ich setze mich wieder auf den Anglerstuhl. Ich schwitze.

Ich tippe eine Nachricht an Ibo: *Ich komme jetzt in die Stadt. Ian sagt, es gibt ein Problem mit deinen Freunden in der Wohnung.* Ich lösche *mit deinen Freunden,* ändere, ergänze, versende die

Nachricht dann doch nicht. Ich weiß nicht, wie lange ich einfach so dasitze und den sanft schwankenden Weidenzweigen zusehe. Ich nehme mein Handy aus der Tasche, wähle aus der Kontaktliste *Susanne* und dann *Anruf.*

»Ulla! Geht es dir gut?«

Obwohl ja ich angerufen habe, verwirrt mich die Gegenwart ihrer Stimme.

»Ich hab mich lange nicht gemeldet«, sage ich.

»Demnächst hätte ich mir Sorgen gemacht.«

Mir fällt ein, was ich ihr alles in Aussicht gestellt hatte: sie auf den Acker einzuladen. Ihr Ibo vorzustellen.

»Ich hab dich nicht vergessen. Nur die Zeit.«

»Ja«, sagt sie. »Ich weiß.«

»Ich fahre jetzt in die Stadt. Würde mich freuen.«

Wie lange habe ich nicht mit meinesgleichen gesprochen, nur mit der Hündin und den Kindern. So fühlt es sich an.

Die Fahrradfahrt am Deich entlang, die ich für gewöhnlich genieße, rechts die Herde schwarzer Schafe, dort das eingebrochene Reetdach, die verlassenen Gewächshäuser, in denen der Wildwuchs das Dach sprengt, der noch nicht zur vollen schiffbaren Breite aufgegangene Fluss, diese Fahrt setzt mir heute zu, ich komme überhaupt nicht voran, Rennradfahrer in grellen Neonhäuten schießen an mir vorüber. In einem übermäßig gepflegten Garten springt ein Kind auf einem netzumzäunten Trampolin und sieht mich dabei an.

Beim Öffnen der Haustür fällt mich Steinluft und Steinkälte an. Der Hall des Briefkastenschlüssels und des blechernen Schepperns der Klappe veranlasst die Frau des Hausmeisters, ihre Wohnungstür im Erdgeschoss aufzureißen. Sie schaut mich an, öffnet den Mund, schließt die Tür wieder.

Die Wohnung ist verlassen. Aber nicht meine Abwesenheit

liegt in der Luft, sie ist überlagert von scharfem Jungmänner-
geruch, ein herbes Duschgel oder Deo mischt sich hinein,
auch Rauchgeruch. Die Schlafcouch ist ausgeklappt, jemand
hat, was ich nicht ausstehen kann, ohne Laken darauf geschlafen. Ein paar Kleidungsstücke fliegen herum, T-Shirts und
Socken.

Ich spüre meine Halsschlagader vor aufsteigender Wut
pochen. In der Küche: Töpfe mit Soßenresten und Reis stehen
herum, schmutzige Tassen. An der Decke ist ein angekokelter
Fleck. Wie haben sie das geschafft? Wollen sie meine Wohnung abfackeln?

Im Flur schreibe ich im Stehen auf einen Zettel: *Verschwindet aus meiner Wohnung*. Dann kommen mir Zweifel, ob sie *verschwinden* vielleicht nicht verstehen. Also drehe ich den Zettel
um und schreibe in Großbuchstaben: *RAUS*! Gerade kämpfe
ich noch mit der versiegenden Kugelschreibermine, da höre
ich Schlüsselklappern, jemand spricht vor der Tür und stößt
die Fußmatte gegen das Holz. Eine der Stimmen ist Ibos. Bevor ich denken kann, bin ich durch die offene Schlafzimmertür gehuscht und habe mich auf die Dielen geworfen. Auf
dem Bauch rutsche ich unter das Bett. Dort liege ich, spüre
meinen Herzschlag, ich sehe auf den Dielen die von mir sauber gewischte Spur.

Ibo und ein anderer junger Mann diskutieren auf Kur-
disch. Staub dringt mir in die Nase. Ich niese. Sie sind in der
Küche und bemerken es nicht. Ich krieche noch tiefer unter
das Bettgestell. Außer Staub in einer bodennebelartigen
Schicht liegen dort Sachen von Ian, der Karton, in dem seine
PlayStation verpackt war, ein eingedrückter Fußball, ein Ski-
anzug. Ich bette mein Gesicht auf die Skijacke. Ich kann, die
Wange in das weiche Innenfutter gepresst, einen Ausschnitt

des Fußbodens im Flur und den Eingang zum Schlafzimmer sehen.

Nackte Füße nähern sich, es sind Ibos: lange Zehen, hoher Spann. Sie erinnern mich an die Füße Jesu auf einem Altarbild. Ich halte meinen Atem zurück, mein Herz schlägt wild. Gleich wird er mich entdecken, einem Krieger muss das doch auffallen.

Ich zucke beim Klang seiner Stimme, laut ruft er etwas in die Küche, wo jetzt kurdische Musik aus einem Handy herüberscheppert, Trommel, Tambour und das Gequäke von Schalmeien. Er hat mir ein paar Sätze Kurdisch beigebracht, *ich liebe dich*, und *der nackte Hintern sehnt sich nach einer Gitarre*. Von dem, was sie sagen, verstehe ich nichts.

Ibo bemerkt mich nicht. Eine Gürtelschnalle rasselt, seine Jeans fällt mir direkt vor die Nase. Er lässt sich aufs Bett fallen, die Latten biegen sich über mir. Ich atme Flusen ein und glaube zu ersticken.

Eine Weile höre ich nichts. Es ist verrückt, den Menschen, nach dem ich mich so gesehnt habe, eine Handspanne über meinem Gesicht zu wissen, in Unterhosen, das Geknarze des Bettes als Resonanz seiner Bewegungen zu hören, die gleiche Luft zu atmen wie er, auch wenn mein Anteil voller Staub ist. Alle Wut ist verflogen. Meine Poren öffnen sich, meine Schamlippen falten sich auf, um alle Moleküle von ihm einzufangen. Dann beginnt er unvermittelt zu sprechen, zu schreien beinahe, eine andere Stimme antwortet im Plastiksound seines Telefons. Ibo lacht, schlägt mit der Hand auf die Matratze, spricht noch lauter und schneller, wirft sich herum, plötzlich hängt seine Hand über den Rand des Bettes.

Bevor ich mir klarmachen kann, dass es diese Hand ist, die ich so dringend auf meinem Körper spüren wollte, auf meinen

Brüsten und zwischen meinen Beinen, steht ein anderer junger Mann in der Schlafzimmertür. An den Füßen trägt er meine neuen Laufschuhe. Er wird sie ausleiern, ich sehe, dass der Damenschuhschnitt zu schmal für seine Füße ist. Ich sehe ihn nur bis zum Hosenbund, er ist stämmiger, kleiner, er hält Ibo wortlos einen Zettel hin, meine mehrfach mit dem versagenden Kugelschreiber nachgekritzelten Buchstaben: R-A-U-S.

Ibo hat seinen Videochat unterbrochen. Erst nach einigen Sätzen wird mir klar, dass in ihrem erregten Gespräch mehrmals mein Name fällt: Ulla.

Und dann bin ich wirklich froh, dass ich mein Smartphone nicht aufladen konnte. Es hätte jetzt, in meiner Tasche unter dem Bett, geklingelt.

Ulischka, Ibo hier, bitte kannst du mich mal zurückrufen. Es sind paar Sachen passiert, ich muss dir erklären. Ich hoffe, du bist nicht böse auf mich. Für mein Freund gibt keine andere Möglichkeit. Kann ich dir erklären. Meine Schöne. Ciao.

Ich sehe mich, wie ich den Anruf abhöre, auf dem Acker im Anglerstuhl, und ich sehe, wie mein verhärtetes Herz sich vor Erleichterung weitet, aufatmet, und mit neuem Mut das Blut im Kreis pumpt.

So aber höre ich ihn nach dem *Ciao* noch etwas murmeln, das abfällig klingt, sinngemäß etwas wie Leckmich, dann körperlichen Druck ablassen, indem er Rotz hochzieht und ausspuckt, und ich spüre die Wahrheit als kalten Stich: Er liebt mich nicht, er benutzt mich, und er sagt all die Worte, die mich in einer nie für möglich gehaltenen Liebeserschütterung bannen, aus reiner Berechnung. Meine Tränen rinnen in Ians Jacke. Wie weich ich meinen Sohn immer eingehüllt habe. Ich weine wegen der Mistigkeit dieser jungen Männer, an denen zu viel von mir hängt.

Es klingelt an der Tür, der vertraute Abwärtsdreiklang, er gilt nicht mir. Ibo ruft seinem Freund etwas zu, drückt die Latten tiefer auf mich herunter, als er aufsteht, zieht seine Jeans an, kickt einen flachen Karton, den ich zuvor nicht bemerkt habe, unter das Bett. Ich habe den Karton plötzlich vor der Brust und höre weitere Männer im Treppenhaus sprechen, die Stimmen kommen mit Hall unterlegt näher, überkreuzen sich, als sie sich umarmen, klopfen sich auf der Fußmatte ab. Einen Moment später geht es in der Küche los: Lautes Reden, Hin und Her, dann flaut das Gespräch vorübergehend ab, einer spricht, und alles beginnt von vorn.

Wie lange soll ich mich verstecken, in meiner eigenen Wohnung? Ich überlege, aufzustehen und in die Küche zu platzen, nur um den Ausdruck in ihren Gesichtern zu sehen.

Einige Zeit später – möglich, dass ich zwischenzeitlich weggedämmert bin – höre ich sie gemeinsam die Wohnung verlassen, eine Sportschuhkaskade trudelt die Treppen hinunter, beendet vom Klappen der Haustür.

Ich warte noch ein paar Minuten ab, ob nicht doch jemand in der Wohnung geblieben ist. Wie eine Einbrecherin schiebe ich mich unter dem Bett hervor. Dabei fällt mir erneut der Karton ins Auge. Ich öffne ihn, auf Knien kauernd finde ich darin zwei Pässe, goldener Adler unter arabischer Schrift auf dunkelgrünem, fast schwarzem Grund, die Aufschrift natürlich Arabisch, für mich lesbar nur ein paar transkribierte Wörter: *Rebublic of Iraq*. Ich klappe den ersten auf, zucke zurück: Das Passbild zeigt Ibo. Geboren am sechsundzwanzigsten zweiten neunzehnhundertfünfundneunzig in Aqrah/Ninawa. Sein Name, wiederholt in lateinischer Schrift: Youssef Salih. Ich schlage den anderen Pass auf. Auf dem Bild, wie ich annehme, der Freund, der vorhin meine Laufschuhe trug. Geboren neunzehnhundertvierundneunzig in Sindschar. Sein Name: Mohamed Hassan.

Ich spüre mein Blut schneller pulsieren. Mein Handy lässt sich nicht anschalten, ich will diese Pässe unbedingt fotografieren. Ich versuche mir Ibos andere Identität einzuprägen. Youssef. Sohn des Jawad, aus einem kurdischen Dorf bei Ninawa. Wenn das nicht die mesopotamische Stadt Niniveh ist, am Ufer des Euphrat oder Tigris.

So oft habe ich Ibo bei der Bürokratie geholfen, seine Korrespondenz mit dem BAMF, dem Jobcenter, den verschiedenen Schulen und Krankenhäusern, auch mit der Polizei, dass ich seine Daten im Schlaf kenne: Ibrahim Abed, geboren am ersten ersten neunzehnhundertsechsundneunzig in Kobane, Syrien. Auf diesen Namen lauten alle Bescheide, Atteste und Zertifikate, die je für ihn durch diesen Briefschlitz fielen. Ich fühle mich wie in einem begehbaren Kriminalroman.

Mein erstes Mal mit Ibo war im November. Ich hatte ihn auf MyHammer gebucht, weil ich mich mit Ian beim Anbringen eines Hängeschranks gestritten hatte. Er war unter Protest abgezogen. Ibo kam noch am selben Tag. Zusammen ging die Arbeit locker von der Hand, der Schrank hing binnen einer Stunde. Ich fragte Ibo, ob er auch die Wand im Badezimmer sanieren könnte. Während wir am folgenden Sonnabend die Tapete herunterrissen, drängte ich ihm ein Gespräch auf. Er gefiel mir sofort, seine Arme, die Art, wie er sich in seine Aufgaben stürzte, mit Haut und Haaren, wie man so sagt.

Als ich auf die kurdischen Kämpferinnen zu sprechen kam, über die ich gelesen hatte, wurde er plötzlich gesprächig. Ich bot ihm Kaffee an. Er erklärte mir ihre Kriegslist: Wie sie mit hohen Stimmen aus der Deckung heraus trillern, daraufhin die IS-Kämpfer ihre Waffen wegwerfen und rennen.

Wenn einer von ihnen durch die Kugel einer Frau stirbt, so ihr Glaube, wartet kein Paradies auf ihn, nur die unauslöschliche Schande.

Ich unterstelle ihm keine Berechnung von Anfang an. Er war ein Junge, allein in fremder Umgebung. Er litt unter der Kälte und Dunkelheit ebenso wie unter der Geschäftsmäßigkeit der Hiesigen.

Die Tapete war noch nicht ganz herunter, da lagen wir bereits in ebendiesem Bett, unter dem ich jetzt einen vielleicht richtigen, vielleicht falschen Pass mit seinem Bild gefunden habe.

Sex mit Ibo hat alle Grenzen, alle Gewissheiten, alles zuvor Erlebte niedergerissen. Er ist insofern mein erster Liebhaber. Ich hoffe, nein, eigentlich bin ich mir sicher, dass es für ihn wenigstens augenblicksweise auch so ist.

Er sieht mich manchmal an, von weit weg, wie ungeboren, jenseits aller Worte, jenseits all dessen, was verbindet oder trennt. In meinen Armen liegend spricht er manchmal vom Krieg.

Wenn du in einem Kampf deinen Kameraden sterben siehst, ist das schlimmer als alles andere. Ein Teil von dir stirbt ebenfalls. In der Gegenwart des Todes ist die Verbundenheit unter den Lebenden besonders stark.

Ich habe getötet. Auch wenn du es öfter tust, auch wenn es Feinde sind, es lässt dich niemals kalt. Einem Menschen das Leben zu entreißen, gibt dir einen starken Schub, ein Rauschgefühl, denn du lebst und spürst das so stark wie nie zuvor.

Natürlich weißt du, dass dieser Tote eine Mutter hatte, dass er ein Mensch war wie du. Und trotzdem steigt ein Siegesschrei in dir auf. Aus der Todesgefahr, die alle Sinne so schärft und anspannt, wie es nur geht, bist du herausgekommen, und der andere ist weg. Du fliegst, du platzt fast vor Lebenslust. Leid tut es dir später. Und dann richtig, es verfolgt dich Tag und Nacht.

Ich habe seinen gepeinigten Schlaf bewacht. Ich verwahre seine Erinnerungen und Träume. Wäre ich gleichaltrig, könnte ich dieses Geröll nicht abfangen.

Ich schiebe den Karton mit den Pässen unter das Bett zurück. Ich fühle mich befangen in meiner Wohnung. Immer noch bewege ich mich wie durch einen Film. Ich gehe in die Küche, berühre einen auf dem Tisch stehenden, noch warmen Becher mit Tee, vielleicht ist es seiner, setze ihn an die Lippen und trinke ihn aus. Er ist stark wie Beize und süß, meine Zähne weichen davor zurück.

Im Bad wasche ich mir die Hände. Ich vermeide mein Bild im Spiegel, seit Wochen, so lange ich auf dem Acker war, habe ich mich nicht selbst gesehen, es gab nur das Innengefühl. Als ich doch hineinblicke, sehe ich ein hager und unter der Sonnenbräune faltiger gewordenes Gesicht, umrahmt von graueren und buschigeren Haaren. Ich zwinge mich, meinem Blick standzuhalten. Finde mich dann, so wie ich nun einmal geworden bin, schön.

Das schon fast durchscheinende Handtuch am Ständer trägt eingestickt Ians Namen. Es ist feucht, ich drücke mein Gesicht hinein. Ein paar Bartstoppelpunkte im Waschbecken stippe ich mit dem Finger auf und lege sie mir auf die Zunge. Wälzen will ich mich in allem, was er berührt hat. Ich richte den kalten Wasserstrahl auf mein Gesicht.

Ians Zimmer habe ich lange nicht betreten, es ist kaum größer als eine Kammer. Er hat seine Sachen aus dem größeren Mittelzimmer hinübergeräumt, als er nach dem Abitur auf Reisen ging. In seine WG hat er nur das Nötigste mitgenommen.

Ich habe alles unverändert gelassen, nur manchmal Sachen darin abgestellt. Ich kann mich genau an das charakteristische Geräusch beim Herunterdrücken der Klinke erinnern.

Ein Mensch liegt in Ians Bett. Ganz klar ein Körper in Seitenlage, zur Wand hin gedreht, unter der Decke samt Tagesüberwurf. Ich sehe der Silhouette an, dass dieser Mensch sich zuerst im Halbschlaf bewegt, mich dann hört und erstarrt.

Ich gehe rückwärts wieder hinaus, greife meine Espadrilles, die von den jungen Männern unbeachtet im Flur stehen, mit den Zehen und schlüpfe hinein. Ich wende mich ab und will gehen.

Da höre ich das Geräusch von Ians Klinke. Ein älterer Mann steht da, magere Beine in Sporthosen, die Decke um die Schultern gehängt, älter insofern, als er von anderen Lebensumständen gezeichnet, dennoch möglicherweise jünger ist als ich. Sein oben gelichtetes Haar steht ab, tiefe Furchen prägen sich in ein fast fleischloses, gebräuntes Gesicht. Sein Blick wirkt, als sähen seine Augen wider Willen zu viel, üppig ist allein sein Schnurrbart. Er ist deutlich kleiner als ich. Er schaut, ich schaue. Eine große deutsche Frau mit krausem Haarschopf, indischer Bluse und Jeans. Er darf annehmen, dass mir die Wohnung gehört.

Der Mann hat noch keinen Ton von sich gegeben, aber ich sehe ihm an, dass er kein Deutsch kann, auch kein Englisch, seine Lippen, seine Zunge, seine von Tee verfärbten Zähne haben mir bekannte Sprachen nie berührt. Er lächelt nicht, öffnet den Mund ein wenig, schließt ihn wieder, macht Anstalten zu einer Geste, die er mit einer müden Handbewegung wieder auswischt. Er geht in Ians Zimmer zurück und kommt mit einem altmodischen Tastenhandy zurück, ähnlich dem, das ich auf dem Acker benutze.

»Ulischka«, habe ich wenige Augenblicke später meinen Geliebten am Ohr, »du bist da, schade, ich will dich sehen, aber ist jetzt nicht möglich.«

Er klingt angespannt, als ob er nicht frei sprechen könnte.

»Mansour unser Kommandant. Er ist nur vor zwei Wochen gekommen. Er soll erstens im Camp wohnen. Im Container mit einem anderen Mann. Er hat den anderen schon gesehen, früher, in Irak.«

So viel verstehe ich aus seinen Schilderungen: Der Kommandant hat mit seinen Truppen von der YPG den Jesiden einen Fluchtkorridor aus dem Sindschar-Gebirge freigekämpft. Einen Teil der Menschen konnten sie retten, nichtsdestotrotz wurden viele Tausend Opfer von Verschleppung, Versklavung und Mord. Die Truppen des Kurdenpräsidenten Barzani blieben untätig und ließen den IS gewähren. Und nun sollte sich der Kommandant in Stade eine Unterkunft mit einem von Barzanis Männern teilen.

»Er hat vorher schon ein Mann von Da'esch in Sammelunterkunft gesehen«, erklärt Ibo weiter, »das auch schwer, aber Mansour hat das ertragen. Aber jetzt, ein Mann von Barzani, nein, war das zu viel. Er ist gleich sehr krank geworden. Es ist die Nieren.«

Es stimmt, der Mann, der mit meinen flauschigen Bettsocken an den Füßen im Flur steht, sieht leidend aus. Ich reiche ihm sein Telefon, mache dabei eine Geste, als wollte ich seine Hand berühren. Sein Gesicht bleibt unbewegt. Ich strecke die Hand in Richtung von Ians Schlafcouch aus: *bitte*. Der Kommandant nickt kaum merklich und macht rutschende, schwache Schritte dorthin zurück.

Mit dem Kommandanten in der Wohnung empfinde ich sogleich einen Anlass, dazubleiben. Ich entscheide nicht bewusst, mich um ihn zu kümmern. Ich denke an den Nieren- und Blasentee, der nicht mal so schlecht schmeckte, schlüpfe wieder aus Espadrilles und Umhängetasche, nunmehr nicht mehr heimlich hier. Ich gehe in die Küche und setze Wasser auf.

Der Wasserkocher macht Geräusche, als ob er gleich ab- hebt, als mein Telefon läutet. In vorwurfsvoller Leuchtschrift steht auf dem Display: *Ian*.

»Wann stoppst du es endlich?«

Kein Gruß, keine Bezugnahme zum Thema. Ich werde es ihm nicht zu leicht machen.

»Du musst dich daran gewöhnen, dass ich ein Leben unab- hängig von dir führe. Es muss dir nicht alles gefallen.«

»Der Bus steht bei dreitausendachthundert. Du müsstest doppelt so viel bezahlen, um etwas Vergleichbares zu kaufen. Das ist nicht rational.«

»Ich brauche kein Auto.«

»Mama. Man muss es nicht täglich nutzen. Es schafft Mög- lichkeiten. Die man sonst nicht hat.«

»Die du sonst nicht hast.«

»Meinetwegen auch ich.«

»Ich finanziere meine Wohnung alleine. Ich habe einen studierenden Sohn. Der TÜV läuft ab. Jetzt entschuldige mich. Ich habe zu tun.«

Ich lege die Stimme meines Sohnes in Gestalt dieses hand- freundlich abgerundeten Geräts beiseite und fühle mich gleich viel leichter.

In der Hand ein kleines Tablett mit dem Tee und etwas glutenfreiem Knusperbrot klopfe ich an die Tür zum kleinen Zimmer. Keine Ahnung, ob Maismehlgebäck in irgendeinem Zusammenhang mit Nierenerkrankungen steht. Wahrschein- lich nicht.

Ich habe die Tür vorsichtig einen Spalt breit geöffnet. Da klingelt das Handy des Kommandanten, er streckt es mir entgegen. Ich fühle mich immer noch so leicht wie eben, als ich das, was Ian von mir wollte, einfach an mir abperlen ließ.

»Mein Freund Ahmad muss verstecken.«

»Sich verstecken«, korrigiere ich.

»Er hat ein Arschloch-Sachbearbeiter.« Ich stelle mir Ibos süßen Arsch vor. »Leute von Sozial sind auch Arschlöcher.«

Er betont So-zial auf der ersten Silbe.

Ich stelle mir vor, wie seine Pomuskeln sich rhythmisch an- und entspannen, wenn ich ihm im Spiegel beim Stoßen zusehe, er mit dem Rücken zu meiner aufgeklappten Schranktür, ich aufrecht genug, dass ich ihm über die Schulter sehen kann, müssen wir dringend mal wieder machen.

»Wieso hast du ihm meine Laufschuhe gegeben?«, sage ich. »Die waren ganz neu.«

»Entschuldigung. Also, Ahmad hat schlechte Sachen gemacht, weil der Sachbearbeiter ihm Sperre gegeben hat, was kann er machen, er hat keine Wahl.«

Ich stelle mir vor, dass Ahmad geklaut hat, vielleicht von der Baustelle, auf der er an den Wochenenden schwarz arbeitet. Etwas in der Art.

»Und was willst du jetzt von mir?«

»Er muss paar Tage verstecken –«

»Sich verstecken.«

»Ja, und in Steinhaus geht nicht, weil Polizei schon war da. Wegen anderer Sachen.«

»Darüber wollte ich sowieso noch mal sprechen.«

»Erklär ich dir alles, Ulischka, und sowieso ich vermiss dich.«

Seine junge, schöne, geliebte Stimme. Ich will ihn, jetzt,

ganz unbedingt. Was spielt es für eine Rolle, welche Schuhe er ruiniert?

»Kann Ahmad in Unabomber bleiben?«

Er meint die Hütte. Eigentlich will ich das auf keinen Fall. Dass ich weiter darauf eingehe, ist ein Sondieren, ob ich Ibo damit näher zu mir locken kann, unter meine Haut.

»Und der Kommandant?«

»Kannst du ihn kümmern?«

»Du meinst, ob ich mich um ihn kümmern kann.«

»Ja. Ich versteck mich besser auch, mit Ahmad.«

Das sollte ich genauer wissen wollen. Ist Ibo in irgendwas verwickelt, weil er Geld braucht? Oder ist es etwas Inner-Kurdisches, eine Racheaktion für ihren Kommandanten?

»Der Kommandant muss ins Krankenhaus oder stirbt bald.«

»Ibo.«

»Ja.«

»Ich muss dich sehen.«

Aus meiner Stimme steht alles heraus, was lustvoll angeschwollen ist.

»Ich dich auch.«

Das Mobilfunknetz überträgt wechselseitiges Schweigen.

»Ich habe die Hütte abgeschlossen. Wir müssten uns treffen. Die Hündin ist auch dort.«

»Ich kann Ahmad dort bringen, bleibt er draußen so lange. Wenn ist dunkel, komm ich ins Steinhaus. Du gibst mir Schlüssel, ich bringe die Hündin. Wir beide kommen zusammen. Meine liebe Liebe.«

»Mein schönster Schatz.«

Ich jubiliere. Ich fliege. Ich habe keinerlei irdisches Gewicht. Ein euphorisches Feuer fließt durch meine Beine, kugelt sich in meinem Unterleib, umwirbelt die Brüste, platzt als glückliches Lachen aus meinem Mund heraus. Gleich werde ich dem Kommandanten eine Suppe kochen. Hochzeitssuppe.

Ich lasse mir eine Badewanne einlaufen. Die erste seit Ende Juni. Ich schalte Musik an und lasse sie bis ins Bad schallen. Mit einem Pfeifen auf den Lippen, für das mein grinsender Mund kaum spitz genug ist, tippe ich auf meinem Smartphone, für das ich endlich das Kabel gefunden habe, eine Nachricht an Frau Czytiewicz von der KompA: *Saß auf Lanzarote fest und konnte mich nicht melden.* Sie braucht Dozenten und wird es schlucken. Ich fische eine Zigarette aus einem weichen, hier nicht erhältlichen Päckchen. Ich zünde sie an und tippe unter meinen Favoriten auf Ian. Er geht nicht ran. Ich nehme eine Sprachnachricht auf.

Ian. Ich bin in der Wohnung und gerade dabei, Ordnung zu schaffen. Ibos Freund hat irgendwas angestellt, aber das lässt sich klären. Ich hoffe, du verstehst das mit dem Auto. Pass auf dich auf.

Ich rieche nach Wildrosenbad. Ich trage den kurzen Morgenmantel, darunter meinen einzigen Seidenslip. Ich rauche in der Küche hintereinander die letzten drei Zigaretten von Ahmad. Oder vom Kommandanten. Der hat einen halben Teller Suppe gegessen und schläft jetzt.

Nach endlosem Warten schiebt sich ein Schlüssel ins Schloss. Die Krallen der Hündin klackern auf dem Steinboden, dann drückt sie die Tür auf und stürzt mir entgegen. Ich bin der Ohnmacht nahe.

Sein Atem. Der immer kühl riecht, wie kann das sein, seine Körpertemperatur scheint mir grundsätzlich höher als meine. Von seinen Lippen kann ich Gesundes essen. Meine Hände vergraben sich in seinem Haar, lang ist es geworden, er hebt mich hoch, ich mag das nicht wirklich, schlinge trotzdem meine Beine um ihn, umklammere seinen harten Brustkorb, während er mich zum Bett trägt. Mein Kopf hängt nach hinten hinunter. Das Bett hebt ab. Wir schwimmen oder fliegen, Ibo konzentriert, in sich gekehrt, er weiß, was er tut, ich sehe Standbilder von seiner Schulter, seiner Brust, seiner Achselhöhle, seinem aufragenden Penis, dann fließen die Bewegungen wieder, den ganzen ersten Akt über platziert er mich neu und richtet ein Kissen oder Stoffstück aus, wie es dem Zweck am dienlichsten ist, befördert mich in Sphären, aus denen ich keine Postkarte mehr nach Hause schreiben kann, hier ist alles aus Farben und pulsierenden, elektrisch geladenen Seeanemonen gemacht, dann beißt er mich, und ich möchte ihm eine langen, er lutscht aber schon wieder an irgendeinem Ende von mir, wir lachen, klatschen aufs Laken, rauchen. Pause. Akt zwei macht mich erfinderisch. So viele gute Ideen hatte ich lange nicht. Unsere Körper setzen sich zu Beinwesen, Kaleidoskopmustern aus Schwellkörpern, erstaunlichen Lippenblütlern zusammen. Wir müssten den Porno-Oscar kriegen.

Er schläft nackt in meinen Armen, tief und friedlich. Ich werde ein paarmal wach. Ich möchte die Anwesenheit meines Geliebten nicht verschlafen.

Irgendwann, es sieht aus, als wäre es schon lange hell, ist er doch weg. Den Schlüssel für die Hütte hat er genommen. Die Hündin streckt sich, gähnt mit einem hohen Quietschen. Schüttelt die Lefzen. Sieht mich an.

Es ist wieder alles in Ordnung. Die Hündin ist bei mir. Ich bin satt geworden am Tisch der Liebe. Genauso ist es, liebessatt summe ich vor mich hin, befreie die Küche vom Siff der Männer und dem Staub von sieben Wochen. Ich wienere und wirble, nebenan weiß ich den Kommandanten, dem ich zwischendurch zur Toilette helfe. Alles ist ganz verworren und unklar. Dennoch platze ich vor Zuversicht. Aus den Rissen schäumt sie munter heraus. Ich möchte mit meinen rosa Gummihandschuhen ein Tanzvideo aufnehmen.

Später gehe ich mit der Hündin in den Schanzenpark. Die Jamaikaner sitzen an ihrem unordentlich geschichteten Feuer. Einer hat sich ein Fitnessgerät gebaut, liegt auf dem Rücken in einem Gestell im Gras und stemmt eine Stange mit Gewichten. Auf der Hundewiese sind weniger Besitzer mit ihren Tieren als sonst. Ob man mir meine Verliebtheit ansieht, inmitten der Dealer und Hängertypen, Polizistinnen in Kampfanzügen, Kinderwagenväter und Jogger? Die Hündin rennt beflissen von Baum zu Baum. Trotz verlangsamter mobiler Daten gelingt es mir, auf meinem Smartphone die Auktion für den VW-Bus zu stoppen.

Mein Handy klingelt. Es ist Susanne. Sie möchte sich mit mir verabreden. Wir machen eine Uhrzeit für den frühen Nachmittag aus.

Wieder klingelt das Handy. Jetzt ist es Ian. Ich drücke ihn weg.

Ich treffe Susanne im Roxie. Der Garten ist schön, ich kann die Hündin mitnehmen, die kellnernden Libanesen geben sich glaubhaft als Italiener aus.

»Gut siehst du aus«, sagt sie.

»Hab lange nicht in den Spiegel gesehen.«

»Bist du noch mit deinem Kurden zusammen?«

»Mit Ibo? Ja.«

Susanne sieht mich an.

»Er ist dreiundzwanzig. Ein Jahr älter als Ian. Um die Frage vorwegzunehmen.«

Susanne kaut an etwas, das aussieht wie ein Sonnenblumenkern mit Schale.

»Und ist das für dich«, beginnt sie.

»Klar, manche finden das pervers. Als ginge ich mit meinem eigenen Sohn ins Bett.«

»Das hab ich nicht gesagt!«

An Susannes Handgelenken klappern dünne Armreifen gegeneinander. Die Hündin wacht auf und horcht.

»Wenn du so empfindlich bist.« Susanne schließt einen Knopf an ihrer Bluse.

»Mich stört, dass alle gleich eine Meinung haben. Bevor sie irgendetwas wissen wollen.«

»Aber ich will es ja wissen. Habe anscheinend nur nicht richtig gefragt.«

»OK. Er ist jung, er ist manchmal anstrengend, er macht katastrophale Sachen. Er hat ein Kriegstrauma.«

Susanne schweigt. Ich mag ihren Mund, der sich über großen Zähnen schließt. Die Sehnen an ihrem Hals.

»Zwischen uns ist etwas sehr starkes Sexuelles.«

»Entschuldige, Ulla, du weißt schon, ich bin keine von denen, die – ich bin nicht schnell mit Vorverurteilungen.«

Sie meint, dass sie, ohne zu zögern, Trauzeugin von Horst und Klaus wurde, dass sie selbst lange Zeit eine Dreierbeziehung geführt hat, kurz gesagt, dass etwas, das ihre persönliche Toleranzgrenze übersteigt, starker Tobak sein muss.

»Wir sind schon lange befreundet, Ulla, aber ich muss dir sagen, es ist ein sehr deutliches Gefühl …«

Die Hündin steht schon, weiß wie immer Augenblicke vor mir, dass wir jetzt gehen. Sie sieht mich an, nur mich, voller Bereitschaft, mir überallhin zu folgen.

»Als Freundin sehe ich es als meine Pflicht an – die anderen ziehen sich halt vor dir zurück, ohne …« Ob sie es weiß, dass sie alt wirkt, wenn ihre Lippen vor Aufregung zittern.

Ich höre innerlich die treibende, dissonante, quäkende, klagende kurdische Musik. Ich lege einen Schein auf den Tisch, nicke Susanne zum Abschied durch eine halb transparente Scheibe zu, sie ist für mich in dem Moment real. Mag sie deutliche Gefühle haben: Ich habe Ibo, solange mir die Gnade beschieden ist.

Ich bin eine Königin, gekrönt von der Liebe. Ich schreite mit meiner Hündin die Grindelallee entlang. Wir passieren den Filialbäcker, zwei Yogaschulen, den Friseur Mr. Berber. Es gibt mehr zwischen Himmel und Erde, als meine Freundin Susanne zu verdauen imstande ist.

»Wer bist du?«, flüstere ich, als Ibo, tief in der Nacht in mein Bett geschlüpft, im Schlaf aufstöhnt. Das Morgenlicht bescheint den Teil seines nackten Körpers, der nicht von Laken bedeckt ist. Bald werde ich aufstehen, um vor der Arbeit noch mit der Hündin zu gehen.

Er kommt nicht oft, meine Tage sind ausgefüllt mit Unterricht bei der KompA und der Versorgung des Kommandanten. Es sind unendlich viele Behördengänge, Mails und Telefonate nötig, bis er, ausgestattet mit einem vorläufigen Aufenthaltstitel und einer Krankenkassenkarte, zur Dialyse gehen kann. Von Zeit zu Zeit erhält er Besuch von jungen Männern. Auch Ahmad ist gelegentlich darunter.

Meistens bin ich mit dem Kommandanten allein. Wir verständigen uns ohne Worte, falls nötig übersetzt Ibo am Telefon.

»Börnsen«, näselt es aus der Mailbox, als ich nach einem langen Unterrichtstag nach Hause komme. »Bitte um Rückruf, betrifft die Gartennutzung in Vierlanden. Folgendes –«.

Ich drücke auf Löschen. Überlege zu spät, dass es klüger gewesen wäre, das nicht zu tun. Nehme mir vor, zurückzurufen.

Es ist Abend, ich komme mit der Hündin aus dem Wald zurück. Der Kommandant war morgens zur Dialyse und hat den ganzen Nachmittag über geschlafen. Er und ich sitzen in der Küche und essen einen Salat, den ich zubereitet habe, er isst dazu Kieler Sprotten direkt aus der Dose. Mit einem Stück Küchenrolle wischt er sich über den Bart. Die Hündin liegt unter dem Tisch und knabbert geräuschvoll schnaufend an ihren Krallen.

Ich gehe ins Schlafzimmer und hole die beiden irakischen Pässe aus dem Karton unter dem Bett hervor. Ich lege sie vor den Kommandanten auf den Tisch. Ich deute auf Ibos Passfoto, unter dem dieser andere Name steht.

Der Kommandant studiert die Angaben sehr gründlich. Endlich legt er das schwarz grüne Büchlein beiseite, faltet seine steifen Finger auf der Tischplatte und sieht mich an.

Er spricht kurdisch, und ich komme überhaupt nicht auf den Gedanken, dass man das, was er mir mit eindringlichen Worten erklärt, übersetzen könnte. Er erzählt von Entbehrungen, Grausamkeiten und Tod. Vom Überleben als Gezeichneter. Es scheint nur natürlich, die Worte nicht zu verstehen.

Er zieht sein Hemd über den Kopf und zeigt mir seinen Rücken. Er ist vernarbt von grausigen Striemen und Brandflecken. Es ist kaum unversehrte Haut zu sehen. Er zieht das Hemd wieder darüber. Seine Unterlippe zittert, gibt den Blick auf lange Zahnhälse frei. In seinem Gebiss sind einige Lücken.

Wir bleiben noch in der Küche sitzen. Es wird wieder früher dunkel, ich schalte kein Licht ein. Beide haben wir uns an einen Tee zur Linderung von Frauenleiden gewöhnt. Ich denke darüber nach, ihm eine Niere zu spenden.

»Scheiße, Mama, jetzt reicht's«, blafft es aus meinem Telefon, es ist Ians Stimme. Ich sitze im Pausenraum der KompA vor einem Teller mit eingetrockneten Kuchenresten, irgendwer hatte Geburtstag. Ich blicke auf die kopierten Arbeitsblätter für den nächsten Unterrichtsblock, die mir in diesem Moment gar nichts sagen. Ich zögere, mir auch die zweite Sprachnachricht anzuhören. Ich tippe darauf.

»Ich war in der Wohnung, weil ich auf dem Dachboden etwas gesucht habe. Was ist da los, wieso liegt da jemand in meinem Bett? Betreibst du jetzt ein Flüchtlingsheim? Das ist nicht normal, Mama. Ruf mich an.«

Ein undeutliches Rascheln ist zu hören, die Nachricht bricht ab.

Ian klingt wie in der Zeit, als er bereits im Stimmbruch war. Seine Zimmertür war praktisch immer verschlossen, aber sobald ich mich aus der Wohnung entfernte, telefonierte er mir hinterher. Er hatte es am liebsten, wenn ich zu Hause war und im Hintergrund Geräusche von mir gab, die auf zuverlässige Versorgung schließen ließen.

Ich schaue die Hündin an, die bei der KompA ihren festen Platz sowohl im Pausen- als auch im Unterrichtsraum hat, ihre Augenbrauen wölben sich auf eine mich jedes Mal wieder anrührende Weise in meine Richtung.

Während ich eine Minute vor Beginn der Stunde den mit kratzigem Teppichboden belegten Flur zum Schulungsraum entlang gehe, denke ich, dass ich mich meinen Kollegen und Freundinnen, ja, meinem eigenen Sohn gegenüber fremd fühle.

Am Sonntag sitzen wir gemeinsam am Tisch, Ibo, der

Kommandant und ich. Der Kommandant serviert Rührei. Außerdem gibt es Oliven, Brot und frische Kräuter. Ibo ist diese Nacht nicht, wie er es in letzter Zeit immer getan hat, vor Sonnenaufgang verschwunden. Er sitzt auf seinem Stuhl und sieht auf reizende Art verschlafen aus. Ich stelle fest, dass ich ihn in Gegenwart des älteren Mannes als Kind sehe.

Ich denke über mögliche Katastrophen nach, auf die Ibos Anwesenheit hindeutet, als sich ein Schlüssel im Türschloss dreht. Ian geht immer noch unangemeldet ein und aus.

Er kommt ein paar Schritte in den Flur, sieht uns drei in der Küche sitzen. Vor meinen Augen flimmert ein Déja-vu aus Zeiten mit Lutz, er, Ian und ich, auf denselben Küchenstühlen, auf denen ich jetzt mit Ibo und dem Kommandanten sitze. Ich frage mich, ob es Ian ebenso geht. Er hat seinen Bart abrasiert und sieht wieder aus wie der Junge, der ohne Vater mit mir allein blieb.

Der Kommandant macht eine einladende Geste und sagt etwas. Ian gehorcht und setzt sich auf den vierten Stuhl, sieht mich dabei an.

»Ich wollte …« Er bricht ab und macht eine resignierte Geste. Er hält eine Brötchentüte in der Hand, ausgebeult von zu wenig Inhalt für vier Personen.

Ibo blickt verwirrt, scheint nicht zu wissen, ob er mich verteidigen muss oder sich selbst, oder ob es etwas anderes braucht. Der Kommandant findet als Einziger Worte. Sie klingen passend, auch wenn ich sie nicht verstehe.

Minutenlang spricht niemand. Alle vier betrachten wir das Teelicht im von mir getöpferten Stövchen, von der Kur nach der Trennung von Lutz. Die Flamme in dem verbogenen Aludöschen schien schon erloschen, der Docht zu kurz, da nimmt sie alle Kraft zusammen, lodert hoch auf und rußt gegen die gläserne Teekanne. Ich spüre deutlich, dass soeben etwas geschehen ist. Nach weiteren gedehnten Momenten des Schweigens steht Ian auf und geht. Die Brötchentüte lässt er auf dem Tisch zurück.

Seine Abwesenheit hinterlässt einen Ton, außerhalb des Hörbaren, wie die Tiefen einer Orgel. Mir geht auf, dass ich vieles, was er mit und neben mir erlebt hat, nicht wahrgenommen habe und nicht weiß. Ich werde ihm den VW-Bus schenken.

»Ulischka, im Garten der Nachbar hat rumgemeckert. Hat gesagt, wir dürfen nicht grillen.«

Mein Blick auf ihn ist anders als noch vor Minuten. Ich will mich bewegen.

»Hat gesagt, wenn wir noch mal grillen, ruft er Besitzer an und sagt ihm, dass wir in Unabomber schlafen. Und noch andere Sachen.«

»Fahren wir raus«, sage ich, schon im Aufstehen. Die Hündin hat geschlafen und überkugelt sich vor Schreck beim Aufspringen.

»Nein, Ulischka, wir haben schon geregelt.« Ibo sieht erschrocken aus.

Niemand wird mich davon abhalten, in meinem Haus und Garten nach dem Rechten zu sehen.

»Aber wieso?«, frage ich mit Sopranstimme, alle werden hektisch, die Hündin, Ibo und auch der Kommandant. »Ich wollte sowieso heute auf meinen Acker. Es ist doch Sonntag, oder nicht.« Meine Stimme klingt immer schriller.

Ich sehe Ibo nicht ganz scharf, nur dass seine Bewegungen fahrig und beinahe verzweifelt sind. Ich höre ihn mit dem Kommandanten sprechen.

Die Radtour von der S-Bahn zieht sich wie immer hin. Ibo

wird vielleicht ohne Fahrrad nachkommen. Ich radle den Süderquerweg entlang, über sechshundert Hausnummern weit, die Eigenheime und Gewerbe stehen in lockeren Abständen, die Hündin läuft hechelnd neben mir her.

Ich weiß es bereits, als ich nur den Rauchgeruch einatme, wir aber noch gut einen Kilometer entfernt sind. Ich fahre langsamer, die Hündin sieht im Rennen gequält zu mir auf.

Die Unabomberhütte brennt. Von der Einmündung zum Feldweg aus sehe ich die Flammen. Sie züngeln unter dem Dachfirst hervor, sind ebenso schön wie die Hütte selbst. Im Abendlicht, unter dem intensiver blaugrau gefärbten Himmel, neben dem lang gestreckten Gewölbe des mit Müll gefüllten Gewächshauses und den Silhouetten der Weiden sieht die Szenerie unweigerlich gut aus. Der Pole, von dem ich weiß, dass er schwarz schlachtet, steht in Latzhose am Rand meines Ackers und starrt, daneben steht der Biogärtner, im zivilen Leben Psychiater, und noch ein weiterer Mann, den ich sonst nie ohne seine Frau sehe. Zu dritt haben sie sich zum Gucken aufgestellt.

»Ahmad!«, schreie ich schon von Weitem. Sie mustern mich, als ich bei ihnen ankomme.

»Haben Sie einen jungen Mann gesehen?«

»Wir haben da so einige junge Männer gesehen«, sagt der Biogärtner-Psychiater und sieht mich an. Im Blick des Polen meine ich etwas düster Funkelndes zu erkennen.

Ich stelle mich als Vierte dazu. Die Hitze des Brandes ätzt mein Gesicht. Funken stieben. Die Flammen durchbrechen das Dach. Ich hole mein Smartphone hervor und filme die in Flammen stehende Hütte.

Ich schicke das Video an Ian und Ibo.

DATTELN AUS MEKKA

Mein Name Genug«, rief Dürsun mit ihrer verräucher-ten Stimme in den Klassenraum und lachte, »Reicht jetzt.« Ihr Lachen ging in einen rauen Husten über. Ich begrüßte ihren Beitrag mit einem anerkennenden Lächeln, wenn ich auch nicht verstand, was sie meinte.

»Namen können eine sehr schöne Bedeutung haben«, salbaderte ich, »zum Beispiel Namen von Blumen! Yasmin! Oder Nadeshda: Hoffnung.«

Ich hatte mir dieses Thema nicht ausgedacht. Es kam in der nächsten Lektion unseres Lehrbuchs vor.

»Schluss!«, blökte Dürsun dazwischen. Ich starrte sie an.

»Mein Vater sechs Töchter«, erzählte sie weiter, man sah den Draht, mit dem ihre Brücke an den Frontzähnen befestigt war.

»Ich geboren Tochter sieben, mein Vater gibt mir Name Genug. Bedeutet, bitte, Allah, nächste Mal Sohn. Und funktioniert! Ein Jahr später Allah geben Sohn. Allah kein Geld geben, aber Sohn.«

Ihr Lachen ging wieder in eine Hustensalve über, dazu klapperte Metall, Armreifen, Ketten und Broschen. Ich lächelte angestrengt.

Deutschkurs im Bürgerhaus. Es war halb elf, noch waren nicht alle Frauen eingetroffen. Die Anwesenden hatten sich langsam, in Mantel und Kopftuch, mit wiegenden Schritten an der offenen Baustellenlandschaft vorbeibewegt, von der S-

Bahn-Station die Straße entlang zum Bürgerhaus herüber, das wie ein freundlicher Bienenstock in einem Parkstück am Fleet stand. Die ersten verdrehten schon die Köpfe nach der Uhr. Bis zur Frühstückspause war es noch eine halbe Stunde.

Ich verteilte ein Übungsblatt, das ich im Morgengrauen mit dem Tabellentool erstellt hatte. Es war zu schwierig, kaum eine begriff, worum es ging. Ich hätte die Übung am liebsten abgebrochen, aber ich hatte schon mit Einzelnen mühsam den ersten Satz in die oberste Zeile des Rasters eingetragen, die Übrigen wollten das jetzt auch. Die Frauen stöhnten, umklammerten ihre extradicken Bleistifte, manche Zettel waren schon zerknickt und dünn vom Radieren, in einer Handtasche lärmte ein Handy und wurde nicht gleich gefunden. Die Albanerinnen quatschten.

Vor dem Bürgerhaus stand das Wasser, die Stille von Seerosenblättern und Schilf unter dem Horizont aus Gartenschaubaustelle und Autobahnauffahrt, ein Kranich blickte starr aus einem Auge aufs Wasser. Wilhelmsburg war eine Insel, und so würde man nach Abschluss der Arbeiten von hier aus mit dem Dampfer zum Jungfernstieg fahren können.

Obwohl es Ende März war und wieder kälter geworden, war ich mit dem Fahrrad gekommen, durch den Alten Elbtunnel, vorbei an der Werft, lange, sonst nur von Lastwagen befahrene Straßen entlang, durch Industrieanlagen, vorbei an Getreidespeichern und Kaffeeröstereien, durch ein Gewirr von Zufahrten in das Hafengebiet und zum Zoll, weiter durch Deichanlagen, vorbei an Containerlagerplätzen, regelrechten Gebirgen aus dunkelroten oder grünen, seltener blauen, manchmal angerosteten Kisten und einer langen Zeile von Wohnblocks, in denen, wie ich gehört hatte, Hunderte Mitglieder einer Romafamilie lebten. So sparte ich das S-Bahn-

Ticket, außerdem fühlte ich mich besser, wenn ich mit dem Gefühl körperlicher Belebung vor den Frauen stand, vor ihren blassen Gesichtern, steifen Rücken, ihren Seufzern, ihren Unterhaltungen in mir unverständlichen Sprachen, ihren Blicken.

Sie bemitleideten mich, das spürte ich, obwohl ich nie Privates erzählte, höchstens von der allgemeinsten Art, und sie von der Trennung nichts wussten. Dennoch. Sie fanden mich zu dünn, sie glaubten, dass ich nicht kochen konnte, und dass mein Mann nichts taugte, wenn er mich zum Arbeiten mit dem Fahrrad hierherschickte.

Heute lag etwas in der Luft, das mich nervös machte, sie waren müde, hatten alle möglichen Beschwerden, meine Übung hatte sie entmutigt. »Katastrof«, sagte Dürsun-Reichtjetzt, deutete mit hilfloser Geste auf ihr Arbeitsblatt und lachte.

Ihre Wimpern waren dick getuscht, die Lippen tiefrot, »Kopf kaputt«, sagte sie lachend, »hab achtundvierzig Jahre, zu spät lernen Deutsch. Fünf Kinder, zwei Enkelkinder, siebenundzwanzig Jahre Arbeit Hähnchen zerlegen. Alte Frau.« Ihr raues Lachen ging in Husten über.

Ich tauchte aus trüben Gedanken auf.

»Aber nein«, beeilte ich mich zu sagen und ging zu ihr, von der Tafel, die ich, um mir Zeit zu verschaffen, mit dem muffig riechenden Schwamm abgewischt hatte, in den Innenraum des Hufeisens, das die weiß beschichteten Tische mit den Stahlrohrbeinen bildeten. Ich stand vor ihr und überschüttete sie mit aufmunternden Worten.

»Grammatik, die ist nicht so wichtig. Sprechen und verstehen, zurechtkommen in Deutschland.«

Meine Stimme bebte unvermittelt, als ich das sagte, es fühlte sich an, als hätte eines der Baustellenfahrzeuge einen

Haufen ungesiebter Emotion vor mich hingeschoben. Wer war ich, was erzählte ich hier von Zurechtkommen und dergleichen? Ich warf mich innerlich in den herbeigeschobenen Dreck, ergriffen von jähem Mitgefühl mit Dürsun, mit den Hähnchen, die nackt und kopflos, an Haken hängend, an ihr vorüberfuhren, sie schabte in meiner Vorstellung die Eingeweide heraus, oder sie stand am Ende der Kette und steckte, ehe es in die Kühlanlage ging, ein Plastiksäckchen mit Innereien in die ausgespülten Bäuche. Herz, Leber, Nieren und was immer an Organen in dem Säckchen steckte, stammten nicht von dem speziellen Hähnchen, in dessen Bauch sie eingefroren wurden, sondern von irgendwelchen an diesem Tag in der Schlachtfabrik verarbeiteten Tieren. Ich hatte es eines Nachts auf YouTube gesehen.

Ich war in einen so aufgewühlten Zustand geraten, dass ich vor Dürsun stand und sie wortlos ansah, sicher gab ich ein desolates Bild ab. Sie lachte, als hätte mein Zuspruch sie entlastet, zum Zeichen, dass sie zugehört hatte, wiederholte sie das Ende meines letzten Satzes, eine Angewohnheit, mit der sie oft genug den Unterricht störte.

Die Frauen sahen mich an, eine plötzliche Unruhe war unter ihnen zu spüren. Aliye mit ihrem schwarzen Kopftuch und den ärmlichen Röcken. Sie war Witwe, lang und mager, ihr Mann war auf der Baustelle von einer Gerüststange erschlagen worden. Sie roch eigentümlich nach saurer Milch, so als käme sie jeden Morgen vom Melken.

Da war Sevgi, die einen schwarzen Pferdeschwanz und meist billige Pullover trug. Sie bewegte sich gern, machte Hampelmann und andere Gymnastikübungen. Erst neulich hatte ich erfahren, dass es ihr Sohn gewesen war, von dem sie stets so liebevoll sprach, als wäre er noch am Leben, der sechsjährig auf dem Schulhof von einem Kampfhund angefallen und getötet worden war, eine Geschichte, die vor einigen Jahren durch die Medien ging. Sie hatte danach ein Mädchen bekommen, das jetzt im Grundschulalter war, und das sie nicht aus den Augen ließ. Wer sie fragte: »Wie viele Kinder hast du?«, dem antwortete sie, mit Blick zur Seite und einem eigensinnigen Ausdruck: »Zwei.«

Dann gab es die hübsche, saubere Fatma. Ihre dreizehnjährige Tochter war neulich schon auf der Hadsch gewesen, ihr Sohn war acht und konnte den Koran auswendig, sie selbst malte ganz sorgfältig die Buchstaben, sprach aber selten direkt mit mir, sondern ließ Nuriye übersetzen. Ich fühlte mich schlecht, wenn ich sie nur ansah. Afife, deren Röcke sich manchmal hoben, so dass man die geblümten Schlafanzughosen sah, die sie darunter trug. Sie ächzte vor Schmerzen in allen Gelenken, saß mit weit gespreizten Beinen da wie ein Kerl. Ihr Mann, so hatte sie erzählt, bestand darauf, dass sie täglich auf Knien den Wohnzimmerboden wischte. Philomina aus Togo, die drei Afghaninnen, Nilufar aus dem Iran. Agnieszka, eine magere, nervöse Polin mit blond gefärbten Haaren, die die anderen, ich wusste es, für eine Hure hielten. Ihre Sitznachbarin, Emilia aus Córdoba, war heute nicht da. Dafür Iman und Amal, die beiden Christinnen aus dem Irak. Ich hatte keine Ahnung, was die Frauen aus ihrem Kampf mit dem Arbeitsblatt gerissen hatte.

»Siebenundzwanzig Jahre, immer arbeiten!«, trumpfte Dürsun gerade auf, ich beugte mich über ihr Blatt, sie hatte den Beispielsatz abgeschrieben, und zwar noch nicht einmal ganz, mit unmöglichen Fehlern, in ihrer Schrift, die gleichzeitig zittrig und mit zu viel Druck auf dem Schreiblernbleistift ausgeführt war, ein ins Blatt gemeißeltes Desaster.

»Ja.« Ich lächelte sie an, wenn ich Hebamme gewesen wäre und sie hätte ein missgebildetes Kind entbunden, hätte ich auch so gelächelt.

»Wir suchen jetzt das Verb, die Aktivität, wo steht in diesem Satz das Verb?« Ich stand bei Dürsun, es gab keine Chance, das Curriculum zu erfüllen, sie konnte ihre eigene Schrift nicht lesen, brachte den Satz, der ja auch gedruckt oben drüberstand, nicht zusammen. »Gebe«, sagte Nurçan vor, »gebe«, folgte ein mehrfaches Echo von anderen. »Ich«, sagte Dürsun, das erste Wort, das sie auf dem Blatt gelesen und verstanden hatte, und strahlte mich an. Von ihren Wimpern waren blauschwarze Bröckchen heruntergefallen, auf die faltige Haut ihrer Wangen, ins dicke Lidschatten-Blau.

»Ich komme nach Deutschland, ganz junge Frau«, sagte sie, »heirate ich hab fünfzehn Jahre. Erste Tochter geboren, ich hab sechzehn. Komme nach Deutschland ich hab neunzehn Jahre, Kinder klein, immer arbeiten, mein Mann auch, Frühschicht, Spätschicht, immer.«

Die Frauen schauten mich an, Aussicht auf das Zertifikat hatten zwei oder drei, die Spanierin und die Polin, und vielleicht Nurçan, obwohl sie kaum sprach. Alle anderen würden auch nach tausendzweihundert Stunden nicht genug Deutsch können, um bei der mündlichen Prüfung über ein Foto von verschiedenartig schattierten Müllcontainern zu sprechen. Oder das Bild eines Jungen vor der Spielekonsole. Im Schriftlichen mussten sie einen Termin verschieben oder dergleichen, und würden auch daran scheitern.

Ich begriff nicht, weshalb die Stimmung im Raum sich aufheizte. Die Türkinnen diskutierten auf Türkisch, Fatma blickte mich an mit einem Ausdruck des Unbehagens.

»Entschuldigung«, sagte ich, gewohnt, mir in komplizierten Situationen die Verantwortung aufzuladen, »die Übung war zu schwer. Wir machen nach der Pause eine andere Übung, eine leichtere.«

»Nein«, sagte Filiz, »besser machen wir Übung, besser lernen wir! Prüfung sehr schwer.«

Wieder verständigten sie sich untereinander mit Blicken. Ich sah in meiner Hilflosigkeit aus dem Fenster. Der Kranich war fort, die Fassade des Bürgerhauses spiegelte sich im reglos liegenden Fleet, in der Ferne rammte ein riesiger Bagger, an dessen hydraulischem Arm ein Spezialgerät befestigt worden war, mit langsamen, mächtigen Stößen einen Träger ins Erdreich.

Ich konnte es nicht, konnte dieses Meer an Hoffnungslosigkeit nicht überbrücken. Sie würden die Prüfung ablegen müssen, und sie würden scheitern. Egal, mit welcher Übung ich kam. Noch zehn Minuten bis zur Pause. Mein Blick streifte Afife, wie immer lagen vor ihr auf dem Tisch vier alte Handys, ich stellte irritiert fest, dass sie mich schuldbewusst ansah. Wie ertappt bei irgendeinem Vergehen. Aber bei welchem?

»Bitte, wir machen die Übung nach der Pause weiter. Ich erkläre euch erst mal: Was ist der Dativ.«

»Ooohh«, stöhnte Afife.

»Lies den ersten Satz, bitte. Fatma.«

Wie immer errötete sie, nach einem Moment in einer Art Starre schaute sie gehorsam auf ihr Blatt und las fehlerfrei, wenn auch zu leise.

»Ich gebe meinem Sohn ein Geschenk«, wiederholte ich lauter. Meine Beispielsätze waren einfallslos. Ich vollführte eine übertriebene Pantomime, »ich bin Subjekt, und das hier«, ich zeigte den Apfel, den ich für die Pause dabeihatte,

»ist das Geschenk: Akkusativobjekt.« Ich spürte, wie mein Shirt unter den Achseln schweißnass zu werden begann.

»Jetzt, Achtung, aufgepasst«, die Frauen folgten mir mit den Augen, »Sohn, mein Sohn« – ich bedeutete Dürsun aufzustehen und überreichte ihr den schon angeschlagenen Apfel – »meinem Sohn, Dativ.«

Wie klein sie war, stellte ich einmal mehr neben ihr stehend fest, kaum mehr als einen Meter fünfzig groß, was sie mit Plateauschuhen und höchstmöglichen Absätzen auszugleichen versuchte. Anders als die anderen Frauen trug sie Hosen, dunkle Stretch- oder Jerseyhosen mit dauerhaften Bügelfalten, großgemusterte, bunte Blusen und ein dazu passendes, in einer bestimmten Weise über einem Haarknoten festgestecktes Kopftuch, das am Hinterkopf einen Hügel bildete, wie bei einer ägyptischen Statue.

Dürsun lachte, ich sah ihre langen Zahnhälse, auch auf Plateauschuhen reichte sie mir nur bis zum Kinn, »oh, schöne Geschenk«, ihre Armreifen klapperten, »danke, meine liebe Mutter!«

Ich war glücklich in diesem Moment, es funktionierte, ich konnte auch auf diesem Niveau etwas erreichen. Ich wiederholte das Spiel in Varianten und hatte damit die Zeit bis zur Pause fast ausgefüllt. Der Fußboden erzitterte in unregelmäßigen Abständen, das war der Bagger mit seiner Rammvorrichtung.

»Frau Lena«, sagte Dürsun. Draußen war die Hochnebeldecke aufgerissen, die seit Tagen über der Stadt hing, schräge Sonnenstrahlen fielen von oben in den Raum, durch die Fenster, die nach zwei Richtungen sahen, nach Süden und Osten, fielen auf Dürsuns Gesicht links von der Mitte des Hufeisens. Das Wasser im Fleet glitzerte, leichter Wind kämmte Furchen in die jetzt metallisch graue Oberfläche. Die Baustelle stand still und schien auf uns zu horchen.

»Frau Lena! Schau mal, mein Mann geben mir auch Geschenk. Verheiratet dreißig Jahre.«

Sie zeigte ihre Brosche, die die Enden ihres Kopftuchs zusammenhielt, Gold mit einem eingefassten Stein.

»Dreihundert Euro! Mein Mann mir geben viele Schmuck. Schau Sie mal!« Sie hob den linken Arm. Goldglänzende Armreifen verschiedener Stärke klapperten gegeneinander.

»Immer wenn ich hab Kind geboren, meine Mann geben ein Geschenk.«

Sie hob den anderen Arm. Dort hingen ebenso viele Goldreifen. Sie griff in ihre Bluse und holte Ketten hervor, alle golden, alle mit Anhängern in verschiedenen Formen. Ich machte große Augen, verbarg hinter der Theatralik mein tatsächliches Staunen.

Alles, was der Mann, der nicht mehr mit mir zusammen sein wollte, mir je geschenkt hatte, waren sein abgelegter Laptop und seine alten Telefone, einmal auch eine externe Festplatte.

Ich hatte die anderen Frauen ganz aus dem Blick verloren, die Pausenzeit hatte begonnen, sie wurden geschäftig, füllten den Wasserkocher und raschelten mit Tüten aus dem türkischen Laden.

Jeden Tag trugen sie aus bescheidenen Zutaten ein gemeinsames Frühstück zusammen: Fladenbrot, eingelegten Käse, Petersilienblätter, Oliven, manchmal Tomaten. Ich fühlte mich heute nicht in der Lage, dabeizusitzen und in dem einlullenden Bad aus Türkisch, Albanisch und mühsamem Deutsch an meinem Tee zu nippen, in den wieder eine ein Zuckerstück hatte fallen lassen, egal wie oft ich dies ablehnte.

Ich ging hinaus Richtung Toiletten, Dürsun und die Polin folgten mir aus dem Raum, sie wollten hinunter zum Rauchen.

Die Waschbecken waren groß und flach, ich hielt meine Handgelenke unter den Strahl aus dem Wasserhahn, schönes Rauschen. Lynn war heute Morgen bei ihrem Vater aufgewacht, sie hatte gefrühstückt und war von dort aus zur Schule gegangen, sie hatte mich nicht angerufen, lebte tagelang weiter, als ob es mich gar nicht gäbe. Staunend registrierte ich den starken Sinneseindruck des kühlen, durch meine Finger fließenden Wassers: Ich lebte. Ich vermied den Blick in den Spiegel.

Die Pausenzeit war zu Ende, Filiz stand im Kursraum am Waschbecken und spülte Tassen und Messer, Afife ließ graue Einmalhandtücher auf den Boden fallen, die sich augenblicklich dunkel sogen. Sie streckte den Fuß aus und schob die Tücher mit Wischbewegungen hin und her.

»Bitte«, sagte Fatma und kam auf mich zu, ihr Blick, unter dem sie mir beidhändig eine Schachtel mit offen stehendem Deckel hinhielt, war süß, sie lächelte, wurde verlegen und sprach etwas zur Seite. Ich versuchte mir vorzustellen, wie sie ohne Kopftuch aussah.

»Datteln«, übersetzte Nurçan, trat näher und zog den Gürtel ihrer fast knielangen Strickjacke fester, Fatma lächelte wieder, »ihre Tochter hat Hadsch gemacht«, erklärte Nurçan weiter, »Datteln aus Mekka. Probieren Sie, bitte.«

Ich konnte nicht ablehnen, nahm vorsichtig eine Dattel heraus, dankte und löste im Mund das klebrige Fleisch vom Kern. Die mir widerliche Süße füllte meinen Mund ganz aus. Ich lächelte, während ich mich an meinen Platz setzte und die Einträge erledigte, Anwesenheit, Entschuldigungen, das Lächeln blieb in meinem Gesicht stehen, ich hätte selbst nicht sagen können, ob es künstlich war oder nicht. Ich plante eine Hörübung und legte schon jetzt die CD in den Player.

Eine nach der anderen begaben sich die Frauen auf ihre Plätze. Fatma trat zu mir und bot mir eine weitere Dattel an. Ich legte die schrumpelige, klebrige Frucht auf ein zusammengefaltetes Papierhandtuch. Aliye setzte sich auf ihren Platz, war noch eine ganze Weile außer Atem. Sevgi wich meinen Blicken aus, die Frauen wirkten aufgekratzt, Yeter, Nilufar, Filiz. Bildete ich mir ein, dass sie mich anders als sonst beäugten?

Die Frauen saßen auf ihren Plätzen, alle außer Dürsun. Ihre Jacke hatte sie angezogen, als sie zum Rauchen gegangen war, aber ihre Tasche war dageblieben, auf ihrem Platz lagen Schreibzeug und Bücher.

Ich fragte Agnieszka, die ja mit ihr zum Rauchen gegangen war, auch sie wusste nicht, wo Dürsun geblieben war. Draußen waren mit dem Wind neue Wolken aufgezogen, auf die Ostseite der Fensterfront traf schräg fallender Regen, der stärker und stärker wurde. Ich schaltete ringsum im Raum die Lichtleisten an.

Wir machten die Hörübung, es war eigentlich sinnlos, zwar lasen wir die möglichen Lösungen, die die Frauen nach dem Hören ankreuzen sollten, vorher gemeinsam durch, was mühsam genug war, aber trotz aller Aufforderungen sagten Einzelne, vor allem Nurçan, sofort nach dem Hören die Lösung. Ich hatte heute nicht die Kraft, diese Regelverstöße zu ahnden.

Der Rest des Unterrichts verlief ohne besondere Vorkommnisse. Mit viel Mühe machten wir das Grammatik-Übungsblatt zu Ende, indem ich die Guten abwechselnd an die Tafel holte, die Sätze anschreiben ließ und auf diese Weise den Schwachen alles bis ins Kleinste vorkaute. Es dauerte Ewigkeiten, bis alle die Buchstaben einzeln abgemalt hatten. Ob irgendetwas hängen blieb, war mehr als fraglich. Am Ende spielten wir, ein Abzählreim, wer übrig blieb, musste ein Pfand abgeben und dabei einen Satz formulieren: Ich gebe dir mein Brillenetui. Die Stimmung hatte sich aufgehellt, auch meine, und mich das Unwetter draußen wie auch Dürsuns Verschwinden vergessen lassen.

Es war kurz vor eins, die Frauen wurden unruhig, die ersten machten sich fertig zum Gehen. Dürsuns Platz mit ihren Sachen war noch so verlassen wie zuvor.

»Wo ist sie, wo ist Dürsun geblieben?«, fragte ich in den Raum.

Afife sagte etwas, das abfällig klang. Die Türkinnen blickten zu Boden, die Albanerinnen schauten mich an, ich konnte den Ausdruck in ihren Gesichtern nicht lesen. Das Fleet vor dem Fenster glitzerte von einem durchbrechenden Sonnenstrahl.

Ich erinnerte mich an unser Kennenlernen, die Gruppe hatte schon mehrere Lehrerinnenwechsel hinter sich, als mir klar wurde, dass zwischen den Frauen mit ihren scheinbar so ähnlichen Schicksalen mitunter schroffe Grenzen verliefen, zwischen Schia und Sunna oder Türkinnen und Kurdinnen, und dass es, wie im Fall von Dürsun, die Alevitin war, und eine Zaza – eine Volksgruppe, deren Sprache dem Persischen verwandt war und die sich selbst den Kurden zurechneten, untereinander jedoch gespalten waren entlang der religiösen Trennlinie zwischen Sunniten und Aleviten –, dass es Menschen gab, die mit ihrer Zugehörigkeit zwischen allen Stühlen saßen. Die Anfeindungen gegen sie entstammten langen, verzwickten Geschichten, die sie nicht abstreifen konnten, auch nicht in den Einwandererbezirken einer deutschen Großstadt. Dort lief die Frau mit Namen *Reich jetzt* herum, geschminkt und in Hosen, pfundweise Gold um den Hals, und hielt in meinem Deutschkurs den stützeempfangenden Hausfrauen, die sie im Alltag bespuckten und verachteten, ihre Lebensleistung vor.

Ich betrachtete die heilige Dattel auf meinem Tisch, Fasern des grauen Papierhandtuchs klebten an ihr, ich würde sie weder essen noch zu den Büchern in die Tasche stecken können, wegwerfen konnte ich sie aber auch nicht.

Der Baumaschinenlärm war zum Stillstand gekommen, der Übergang vom beständigen Wummern und Beben des Bodens zu scheinbar vollkommener Stille war abrupt, die Frauen hielten schon ihre gepackten Taschen auf dem Schoß und sahen mich an. Sie erwarteten das Signal, gehen zu dürfen, und wie jeden Tag würde ich den Kampf um die letzten zwanzig Minuten der Kurszeit führen müssen. Sie dachten ans Kochen, an Haushaltstätigkeiten, an die Kinder, die von der Schule kamen, denn niemals meldeten meine Kursteilnehmerinnen ihren Nachwuchs für das kostenlose Schulessen und die Hausaufgabenbetreuung an.

Ich durchforstete mein Gedächtnis nach einer Aktivität, die spielerisch-locker war und doch gleichzeitig lehrreich, vergeblich, man musste solche Dinge vorbereiten. Das nahm ich mir täglich vor, solange ich an meinem Arbeitsort saß, tappte dabei aber beständig in dieselbe Falle. Denn sobald ich mich von Wilhelmsburg aus nach Hause bewegte, in die Gegend, wo ich Lynn im Kinderwagen geschoben hatte, sie an der Hand geführt oder auf dem Fahrradsitz herumgefahren, im Beisein ihres Vaters oder ohne ihn, verwandelte ich mich in eine ganz andere, von den Umständen Gehetzte und Gepeinigte, und konnte kaum die notwendigsten Alltagsdinge organisieren.

Wenn Lynn bei mir war, kämpfte ich darum, den Anschein einer funktionierenden Erwachsenen aufrechtzuerhalten. War sie bei meinem Exfreund und seiner Neuen, verwandelte ich mich in eine einäugige Schakalin, der das Fell in Fetzen herunterhing, fürchtete sie hinter jeder Biegung als glückliche Triade anzutreffen, oder am besten gleich die Neue allein mit meinem Kind, diesem ganz rührend zugewandt, befeuert vom Thrill der unrechtmäßigen Aneignung, und Lynn, die zu jung und zu bedürftig war, um mir nicht untreu zu werden, plapperte von dieser Superzuwendung angeregt über die Vorschule, ihre Freundinnen, das Turnen und vielleicht sogar über ihre Mama.

Also war ich überhaupt nicht in der Lage, meinen Unterricht anders vorzubereiten als kurz vor Kursbeginn in der Lehrbuchlektion zu blättern. Mich zu gegebener Zeit zur Arbeit zu bewegen, die Wohnung, den Körper einigermaßen in Schuss zu halten, all das war schon eine kaum zu bewältigende Anstrengung.

Mir fiel also nichts Besseres ein als Stille Post. Ich begann und flüsterte Fatma, die heftig errötete, ins Ohr: »Wo ist Dürsun? Hast du sie gesehen?« Das Ergebnis war höchst eigenartig. Fatma, nicht in der Lage mich anzusehen, diskutierte auf Türkisch mit Nurçan. Natürlich war das gegen jede Spielregel. Ich bedeutete ihr, einfach das weiterzusagen, was sie verstanden hatte. Auf Deutsch. Sie murmelte etwas ins Nurçans Richtung, nicht eigentlich in ihr Ohr, und sicher war es etwas ganz anderes als meine Vorgabe. Nurçan sah mich jetzt ebenfalls prüfend an. Oder argwöhnisch?

Nurçan, als ob sie sich einen kaum zumutbaren Ruck geben müsste, murmelte gegen Aliyes schwarzes Kopftuch. Aliye fragte zurück, sie konnte kein Türkisch, es ging vier-, fünfmal hin und her, dann guckte auch Aliye misstrauisch. Mich anzusehen wagte sie nicht. Sie informierte kurz Nuriye, ihre ebenfalls albanische Nachbarin. Nuriye presste die Lippen aufeinander, ich konnte sehen, dass sie gelernt hatte, sich zu verbergen. Yeter, die sonst sehr kontaktfreudig war, und auch ohne Kopftuch: versteinerte Miene. Philomina hielt sich raus. Nilufar litt. Sevgi wirkte, als ob sie den Tränen nahe wäre, Afife sprang auf, sprach erregt, die Situation geriet außer Kontrolle.

Ich ließ den Vormittag Revue passieren. Hatte Dürsun sich ungebührlich benommen? So sehr, dass die Frage nach ihrem Verbleib einen solchen Tumult auslöste? Fereshta aus Afghanistan, der man ansah, wie sehr die gestörte Harmonie in der Gruppe sie aufwühlte, versuchte zu beschwichtigen.

»Ha-llo! Ha-llo!«, rief sie. Sie hatte ein schönes, kluges Gesicht und unglaubliche Haare, jedoch verrieten fahle Haut und Augenränder Kummer und Sorgen.

»Frau Lena kein Problem gemacht. Dürsun Problem gemacht, aber Dürsun gegangen, Frau Lena nur gefragt, wo ist Dürsun.«

Sie wartete, als hätte sie ein Logikproblem dargelegt, und es dauerte, bis bei allen der Groschen fiel. Mein Blick haftete auf der Dattel. Ich fixierte das schrumpelige, rötlich braune Ding, bis ich es unscharf und doppelt sah, und bis mir ein unerhörter Verdacht kam. Die Frauen schauten mich an. Sie hielten ihre geschlossenen Taschen dicht am Körper. Das taten sie sonst nie, sie packten ihre Sachen erst weg, wenn ich das Signal dazu gab. Draußen glitzerte die Sonne über dem

Wasser des Fleets. Anzunehmen, dass es tief war. Ich rieb meine kaltschweißigen Hände an den Hosennähten ab.

Die Frauen schwiegen. Die Baustelle schwieg. Dreizehn Uhr sechsundzwanzig. Würden sie mir, wenn ich sie dazu aufforderte, den Inhalt ihrer Taschen zeigen?

»Wo ist Dürsun?«, fragte ich, in meiner Stimme ein beharrendes Knarzen, das die Frauen noch nicht von mir kannten. Ich roch meinen eigenen Schweiß, aber ich war nicht bereit aufzugeben. Es herrschte Schweigen über das Ende der Kurszeit hinaus, dreizehn Uhr dreißig, wir hatten noch nie überzogen.

»Wo ist sie?«

Und plötzlich war ich überzeugt, ja, ich sah das Szenenbild genau vor mir, wie sie Dürsun, die unten stand und rauchte, stumm mit ihren Körpern an den Rand des Fleets drängten. Ich zögerte, das Bild näher heranzuholen. Ich wollte keine Namen nennen müssen.

Ich blieb lieber hier oben am Fenster und sah durch das Schilf, wie eine der Frauen ihre Hand ausstreckte, und Dürsun den Nacken beugte, eine Goldkette nach der anderen abstreifte. Die ausgestreckte Hand nahm die Ketten. Blieb ausgestreckt, bis Armreifen abgestreift, Broschen ausgehakt, linkes und rechtes Ohr vom Gehänge befreit waren. Dann, ich musste geblinzelt haben, der Wimpernschlag lang genug, um Teile des Geschehens zu verpassen, ein Plumps, wie von einem schweren Gegenstand, widerhallend von den Bürgerhausmauern, wie konnte sie denn so schnell weg sein, wieso gab es kein Paddeln, Sich-ans-Schilfgras-Klammern, überhaupt keinen Kampf, sich an der Oberfläche zu halten, nur diesen hohl nachhallenden Plumps und das Wasser in sich rasch ausbreitenden, konzentrischen Kreisen.

»Frau Lena, wir wissen nicht, wo ist Dürsun«, erklärte Afife mit überraschend zärtlicher Stimme. Meinen Namen zu
korrigieren, Lene statt Lena, hatte ich lange aufgegeben.

»Frau Lena, weiß nicht, falsch sagen alles, Entschuldigung,
meine Auge sehen, du müde, viel müde, du Nacht viel traurig,
Entschuldigung, ich sage falsch. Ich nicht wissen, Frau Lena.
Du gehen schlafen, zwei Tage, drei Tage, zu Hause deine
Mann oder zu Hause deine Mutter. Versteh Sie, Frau Lena,
ich nicht wissen. Aber ich sehe. Herz traurig, Herz schwer,
Frau Lena. Alle Frau wissen. Alle sehen. Entschuldigung.«

Eine Stimme wie Rauchkräusel, sich einschmeichelnd,
vordringend ins Innerste meines Kokons, sie erreichte mich
dort, wo das Weinen aufgestaut war, das Schluchzen wie von
sich verschiebenden tektonischen Platten, mein innerer Ba-
salt barst, und mit weit offenen Augen und verschlossenen
Lippen blieb ich einfach stumm sitzen, fixierte, ohne hinzuse-
hen, die Dattel, während die Frauen sich der Reihe nach von
ihren Plätzen erhoben und gingen. Ich sah sie nur wie durch
beschlagenes Glas.

Ich weinte nicht im Bürgerhaus. Ich saß und sank tiefer in
meine äußere Starre, innen war alles aufgebrochen, bis Dürsun kam, außer Atem und unentwegt Sprachbrocken ausstoß-
ßend, sie war in der Pause im Rathaus gewesen und hatte nur
eine Frage gehabt, ihre Armreifen klirrten, während sie ihre
Bücher einpackte.

»Entschuldigung, Frau Lena warten«, sagte sie und lachte
heiser.

»Nein, nein«, gab ich zurück, »ich muss hier sowieso noch
die Listen in Ordnung bringen.«

»Tschüs-tschüs, Frau Lena.« Sie ging mit festen Schritten
hinaus, obwohl ihre hohen Korkabsätze schwankten. Ich war

erleichtert, dass sie lebte, und würde einfach weitermachen, ich knüllte das Papierhandtuch um die klebrige Dattel und presste sie fest, *Reicht jetzt.*

ÉLYSÉE

P ass doch *einmal* auf!«, fuhr Carl Sprenger seine Frau an. Oda gab vor Schreck Gas, statt zu bremsen. Um den Jaguar war es ihm schon immer bange gewesen, ihr Fahrstil war eine Katastrophe.

Auf der Elbchaussee schob sich eine Kolonne von Premiumautomobilen stadteinwärts, durch Sprühregen und vernebelte Sicht, es dämmerte auch bereits. Die Karossen waren in den letzten Jahren immer breiter und höher geworden. Und die Hintern der Frauen, die auf die riesigen Sitze kletterten, immer dürrer. Sprenger spürte, wie ihn eine allumfassende Trübsal ansprang, eigentlich nicht seine Art. Er klappte den beleuchteten Kosmetikspiegel aus. Darin starrte er sich selbst unscharf aus immer noch stark erweiterten Pupillen entgegen, dieser Zustand hielt sich seit der Augenuntersuchung am Vormittag, Diagnose: senile Makuladegeneration. Senil, degeneriert. Und nicht aufzuhalten. Er fühlte sich angezählt. Wenn er sich dann noch vor Augen führte, wohin ihn dieser Trip auf dem Beifahrersitz führte, zur Brustkrebs-Gala ins Grand Élysée, dann wünschte er sich weit weg. Es war Oda ja zu gönnen, dass sie die Gala moderierte, zusammen mit einer dieser Charity-Gattinnen, zigfach operiert und mit der gaumigen Sprache von Zahnersatz. Oda jedenfalls hatte in letzter Zeit genug zu tun mit ihrem Asthma, die Jobs für alt gewordene Schönheiten lagen nicht auf der Straße. Sollte sie es machen, und natürlich begleitete er sie. Er überlegte, ob die erweiterten Pupillen, mit denen er auf die wabernden roten Streifen der SUV-Rücklichter stierte, seine Sicht wirklich zu sehr beeinträchtigten. Ob er nicht doch statt ihrer fahren könnte.

»Ich habe dich was gefragt.«

Er hatte nicht hingehört und gab einen Laut von sich, als hätte sie ihn aus einem Sekundenschlaf geweckt. Senil wahrscheinlich auch das.

»Ob du glaubst, dass die van Hoeken selbst amputiert ist.«

»Wieso, hinkt sie?«

»*Brust*amputiert. Wieso moderiert sie sonst so eine Show.«

Er machte ein diplomatisches Geräusch, das er sich für solche Gespräche angewöhnt hatte.

»Vielleicht hat sie in die Charity-Sache auch einfach Geld reingesteckt. Oder ihr Mann«, sagte Oda gedankenverloren.

»Könnte sein, dass die Leute dasselbe über dich denken.«

Jetzt war sie beleidigt, bremste, vergaß zu kuppeln und würgte fast den Motor ab.

»Manchmal bist du wirklich … das ist heute mein erster Auftritt nach zwei Jahren.«

Ihre noch von weißlicher Aufbaucreme umränderten Augen blitzten ihn aufgebracht an. Sie würde erst im Élysée zurechtgemacht.

»Das wollte ich auch gar nicht —«

»Und dass ich mich selbst chauffieren muss.«

Die Muskulatur ihrer Hände, mit denen sie das Lenkrad umklammerte, baute sich langsam ab. So viel konnte er sehen. Dafür war bei ihr sonst noch alles dran, Brustkrebsgala hin oder her.

»Du siehst umwerfend aus.«

Das war in diesem Moment eine Lüge. Insgesamt aber

machte sie was her, ließ er sich immer noch gern mit ihr sehen. Sie zog auf eine lässige Art Aufmerksamkeit auf sich, glamourös und doch beinahe subversiv, weil sie es einfach nicht mehr nötig hatte, irgendjemandem etwas zu beweisen. Außer jetzt, nach dieser langen Pause, die Tatsache, dass sie noch lebte.

»Bete, dass sie mich in der Maske wieder hinkriegen. Irgendwas ist hier drin. Wir hätten den Alfa nehmen sollen. Verdammte Scheiße.«

Er verabscheute die Art, wie sie das Niesen unterdrückte.

Die Kolonne kam schon vor Teufelsbrück zum Stehen. Oda begann in ihrer Handtasche herumzuwühlen, suchte ihr Spray, ihre Tabletten, Taschentücher.

Ein Schwung Airbus-Pendler, mehr als ein Dutzend, die mit der Fähre angekommen waren, hatten die Fußgängerbrücke vom Anleger überquert, ihre Räder von den Stangen losgemacht, standen mit Anzughose, Regenhaut und glänzenden, aerodynamischen Schutzhelmen auf dem Kopf an der Ampel. Es war Hochwasser, die Elbe schwappte grau bis über das Ufergesträuch, einzelne Wasserzungen entrollten sich über den Radweg. Auf der anderen Elbseite lag die Flugzeugfabrik, eine nüchterne, selbstgewisse Festung, in der Halle war der Schemen einer Flugzeugnase auszumachen, er konnte alles sehen, verdammt noch mal, er konnte auch fahren, es bewegte sich sowieso nichts.

»Soll ich nicht vielleicht fahren?«

»Der Arzt sagt, du wirst blind.«

»Das hat nichts mit meinen Augen zu tun. Stress. Die Kerngeschäft-Arie. Hab ich dir alles erklärt.«

Zwischen all dem Geschiebe draußen und den dichter werdenden Nieselregenschwaden sah er auf der gegenüberliegenden Seite, im Jenischpark mit seinen uralten Bäumen und Sumpfzonen, einen Fasan. Kein Zweifel möglich, mit nickendem Kopf, sich unentwegt umschauend, lief der Fasan durch die ausgeblichenen Gräser des kleinen Schutzgebiets. Die Farben seines Gefieders, all das verschwenderisch Schöne und Gefährdete an diesem Tier trieben ihm Tränen in die Augen. Er nahm sich vor, das Gefühl zu diesem Bild nicht zu vergessen.

»… die Uta von Lingen und die Neue von meinem Ex-Intendanten, Iranerin oder was die ist«, sagte Oda gerade, er hatte keinen Schimmer, wovon sie sprach, ihre Aufzählung wurde unterbrochen von mehrmaligem heftigem Niesen, wieder auf diese, ihn anekelnde Art nach innen abgeleitet.

»Du hast vollkommen recht. Das Medikament wirkt stärker, als ich dachte. Ich sollte sicher nicht fahren.«

Die Schmeichelei wirkte wie von ihm kalkuliert, und sie beanstandete nicht, dass er offensichtlich weghörte. Jemand hupte hinter ihnen, schon eine geraume Weile.

»Jessas, wenn wir doch nur schon da wären.«

Sie durchquerten den Engpass, einen Reparaturtrupp für Ampeln mit mobiler Absperrung und einem behelmten Monteur auf einer Hebebühne. Zügig fuhr Oda jetzt vorbei am blau-roten Panorama des Containerhafens, das sich von der Elbchaussee aus rechts unter ihnen liegend auftat, mit hin- und hersausenden Stapelfahrzeugen und geduldig vertäuten Frachtern.

Aus dem dünnen, beständigen Gestrichel auf den Scheiben war immer stärkerer Regen geworden, jetzt schüttete es, die schweren Tropfen bildeten auf den schnell entstandenen Pfützen Blasen und kleine Fontänen.

Am Stephansplatz, eigentlich schon fast am Ziel, ballten

sich plötzlich ungünstige, unvorhergesehene Umstände: Zwei Sorten Polizisten führten einen Verkehrskollaps herbei. Die einen in Signalmontur mit blinkenden Kellen, sie versperrten die Durchfahrt unter dem Bahnviadukt für einen übergroßen Sattelzug, der ein Brückenteil geladen hatte, augenscheinlich um ebendiesen Bahnviadukt partiell zu ersetzen. Gleichzeitig näherten sich von hinten mindestens zwei Einsatzwagen mit Blaulicht und aufgeblendeten Lichtern. Sprenger konnte gar nichts mehr sehen, zu grell waren die Reflexionen in der allgegenwärtigen Nässe. Oda hätte wahrscheinlich Platz machen müssen, das Blaulicht und das Geheule konzentrierten sich in ihrem Rücken. Links von ihnen standen lückenlos Autos, rechts in kurzen Abständen Elemente einer Baustellenabsperrung mit blinkenden Lampen.

»Carl!«, rief seine Frau, ihre Stimme im Falsett aufsteigender Panik.

Die Ordnungskräfte konnten kaum verlangen, dass man durch die Begrenzung einer Baustelle brach und seinen Wagen auf eine halb abgetragene Asphaltdecke steuerte. Gerade hatte er die Seitentür geöffnet, um den Polizisten zu bedeuten, dass hier kein Durchkommen war und ihre Drängelei sinnlos, als sich ihm aus Nässe und Dunkelheit eine gebückte Silhouette näherte, ein Mensch, der sich durch die hintere Seitentür ins Wageninnere drängte, ihn dabei anstieß, drinnen im Fußraum kauerte und hervorkeuchte: »Please! Shut door, please, shut!«, und er, Carl Sprenger, gehorchte.

Oda saß steif am Steuer, umklammerte es mit beiden Händen und blickte starr durch das von den Wischern für Momente freigewischte Stück Scheibe. Er, Carl Sprenger, stellte fest, dass er eigentlich keine Angst verspürte. Eher gespannt, hätte er seine Reaktion beschrieben, in diesem Augenblick, als der Fremde im Fußraum des Rücksitzes im Jaguar kauerte und beschwörend, in holprigem Englisch raunte: »Please! Need help. Thank you, Madam, Sir, no problem, please.«

»Carl?«

»Ja?«

»Es ist jemand hier drin.«

»Ja, Dodo. Stimmt.«

Der Jemand dampfte vor Nässe und roch nach Schweiß.

»Und was tust du jetzt, Carl?« Die Daumenseite ihrer Hände. So merkwürdig eingefallen, altersbedingt. Dachte er in diesem Moment, da sie ihre Hände um das Lenkrad krallte. Ihr Atem ging pfeifend.

Ein Fremder war in den Wagen gesprungen, duckte sich im Fußraum, hatte vielleicht mit dem Polizeiaufgebot zu tun. Oda hätte längst in der Maske sitzen sollen. Und er, Carl, wusste seit heute Morgen, dass das Schwinden seiner Sehkraft bis zum Erblinden nur hinauszuzögern, nicht aber zu verhindern sein würde.

»I am not a criminal.«

»Na, das ist ja schön für Sie.«

Odas tiefe, immer eine Spur spöttische Stimme, wie hatte sie zu ihren besten Zeiten die männlichen Zuschauer beschäftigt. Carl musste lachen, es war so lustig, wie sie das eben gesagt hatte, trotz ihres pfeifenden Atems.

»Carl, du bist ja wirklich weggetreten! Wir werden gekidnappt, und du findest das komisch!«

Er konnte es nicht erklären. Es war etwas Närrisches, das ihn dazu trieb, aber auch irgendeine Art von Hellsicht, die vielleicht mit seiner Diagnose zusammenhing.

»Bleib ruhig, Dodo. Vertrau mir. Es klärt sich bestimmt alles auf.«

Und zu dem Fremden: »If you tell me, who you are and what you want, we will help you. Trust me.«

Im eigenen Wagen, in der alarmgesicherten Vertrautheit von Gerüchen und Geräuschen führte er diese Konversation. Mit einem, der sich hinter Odas Sitz verkrochen hatte und nicht weiter entfernt hätte sein können von ihnen, von dem Abend, der ihnen bevorstand, von den verschrumpelten Rücken und Dekolletés in den ausgeschnittenen Kleidern, von ihren Krankheiten.

»My name is Ibrahim. Come from Syria. Syria all war, all damage. German police say, no Asyl. Must bring family, must find place for family for sleep. Today. Now. Please.«

»Where is your family?«

»Hauptbahnhof. Waiting in shop.«

»How many family members?«

»Wive, daughter, son, little daughter. Two years and half. Two night no sleep. Please.«

»Carl!«

»Gleich, Dodo.«

»Du wirfst sofort diesen Menschen hinaus.«

»Dodo, bleib ruhig.«

»Carl!«

»Dodo, das können wir nicht.«

»Du stehst ja unter Drogen! Du bist ja gar nicht du selbst!«

»Vertrau mir, Dodo.«

»Du bist ja von Sinnen. Ich habe einen Job, Sprenger. Ich brauche dich. Wenn du es dir anders überlegt hast oder plötzlich Zeichen der Umnachtung zeigst – ich kann es nicht ändern. Aber ich werde meine Arbeit machen. Dann gehe ich eben zu Fuß.«

Oda öffnete die Tür, streckte ein Bein und den Kopf mit

den schon gemachten Haaren hinaus – und zog sie wieder herein. Der Regen war zu stark.

»So eine Scheiße! Bis ich hier ein Taxi kriege, sehe ich aus wie ein Bisam. Carl!«

»Was denn, Dodo.«

»Es sind fünfhundert Meter bis zum Élysée. Ich sollte schon längst da sein. Ich bin fix und fertig.«

Sie nestelte an ihrer Handtasche und sprühte sich zwei Hübe Asthmaspray in den Mund. Carl erkannte die Zeichen der Krise an seiner Frau – mit angestrengt offenen Augen und gehobenem Brustkorb versuchte sie, die Krämpfe in ihren Atemwegen niederzuhalten. Wenn er nichts täte, würde sie ihm das den Rest ihres gemeinsamen Lebens vorhalten. In diesem Moment hatte sich der Verkehrsstau um sie herum aufgelöst, die Einsatzwagen waren vorbeigezogen, man hörte mehrstimmiges Hupen.

»Es geht weiter.«

Sie hielt immer noch das Lenkrad in ihren achtundsechzigjährigen Händen. Ihr Blick war geradeaus gerichtet, sie atmete angestrengt durch ein kleines Loch in den Lippen.

»Was ist, bekommst du keine Luft?«

Sprenger schaltete den Warnblinker ein. Half seiner Frau auf den Beifahrersitz, wobei er selbst kurze Zeit ausstieg, beschwichtigende Gesten in Richtung Warteschlange machte, seinen besten Anzug dem Regen aussetzte. Er wusste, was zu tun war, Notfallspray, zweimal zwei Hübe mit kurzer Pause, Cortisontablette. Er stand noch immer draußen, von dort aus nestelte er an Odas Handtasche.

»Can you drive? Please, can you help us. Drive. My wife is sick.«

Der Syrer zögerte. Carl wiederholte gestisch, worum er

ihn gerade gebeten hatte, und der Mann krabbelte von seinem Platz aus ans Steuer. Er war älter, als Carl zunächst vermutet hatte, Mitte-Ende vierzig schätzungsweise, mit Stirnglatze und melancholischen Zügen. Er legte die Hände ans Steuer, sicher nahm er die Szene als eine weitere Episode seiner Fluchtgeschichte wahr, schnell, wirr und ohne Chance, sie zu verstehen. Der Blick des Mannes war verwundet, müde. Sprenger stellte sich die Familie vor, nach einer langen und verworrenen Reise, in irgendeinem Laden der Wandelhalle.

»Hauptbahnhof?«

Der Syrer sah ihn an.

Er schaute Oda an. Sie würde ihm nie verzeihen.

»My wife needs to get to work! Hurry up, get going! Hauptbahnhof, yes, in a few minutes, later!«

Auch der Syrer würgte erst einmal ab, startete dann mit brüllendem Motor, steuerte nach Sprengers Anweisungen über die Kreuzung, rechts, links, wieder rechts, die Rampe zum Hotel. Sprenger sprühte währenddessen vom Rücksitz aus seiner Frau das Aerosol in den Mund, einmal, kurze Pause, noch einmal, wartete auf ihre Zeichen. Drückte die Tablette aus dem Blister.

»Du machst das heute Abend, Dodo. Ich komme und sehe dir zu. Alles andere ist jetzt nicht dein Thema. Du konzentrierst dich ganz auf dich.«

An ihren Augen erkannte er, sie wollte noch einen Aerosolstoß.

»So ist es gut, Baby.« So hatte er sie lange nicht genannt. Er lächelte sie an und sprühte ihr den Medikamentennebel tief in den Rachen. Ihr Brustkorb hob sich nicht mehr so panisch. Der Syrer hielt an der Rampe des Élysée, Sprenger half seiner Frau aus dem Wagen.

Er betrat die Villa durch die Terrassentür. Was für ein Abend. Sie hatte es durchgestanden, Oda, ihre Frontimplantate waren im Rampenlicht einen Tick zu weiß, zu unecht, sonst sah sie fantastisch aus. Die Reflexe der Scheinwerfer, ihr Haar, fast wie früher. Sie hätte ihm nie verziehen. Sie hatte sich nach dem Auftritt widerstandslos mit dem Taxi in die Asthma-Ambulanz fahren lassen. Sie kannte das schon, mit Tropf und Sauerstoff würde sie erst einmal zwei Tage schlafen.

Mit den Slippern an zwei Fingern ging er auf Socken durchs Kaminzimmer in die Küche, wobei ihm wie gewöhnlich das Knacken in den Zehen beim Gehen übermäßig laut erschien. Ohne das Licht anzuschalten, öffnete er die Besteckschublade, und wie immer hatte er dabei zu viel Kraft aufgewendet, auf ihren ultraleicht gleitenden Schienen krachte ihm die Schublade mit lautem Scheppern entgegen. Sprenger wartete im Dunkeln ab, bis der Nachhall des Besteckgeschleppers verklungen war. Die Digitaluhr am Umluftherd leuchtete grünlich, seufzend nahm er einen langstieligen Löffel, dann aus dem Regal das Glas mit der Schwarzkirschenmarmelade und schob sich einen Löffel voll davon in den Mund.

Da erst fiel ihm der Syrer wieder ein. Sprenger hatte ihm den Schlüssel für den Jaguar und den für den Vordereingang gegeben. Außerdem den Code für die Alarmanlage. Er steckte sich noch einen Löffel Marmelade in den Mund und schraubte das Glas wieder zu.

Er durchquerte das Wohnzimmer, spürte die Nachgiebigkeit des Sarough unter seinen Socken, öffnete die Schiebetür zum Esszimmer, blickte aus wieder normal schlechtsichtigen Augen in die ihm ängstlich und erwartungsvoll zugewandten Gesichter von vier schwarzhaarigen Menschen. Bei ausgeschaltetem Licht saßen sie alle auf einer Tischseite auf den hochlehnigen Stühlen. Das letzte, kleinste der Gesichter entdeckte er erst einen Moment später, verborgen hinter der rundlichen Silhouette der Mutter.

COVER ME

Ich sitze vor meinem Prototyp und bin zerstört.
Vor einer halben Stunde habe ich Lynn in der Schule abge-
liefert. Sie wollte sich nicht anziehen, nicht frühstücken, nicht
gehen; als Reden und Schmeicheln nicht halfen, habe ich sie
wortlos gezwungen, gewaltsam ihre Hände in das Langarm-
shirt gesteckt (und eine heimliche Lust daran verspürt), kräftiger als nötig den Kopf durch den Halsausschnitt gedrückt
und gerissen, der Bund war steif vom Waschen, es tat ihr weh,
sie schrie die ganze Zeit, das Schreien wurde schriller, ich
steckte Kopf und Gliedmaßen in die Kleidung, meine Bewegungen wurden immer wütender und ruckartiger. »Nicht
kämmen!«, schrie sie und hob abwehrend die Arme über ihr
vom Weinen dunkelrotes Gesicht, als ich wie drohend die
Haarbürste hob. Ich hatte mich so weit unter Kontrolle, dass
ich ihr nicht die Metallborsten mit den Kunststoffkäppchen
auf den Kopf schlug und durch die wirren Haare zerrte, auch
das habe ich schon getan, Gott steh mir bei.

Es war schon Viertel vor acht, als ich mich besinnen konnte, Lynn saß angezogen, aber vollkommen aufgelöst und immer noch schluchzend auf dem Küchenhocker, ihr Kleid war
so weit hochgerutscht, dass der Zwickel ihrer Strumpfhose
hervorschaute, ihre Füße, schon in Stiefeln, hingen nach innen gedreht herunter, ich hob sie hoch, sie machte sich schwer
und schlaff. Ich setzte mich mit ihr, die ihr Gesicht in meiner
offenen Jacke vergrub, auf dem Schoß auf den Küchenhocker,

weinte ebenfalls kurz und sah zu, wie es auf der Küchenuhr acht wurde, Schulbeginn, fünf Minuten, sieben Minuten nach.

Mit welchem Recht fordere ich, dass Lynn Klavier übt, dass sie Gesundes isst, an die frische Luft geht, denke ich jetzt, der Schreibtisch, meine Kontakte, meine Pläne, alles lächerlich, alles Wind, Wind um gar nichts, ich beschwere mich, über Victor, über meine Jobs, über die Gleichgültigkeit der Leute, über Bankenrettungen, ich beklage mich und habe selbst nichts, beizutragen, ich rede entweder nur und tue in Wahrheit gar nichts, oder ich tue irgendwas, getrieben von den unterschiedlichsten Impulsen, von einander widersprechenden Plänen und einer wirren Aufgabenliste, lauter Fragezeichen und Wenn-Funktionen mit Verweisen wie bei einem komplizierten Algorithmus müsste man dazu malen, wie soll man so ein Leben führen, wie soll man ein Kind erziehen, wenn man so von entgegengesetzten Vektoren durchbohrt dahintreibt, im leckgeschlagenen Boot etwas von rechts nach links räumt und wieder zurück, mit aufsteigender Panik, während die Strömung stärker wird und der Abwärtssog in Kürze unbeherrschbar, soll man die Kopfschmerzen behandeln, die einem dieses Rauschen bereitet, oder schnellstens etwas unternehmen, aber was?

Jetzt sitze ich in meinem winzigen Arbeitszimmer und schaue auf meine Mappen und Zettel, Bildschirm, Tastatur, Telefon, ich bin achtunddreißig und wahrscheinlich krank, ich habe einen Schaden aus der Kindheit, mir fehlen wichtige Überlebensinstinkte, ich blicke nicht durch, ich habe viertausend Miese auf dem Konto und keine Altersvorsorge, es ist Mitte des Monats, ich bringe es nicht über mich, meine Auftraggeber anzurufen, ich will ein Unternehmen gründen und bin nicht in der Lage, mir einen Handytarif herauszusuchen, ich vertraue keinem dieser zweiundzwanzigjährigen Anzugträger, die in luftballongefüllten Handyshops herumstehen, ich bin in einer unmöglichen Situation, ich leide unter einem unbegreiflichen Defizit und habe bis fünfzehn Uhr Zeit, den Karren aus dem Dreck zu ziehen. Dann muss ich Lynn abholen und für sie erwachsen sein.

Zitternd vor Anspannung sitze ich da, es dröhnt, die Maschinerie fährt hochtourig, jedoch im Leerlauf. Ich muss etwas tun, dies ausprobieren, da anrufen, jeder Plan würde einige komplizierte Schritte beinhalten und schlösse andere Pläne aus, ich kann mich für keinen entscheiden. Ich tue gar nichts und bin bis Mittag vollkommen erschöpft, moralisch am Boden, ein Wrack.

Den Nachmittag verbringe ich mit Lynn, eigentlich ist es Victors Tag, gegen ihren Willen bleibe ich mit ihr draußen. Im Park bleibt sie auf dem Weg unter den Pappeln am Rand der Wiese stehen und geht keinen Schritt mehr, der Himmel ist so ausdruckslos wie ein leerer Bildschirm, die Blätter ragen in die Windstille, Krähen sitzen in den Wipfeln. Eigentlich wollte ich mit Lynn auf den Spielplatz, aber ich verzichte darauf, sie zu drängen. Ich stehe neben ihr und blicke an den Pappeln hinauf, in Wellen rühren schwache Windböen an das eigentümlich schwere, graugrüne Laub, das träge nachschwingt. Wir stehen lange, und als Lynn auf dem Rückweg jammert und nicht mehr laufen will, trage ich sie, ihre Strumpfhosenbeine wippen, ich keuche.

Am nächsten Morgen stehe ich früher auf, noch im Dunkeln mache ich Gymnastik, unwillkürlich steigt die Zuversicht, ich fühle mich umgrenzter, gut beherbergt in meinem Körper. Ich bereite das Frühstück vor, Lynn kommt mit zusammengekniffenen Augen in die Küche, lehnt sich an mich, alles wird besser werden. Ich bin jetzt ganz sicher. Im Nachthemd vor ihrer Tasse sitzend, scheint sie mich an diesem Morgen ihres Kinderlebens mit dem Teil ihrer Aufmerksamkeit, der sich schon nach außen richtet, auf eine Veränderung hin zu mustern.

Im Flur der Vorschule verabschiedet sie sich munter plappernd und ohne Widerstreben.

Es ist ja nicht so, dass ich nichts tue und nichts anzubieten habe, es zerrinnt mir nur immer wieder bis zur Unauffindbarkeit, buchstäblich, als ich den anderen Prototyp suche, den für die Tablet-Hüllen, wo habe ich nur das flache, in Wachspapier gewickelte Päckchen. Als meine Produzentin absprang, habe ich das Projekt innerlich abgeschrieben und alles die Hüllen Betreffende aus meinem Arbeitszimmer geräumt, nur der viel zu große Stapel Visitenkarten liegt noch da und verstaubt, die Idee mit den Hüllen ist gut, nur das Kaufmännische fehlt mir, und Kapital natürlich, und was mir außerdem fehlt, ist der Glaube daran, alles Widrige zu bezwingen, der *Biss.*

Meinen Elan hoffnungslos abgelöscht hatte auch Victors Blick, als er Lynn für das Wochenende abholte und im Flur stand, voller Ungeduld, verschlossen und von fremder Luft umgeben, und den Zettel ansah, mit der Aufschrift: *Coverme cases – Geschäftsführung,* den ich im Überschwang an die Kammertür geheftet hatte. Unter Victors Blicken ist mir noch alles verdorrt.

Dennoch war der Anblick so komisch, Victors verständnislose Miene angesichts meiner Geschäftsidee, die so unausgekocht, unvernünftig, unbeständig war wie ich selbst, dass ich lachen musste. Es gelang mir knapp, nicht laut herauszuprus-

ten. Lynn blickte mich fragend an, als sie ihren Kinderrucksack an mir vorbei durch den Flur schleppte. Ob Victor mein
unterdrücktes Lachen bemerkt hatte oder nicht und also einen weiteren Beweis meiner mangelnden Selbstkontrolle in
der Hand hielt, vermochte ich nicht festzustellen.

Der Vormittag sieht mich tapfer gegen meine Dämonen
kämpfen, aus dem Erlös der Pfandflaschen und Lynns Spar-
dose kratze ich zusammen, was mir für den Geschmacksmus-
terschutz fehlt. Jetzt brauche ich noch Farbausdrucke, wenn
ich die im Copyshop mache, reicht das Geld nicht, es fällt mir
nichts Besseres ein, als in die Berufsakademie zu fahren, im
Kopierraum funktioniert mein Zugang noch, obwohl ich seit
fast einem Jahr weg bin.

Es ist Rolf, mein Exkollege, der mindestens so erschrocken
dreinblickt wie ich, als ich die Metalltür im Keller von Haus F
aufstoße und mir die vertraute Heizkessel- und Maschinen-
luft entgegenweht, seine hochgewachsene, etwas schlaffe Gestalt beugt sich über den Kopierer, natürlich wandelt sich sein
Schreck sofort in einen Ausdruck freudiger Überraschung,
wir umarmen uns, kein Kleidungsstück der Welt scheint mir
in diesem Augenblick so vertraut wie Rolfs Pullover. Wie um
mir die Erklärungsnöte für mein Auftauchen zu nehmen, be-
richtet er, dass auch er gekündigt ist, mit Frist bis zum Jahres-
ende. Er scheint diesen Satz noch nicht oft laut ausgesprochen
zu haben, sein gefurchtes Gesicht, die graugelben Zähne, hinter seinem Lächeln offenbart sich die Angst.

»Es ging immer so weiter, seit du weg bist, unser ganzes
Team ist aufgelöst.«

Ich nehme seinen Bericht entgegen, frage nach anderen
Kollegen, hantiere dabei an den Geräten. Er hat mir damals
gezeigt, wie ich Farbausdrucke von einem Datenträger her-

stelle, natürlich begehe ich gerade vor seinen Augen einen Diebstahl. Ich erzähle von meiner Firmengründung und der Idee mit den Hüllen. Fast glaube ich es selbst.

Plötzlich wird die Zeit knapp, ich hetze nach Hause. Gerade noch rechtzeitig werde ich den Berg durcheinandergeworfener Sachen im Bildhintergrund der Webcam beiseiteschieben können. Der Online-Deutschkurs ist gerade mein einziger regelmäßiger Job.

Der Chat verläuft stockend, zuerst eine Chinesin von der TU, die für meine vorbereiteten Themen kaum mehr als einsilbige Antworten übrighat, ich möchte über eine Plakatkampagne sprechen, entweder sie versteht kein einziges der albernen Wortspiele, oder das Thema ist ihr zu banal und sie ist zu höflich, mir das zu zeigen. Ich versuche es mit den aktuellen Nachrichten. Aber auch da stoße ich auf eine Barriere des Schweigens, mit zusammengepressten Lippen und nicht entspiegelter Brille sitzt die Chinesin auf meinem Bildschirm, ihre Haut erscheint grünlich und verpixelt, sie sieht unglücklich aus.

In meiner zweiten Einheit kriege ich die französischen Ingenieure, zu dritt strecken sie ihre leicht fetten, freundlichen Gesichter in die Kamera, die sie fischaugenhaft in der Bildmitte größer zerrt, und finden alles witzig, die Fehler der anderen, die Absurdität der deutschen Sprache, meine Gesten und Grimassen, mit denen ich ihnen Grammatik erkläre, vielleicht gucken sie sich später mit ebenso eng zusammengesteckten Gesichtern, die Webcam nur einseitig eingeschaltet, noch eine Stripperin an.

Das Telefon blinkt, eine Nachricht von Victor ist auf der Mailbox.

»Es gibt einen Termin für die Mediation. Ich habe mich

informiert, du kannst auf keinen Fall einfach so wegziehen mit Lynn. Ruf mich zurück.«

Ich lasse die Nachricht wiederholt abspielen, registriere jedes Atmen von ihm und bilde mir ein, er meine nicht mich.

Am Nachmittag folgt mir Lynn wie selbstverständlich in den Park, bei den Pappeln, den Spielplatz schon in Sichtweite, bleiben wir stehen. Die schmalen Bäume wirken heute noch höher, die laubbeladenen oberen Äste scheinen kaum Verbindung zu haben zu den tief gefurchten Stämmen hier unten. Der Himmel ist bewegt, das Geräusch der Blätter klingt jetzt wie das Klappern trockener Knöchlein, ich lache, lache und kann nicht aufhören, Lynn betrachtet mich eine Zeit lang mit skeptischem Blick, dann lacht sie auch.

TORFBABY

Die Waldfrau ging schnell und vorneüber gebeugt, die geschmeidigen Bewegungen ihres Körpers passten nicht zu ihrem alten Gesicht. Ihr fehlten Zähne und die sonnengebräunte Haut war faltig wie die Rinde eines knorrigen Baums. Ihre Haare hingen in langen, dunklen Strähnen unter einer Schirmmütze hervor, die ihr zu groß war oder besonders weit ins Gesicht gezogen, so dass die Waldfrau immer mühsam darunter hervorlugte. Obwohl es Sommer war, trug sie einen riesigen wattierten Mantel, dessen ursprüngliche Farbe nicht mehr zu erkennen war, vielleicht war er einmal taubenblau oder silbern gewesen, möglicherweise aber auch pink. Das Kleidungsstück starrte vor jahrealtem Schmutz, schien unten schwerer als oben, vollgesogen mit Unaussprechlichem, bauschte sich aber noch immer entlang der ringförmig um den Körper herumlaufenden Steppnähte.

Wir waren im Zeltlager auf der Schwäbischen Alb. Neben den weißen Gruppenzelten führte ein mit trockenem Mulch bedeckter Waldweg nach etwa fünfzig Metern zu den Plumpsklos, die nach frisch gesägten Stämmen und eben Plumpsklos rochen. Weiter geradeaus begann der Wald. Man übertrat die Schwelle zu einer riesigen Kirche, mit hoher, geschwungener Decke aus grün gepunktetem Licht. Die Äste der Buchen ragten so hoch auf, dass man ihre Kronen nicht mehr sah, sie standen da wie mit grüngrauer Haut bedeckte, urweltliche Körper, zu ihren Füßen lag in weitem Umkreis rötliches Laub.

Ich empfand die starke Gegenwart der Bäume, konnte ihre Stimmen, das Fließen ihrer Säfte spüren, beinahe hören. Ich war sicher, dass sie mich wahrnahmen, wenn ich abends den Waldweg entlangging, meine Hände mit den schwarz geränderten Nägeln auf die Stämme legte, abwechselnd fühlte ich sie als fleischliche Körper und lebendes Holz, kein wesentlicher Unterschied.

Vor nicht langer Zeit hatte ich meine Tage bekommen, als eine der Letzten in meiner Klasse, die anderen Mädchen sprachen längst mit verschwörerischer Miene, auch voller Stolz darüber, in der Sportumkleide, beim Zuhaken ihrer spitzenbesetzten BHs, beim Versprühen von Deodorants, die mir den Atem nahmen, während ich dem geschlechtsbezogenen Gewisper zuhörte. Ich warf mir weite Flanellhemden und Pullover über, ohne meine erst vor Kurzem aus dem Nichts herausgesprungenen Wölbungen zu beachten. Das hätte einen Akt der Anerkennung bedeutet, gegen den ich mich sträubte. Ich wollte aus dem Zeitlauf aussteigen, mich verkriechen und gar nichts mehr spüren.

Im Dunkel unter meinen Hüllen aber vollzog sich dasselbe, was die anderen Mädchen mit ihrer nachformenden Wäsche, ihren Leggins und ausgeschnittenen Shirts so erregt begrüßten. Zu meinem Entsetzen wuchsen mir richtige Brüste, in meinem Unterleib rumorte etwas Wütendes. Unter Krämpfen, deren Wucht mich ängstigte, brach aus meinem Körper ein Blutstrom hervor, der durch nichts zu stoppen war, kein Schließmuskel gehorchte meinem verbissenen Willen, vielleicht würde ich sterben. Sämtliche der dicken, weißen Einlagen, die meine Mutter paketeweise ins Klo stellte, waren in kurzer Zeit vollgesogen, sahen aus wie schreckliche Fleischstücke und rochen metallisch.

Dieser neue Sachstand kränkte mich. Gern hätte ich mich in ein dunkles, mit Lumpen ausgepolstertes Nest verzogen und darauf gewartet, dass dieses Ungemach vorbeizog. Es gab jedoch kein Entrinnen, nach einer Zeit trügerischer Ruhe wurde ich wieder heimgesucht. Meine Sicht auf die Zukunft trübte sich ein. Mein Blick auf Frauen veränderte sich: Ich wollte nicht zu ihnen gehören. Ich wollte meinen neutral und gleichmäßig dahinlebenden Körper zurück.

Auch jetzt auf der Schwäbischen Alb, weit weg von den pastellfarbenen Damenbindenpaketen auf dem Toilettenspülkasten, betrat ich den Wald als Gezeichnete. Man hatte mir gut gemachte Aufklärungsbücher zu lesen gegeben, vom Aufbruch beseelte Lehrkräfte hatten vor unserer Klasse gestanden und bejahend über sexuelle Belange gesprochen. Mich hatte diese Bejahung nicht erreicht. Mit ausgepolsterten Hosen schlich ich durch den Wald, der mich heute anschwieg, nur wenig Kühlung in der Hitze bereithielt, dafür umso mehr Mücken und anderes Getier, trockene Flügel und schwarze Beine, sie witterten mein Blut und schwirrten mir nach.

Zu meiner Rechten fiel der Buchenwald großräumig ab, der Weg beschrieb einen weiten Linksbogen an der Höhenlinie entlang. Ich erreichte die kleine Lichtung, einen Vorsprung, geformt und zusammengehalten aus dem jetzt toten Wurzelwerk mehrerer gefällter Altbäume, deren Stümpfe ausgehöhlt waren von Fäule, überzogen von blass- und dunkelgrünem Moos. Einer der gefällten Stämme war als rohe Sitzbank zurechtgesägt, entastet und oben abgeflacht worden. Die Lichtung war durch ein Gebüsch von Weißdorn und Schlehen den Blicken vom Weg her entzogen. Nach oben hin öffnete sich ein blauer Schacht zum Himmel. Ich hatte den

Platz allein gefunden und saß an manchen Abenden hier nach dem Küchen- und Spüldienst, aber noch vor den Runden am Lagerfeuer, in einer Zwischenzeit, in der es viel Hin und Her zwischen Mädchen- und Jungenzelt, Duschen unter kalten Brausen, Umkleiden und kicherndes Herumschmieren von Kosmetika gab.

Neben der rohen Bank wuchs an einem der Baumstümpfe der sprechende Pilz. Ich nannte ihn so, weil er seitlich am Stamm hing, mit seiner harten, schrundigen Substanz in der Form zweier riesiger, poriger, gelb-bräunlicher Lippen. Ich wusste nicht, ob der sprechende Pilz mir freundlich gesonnen war. Vielleicht verbreitete er Gehässigkeiten über mich und zischte mir Verwünschungen nach.

Ich setzte mich auf der entgegengesetzten Seite des Baumstumpfs ins Moos, damit der sprechende Pilz mich nicht sehen konnte. Ich zog mein grob gewebtes Baumwollhemd über die Knie. In meinem Unterbauch rumorte es wie in einem dunklen Schmerzraum, der viel größer war als der Logik nach in mich hineinpassen konnte, ein Abgrund mit labyrinthischen Zugängen, ich irrte in mir selbst umher, fand keinen Ausgang und fiel, sitzend, mit dem stramm gespannten Hemdstoff über den Knien ins Moos und immer tiefer Richtung Erdmittelpunkt. Schweiß brach mir aus, ich schloss die Augen. Die Ameisen begannen, mich als Kadaver zu betrachten.

Ich saß auf Moos und Laub, während der Schmerz sich in Spiralen immer tiefer in die befremdliche Masse bohrte, die einmal mein eigener, mir gehorchender Körper gewesen war.

Im Alb-Camp riss ich aus, wenn die anderen voller Lüsternheit über die Betreuer sprachen. Wolfgang hatte mehr Muskeln, dafür konnte Stefan schöner singen, so wie am Vorabend am Lagerfeuer, und Westerngitarre spielen. Hatte aber definitiv eine Freundin!

Als ich die Augen aufmachte, im Moos am Baumstamm lehnend, im toten Winkel des sprechenden Pilzes, huschte jemand geräuschlos davon, kein Rascheln von Stoff, keine knickenden Zweige. Schnelle, dünne Beine bewegten sich tänzerisch über laubfreie Stellen im Moos. Länger als ihr Anblick – der vom Schmutz farblose Daunenmantel, die tief ins Gesicht gezogene Schirmmütze – blieb der Geruch der Waldfrau zurück, überwältigend süßlich, tierisch. Die Waldfrau funkelte mich an, als hätte ich sie gestört oder ihr etwas weggenommen. Vielleicht war der Baumstumpf mit dem sprechenden Pilz eigentlich ihr Platz. Ich hatte mich zwar erschreckt, aber Angst hatte ich nicht. Es war, als hätte ich einen Blick auf ein seltenes, scheues Waldwesen werfen können, wie einen Luchs oder eine weiße Hirschkuh.

Ich blieb, bis die Farben um mich herum fahl wurden, meine Hände und das Gesicht kalt und klebrig. Ich hatte so lange gesessen, dass meine Gelenke beim Aufstehen schmerzten. Mir war schwindlig, und ich spürte, wie ein Schwall Blut die Kompressen zwischen meinen Beinen durchtränkte.

Als meine Augen wieder scharf sahen, bemerkte ich ein Püppchen am Boden, ein vom langen Draußensein porös gewordenes Kautschukkind, verfärbt von Moos und Grünspan. Seine Beine waren gerade, es trug eine aufgeprägte Badehose, die vielleicht einmal rot gewesen war, leicht angewinkelte Arme, die Hände wirkten abgekaut. Den farbigen Aufdruck des Gesichts, vor allem Mund und Augen, konnte man noch erahnen. Die Haare waren ebenso wulstig wie die Badehose. Die Proportionen des Püppchens waren nicht babyhaft, dabei maß es nur eine Handspanne. Wahrscheinlich war es sehr alt.

Torfbaby, so nannte ich es. Ich fand es nicht schön. Ich wollte das Torfbaby im Moos vergraben. Mir war zugleich kalt, und ich schwitzte. Das Torfbaby war nicht dazu gemacht, gesehen zu werden. Ich arbeitete schnell, kratzte mit einem Stock die Erde weg, störte Ameisen auf, fand einen Hohlraum unter der Wurzel, legte das Torfbaby dort hinein und deckte Moos, das ich in flächigen Placken vom Waldboden schälte, zum Schutz darüber. Keiner sollte wissen, dass ich es hier versteckt hatte. Nach getaner Arbeit blieb ich stehen, mein Herz klopfte, und mein Atem ging schnell.

Den ganzen Rückweg kämpfte ich gegen plötzliche Übelkeit an, und gegen das Gefühl, mein Körper hätte etwas Dunkles und Falsches hervorgebracht. Es war inzwischen Nacht geworden. Die anderen waren nicht mehr in den Gruppenzelten, ich hörte Lachen und Gitarrengeklampfe vom Lagerfeuer. Im Mädchenzelt kroch ich in meinen Schlafsack. Kaum lag ich, fragte ich mich, ob die Saugkraft der Binden über Nacht ausreichen würde. Was sollte ich tun, wenn mein Schlafsack befleckt würde? Die Isomatte raschelte auf dem Zeltboden, alle Gerüche von Schweiß, Gras und Eisen waren meine. Mit meinem Hemd als Kissen weinte ich mich in den Schlaf, mit einem heimlich angenehmen Gefühl.

Wir halfen einem Naturschutzverein die von Schäfern geprägte Kulturlandschaft zu erhalten, hauptsächlich wegen der Orchideen. Die Betreuer fällten mit Motorsägen die Wacholderbüsche und anderen Bäume, mähten mit der Motorsense das Gras, und wir aus dem Zeltlager zogen mit Arbeitshandschuhen an den Händen die Büsche auf große Haufen, rechten den Grasschnitt und luden die Haufen mit Mistgabeln auf den Anhänger eines Traktors, mit dem alles zum Bauern auf den Kompost gebracht wurde. Ich sah den Wert unserer Arbeit für den Naturschutz nur zum Teil ein. Lieber hätte ich einen Urzustand erhalten oder wiederhergestellt als eine bestimmte Art kultivierter Wiese. Der Wald holte sich die Wacholderheide zurück, wir waren keine Wanderschäfer mehr – na und?

Noch weniger überzeugt war ich, als ich einen Tag später am Straßenrand die Kolonne parkender Autos sah. Der Regen fiel seit zwei Tagen, unsere Arbeit in der Wacholderheide stand still. Wir hatten Milchdienst und stapften zu viert in Regenmänteln an der Landstraße entlang, zum Bauern ins nächste Dorf, jeweils zu zweit eine große silberfarbene Milchkanne zwischen uns.

Die behäbigen Ford- und Mercedes-Modelle gehörten den Vereinsmitgliedern, die mit extralangen Teleobjektiven herbeischwirrten und die Orchideen aufstöberten, die Schachblume und den Frauenschuh, die Hummel-, Bienen-, Spinnenragwurz, das bleiche, purpur- oder fleischfarbene Knabenkraut. Ich war nicht sicher, ob ich mit meiner Arbeit wirklich die Natur schützte oder nur die Fotomotive für diese Männer, deren Armeepullover über den Bäuchen spannten, ihre Kniebundstrümpfe über harten Waden. Ich sah in den Blüten der Orchideen klebrige Kussmünder, groteske, irgendwie sexuelle Formen in grellen Farben, giftige, klebrige Schlünde.

Der Milchdienst, das waren Ricarda, Keks, Wutschko und ich. An nach Gülle stinkenden Feldern vorbei trotteten wir das öde graue Band der Landstraße entlang. Ich sah das Innere meiner Regenmantelkapuze, das Wasser tropfte in meine Gummistiefel, die bei jedem Schritt ein feuchtes, schlappendes Geräusch machten. Immerzu nahm ich meinen Geruch wahr, aus dem niemals trockenen Textilfutter der Stiefel heraus roch es nach Moos und alten Turnschuhen, aus dem Regenmantel nach meinem am Rücken schweißfeuchten Hemd.

Ricarda aß sehr wenig, füllte sich winzige Portionen von dem Milchreis, der Pasta, dem Linseneintopf, die Wolfgang kochte, in ihre Emailleschale. Sie sah zart und durchsichtig aus, hatte rote Haare und dünne, milchweiße Haut. Auf Ricardas Stirn kräuselten sich Gedanken und Gefühle, die meinen ganz unähnlich waren. Ihr schmaler Körper konnte unmöglich die gleichen Ausdünstungen und Ausflüsse produzieren.

Sie war ein Engel, ich ein eher tierisches Wesen. Dessen war ich mir sicher, vermied es aber, im direkten Kontakt mit ihr irgendetwas darüber durchblicken zu lassen. Ich sprach sie als Ebenbürtige an, denn im Unterschied zu den anderen, die zwischen den Heuhaufen herumalberten, mit Erdballen warfen oder die Pausen endlos ausdehnten, arbeiteten Ricarda und ich bei den Einsätzen auf der Heide, so hart wir konnten. Wir machten niemals Pausen. Es war ein heimlicher Wettlauf zwischen uns entstanden, wer die größeren Grasberge mit der Heugabel aufspießen und auf den Traktoranhänger werfen konnte. Wir genossen die Anerkennung der Hauptamtlichen und der Betreuer für unseren Einsatz. Ricarda bekam noch mehr Applaus als ich, weil sie eben nicht nach harter Arbeit aussah. Ich versuche, meinen Neid auf sie in allumfassende Liebe zu transformieren.

Eines Nachmittags hörten wir einen Vortrag über das Waldsterben auf einer Lichtung in der Nähe des Camps. Der Oberförster, ebenfalls Mitglied im Naturschutzverein, ging mit uns herum und zeigte uns die Stresssymptome der am sauren Regen zugrunde gehenden Bäume. Er trug seinen Vollbart kurz getrimmt und die gleiche Art Kniebundhosen und -strümpfe wie die dickbäuchigen Orchideenexperten, wenngleich der Förster ganz dünn war, fast etwas Tänzerisches hatte, wenn er auf die Laubbäume deutete, die panisch in die Höhe wuchsen, weil sie laut seiner Aussage dabei waren zu ersticken. Er ahmte mit grazilen Bewegungen nach, wie sie ihre sich krank und sinnlos verzweigenden Nottriebe dem Himmel entgegenstreckten. Feine Haarsträhnen flogen um seine kahle Stirn, als er kehrtmachte und uns die Nadelbäume zeigte, auch sie verjüngten sich an den hellgrünen, zarten Spitzen ihrer Äste nicht mehr natürlich und gesund, sondern in übermäßigem Geilwuchs.

Wir standen im satten Grün, aber unser Blick war geschärft für die Zeichen des Untergangs. In kahlen, vom Säureregen abgetöteten Wäldern würden wir stehen, ohne Vogelgezwitscher, und auf das Ende warten, dessen Vorboten wir hier zu deuten lernten. Meine Kehle war wie zugeschnürt, ich wich vor dem Förster zurück, dessen Wangen schadenfroh leuchteten. Aus beiden Nasenlöchern wuchsen ihm Haarbüschel. Ich dachte an die Atomraketen, die jeden Augenblick niedergehen konnten, weil Russen und Amerikaner sie über unsere Köpfe hinweg aufeinander richteten, und dass sie dabei ganz Mitteleuropa auslöschen würden.

Ein wimmerndes Krächzen entfuhr mir, das mir sofort peinlich war, aber außer mir und Ricarda, die einen tödlich veränderten Tannenzweig zwischen den Fingern drehte, zeigte sowieso niemand Interesse. Fünf, sechs andere ließen eine Tüte Flips kreisen und bewarfen sich gegenseitig mit trockenen Blättern. Beim Zurücktaumeln berührte meine Hand die Ricardas, dieselbe, in der sie ihr Tannenzweiglein hielt. Ich fühlte Hitze in meine Wangen steigen, wegen meiner Ungeschicklichkeit, und weil mir gleichzeitig aufging, dass ich

Ricarda noch niemals berührt hatte. Obwohl sie aussah wie halb-durchsichtiges Porzellan, war ihre Hand so warm wie meine. Ich fühlte mein heißes Gesicht und blickte zu Boden auf das in der Nachmittagssonne rotbraun aufflammende Buchenlaub.

Ricarda und ich gingen schweigend hinter den anderen, bei jedem Schritt schoben unsere Füße eine laut raschelnde Blätterwelle vor sich her. Ich fühlte mich beklommen, wegen des Vortrags des Försters einerseits und weil ich mit Ricarda sowieso kaum unbefangen sprechen konnte, umso weniger seit der Berührung unserer Hände. Ich wäre gern unter der Laubschicht durch einen Mäusetunnel gelaufen. Wir waren nicht weit von der Abzweigung mit dem Baumstumpf und dem sprechenden Pilz.

Ganz unerwartet prallte ein starker Stoß gegen meine Schulter, ein Angriff. Ich geriet aus dem Gleichgewicht, landete im Laub, sah erst Ricarda über mir, in einer Perspektive wie aus einer Arztserie, vom Operationstisch aus. Dann ein Geruch, übel süßlich, der mich umgeschmissen hätte, hätte ich nicht bereits gelegen. Jemand entfernte sich, wie machte sie das bloß, ohne Geräusch im Laub, dreckiger Mantel, Käppi.

Die Waldfrau hatte mich mit Karacho gerammt. Was wollte sie von mir? Schnell war sie weg, am längsten blieb der Geruch. Ich fühlte mich gegenüber Ricarda in Erklärungsnot. Was ich mit der Waldfrau zu schaffen hatte? Keine Ahnung! Echt. Kein Schimmer. Ich stammelte Sätze, die Ricarda offenbar nicht verstand. Ihre Notarzt-Perspektive hielt nicht, was ich mir davon versprochen hatte. Ich empfand großes Mitleid für mich. Natürlich hätte mich die Stinkerin nicht angegriffen, wenn ich ein normal-dämlicher Teenager wäre oder ein ätherisches Geschöpf wie Ricarda. Ich blieb für lange Momente ausgestreckt liegen in einer Totale aus rostfarbenem Laub, mit Blick in die grün hingetupfte Höhe.

Am nächsten Abend ging ich zum sprechenden Pilz, grub im Moos unter dem Baumstumpf, langte in den Hohlraum und holte das Püppchen hervor. Zwischen meinen von der Arbeit schwieligen und schwarz-geränderten Fingern war das Torfbaby immer noch gleich hässlich, und immer noch dachte ich, dass es nicht ans Licht gehörte. Ich hatte einen kleinen Karton mitgebracht, da passte es mit etwas Moos umwickelt gerade hinein. Ich trug den Karton mit dem Torfbaby ins Zeltlager, wo ich ihn erst einmal vergaß, im Mädchenzelt zwischen den am Kopfende meines Schlafsacks aufgehäuften, durcheinandergeworfenen Sachen.

Am Abend saß ich zum ersten Mal mit am Feuer, zwischen Ulf, einem Jungen mit Brille, der etwas nach Teich roch, und der eigentlich netten Gabi. Ich fühlte mich überraschend gut, das Feuer ließ die Gesichter orangefarben leuchten. Mit einem Mal fand ich alle auf besondere Weise schön, man konnte sehen, dass wir seit neun Tagen draußen waren und schon einiges zusammen erlebt hatten, und dass es niemanden von uns kalt ließ, dass wir jetzt hier zusammen saßen. Stefan hielt seine Westerngitarre auf dem Schenkel des übergeschlagenen linken Beins, er sang wirklich gut.

Es gab mir einen Stich, als ich sah, wie Ricarda neben ihm die Strophen mitsang, sie hatte geduscht und trug einen blauen Pullover, den ich nicht kannte, sie sah glücklich aus, kannte den Text, vielleicht saß sie schon mehrere Abende neben Stefan und seiner Gitarre. Stefan war mindestens sechsundzwanzig, klein und dunkel, seine Freundin, eine ebenso kleine, immer lachende Schweizerin mit dunkelbraunen Locken, war über das Wochenende auch im Camp. Eben noch hatte ich mich so leicht gefühlt, eins mit der ins Feuer blickenden Gruppe, und kaum sah und hörte ich Ricarda und Stefan *Mr Bojangles* singen, wie sie den Namen Bo gemeinsam in die Luft heulten wie Wölfe und sich dabei aus den Augenwinkeln lachend anblickten, als mir furchtbar schwer zumute wurde, inmitten der Gruppe fühlte ich mich von allen anderen abgetrennt. Tränen stiegen in mir auf, ich musste mich darauf konzentrieren, dass sie nicht überflossen.

Ich wollte auf keinen Fall vor der ganzen Versammlung gefragt werden, was mit mir los war. Das nächste Lied aber war definitiv so traurig, dass ich auf jeden Fall weinen würde. Als ich abrupt aufstand, fiel Ulf fast von der Bank, aber ich musste fort, spätestens bei einer bestimmten Zeile würden die Tränen nur so über mein Gesicht strömen, und gleichzeitig würde ich mich über mich selbst ärgern, dass so ein gefühlsduseliger Text bei mir wie kalkuliert wirkte. Ein Problem, das ich mit fast allen Folk- und Popsongs hatte, weswegen ich mich an die Musik hielt, die wir in der Jugendkantorei sangen, Schütz, Schein und Scheidt und Bach natürlich. Damit konnte im Zeltlager keiner etwas anfangen. Das Problem war aber grundsätzlich und trennte mich dauerhaft von den Menschen meines Alters.

Schon wenige Meter abseits der um das Feuer gruppierten Bierbänke war es dunkel und empfindlich kalt. Schon dadurch kühlte ich insgesamt ab. Der Wald wirkte in seiner Feuchtigkeit ausatmenden, rauschenden Finsternis gleichzeitig näher und distanzierter. Ich ging zu den Plumpsklos. Über dem stinkenden Loch in Sitzhöhe kauernd, mich am Verschlusshaken der Kabine haltend, weil mir das Metall sauberer erschien als vollgesogenes Holz, horchte ich auf die Geräusche des Waldes, während mein Urin deutlich hörbar in die bereits vorhandene Teenagergülle im Plastiktank plätscherte.

Als ich die schwere Zeltbahn am Eingang des Mädchenzeltes anhob, war ich schon fast wieder bei dem angelangt, was zu dieser Zeit mein inneres Gleichgewicht war. In keiner Weise war ich auf das gefasst, was mir aus dem Mädchenzelt entgegenschlug, der leider schon vertraute, Übelkeit erregende Geruch und ein heiseres Zischen, das klang wie »Geh mirrrr …«.

Die Waldfrau kauerte tatsächlich auf dem Mittelgang, dem mit einer dicken Folie ausgelegten Zeltboden, zwischen den beiden Reihen der längs zur Außenwand aufgereihten Isomatten. Ihr ekliger Mantel hatte meinen Schlafsack berührt, während sie unsere Sachen durchwühlt haben musste. Von meinem Auftauchen zwischen den beiden an der Stirnseite des Zelts offen herunterhängenden Bahnen schien sie sich ertappt und in die Enge getrieben zu fühlen. Wie eine Katze duckte sie sich auf den Boden und fixierte ihren Fluchtweg, den ich gleichzeitig eröffnete und versperrte. Ihr Mund war eine feuchte, pulsierende Öffnung in ihrem faltigen Gesicht, bei jedem stoßweisen Atemzug saugte sie die ohnehin schon eingefallenen Wangen ein.

Ich fand die Waldfrau dermaßen abstoßend, dass ich mich schüttelte, ein Schrei der Empörung und der Wille, ihr eins auszuwischen, eine Lehre zu erteilen, trieb mich dazu, laut, so laut, wie ich es mir selbst nicht zugetraut hätte, »Stefan!« zu schreien. Vielleicht einmal, vielleicht mehrmals. Da schnellte die Waldfrau mir entgegen, schubste mich zum zweiten Mal an diesem Tag heftig zur Seite und verschwand unter meinem Arm hindurch in den Wald.

Es war nicht so, dass mir die anderen nicht glaubten, zumal

Ricarda den ersten Zusammenstoß mit der Waldfrau an diesem Tag bezeugen konnte. Die Bilanz meines Aufschreis war für mich, dass es nicht dasselbe war, von Stefan aus lachenden Augenwinkeln beim Singen angeschaut zu werden oder fragend, um nicht zu sagen ungläubig fragend und etwas mitleidig wie nach der Begegnung mit der Waldfrau im Zelt.

Wir durften uns aussuchen, ob wir Wachen aufstellen wollten, die sich freilich in der Nacht würden abwechseln müssen, oder ob die Betreuer mit in unseren Zelten schliefen, im Fall des Mädchenzelts wäre das Petra gewesen, die einzige weibliche Betreuerin. Das hätte aber auch ein Ende der nächtlichen Heimlichkeiten bedeutet, Süßigkeitenrunden im Schein von Taschenlampen, vereinzeltes Hin und Her zwischen Jungs- und Mädchenzelt.

Während der Beratung am nächsten Morgen nach dem Frühstück, bei dem die einen noch verschlafen, andere schon reichlich vollgefressen waren, weil Nutellatag war und weil ein ganzes Büschel an Gründen uns dazu trieb, monströse Mengen zu essen: die frische Luft, die Arbeit, unsere mutierenden Körper, die Angst, zu kurz zu kommen – entwich aus dem anfänglichen Elan für die Waldfrau-Geschichte die Luft.

Wir entschieden uns schließlich als Gruppe, erst mal nur wachsam zu sein. Beim nächsten Vorfall wollten wir dann noch mal über die Wachen nachdenken. Die Betreuer schärften uns ein, uns nicht allein, sondern nur in kleinen Gruppen vom Zeltlager zu entfernen. Dann erhoben wir schwerfällig unsere Hintern in den dreckigen Jeans. Meine Füße steckten in den störrischen Gummistiefeln, die Wanderschuhe hatte ich versehentlich im Regen stehen lassen. Wie die anderen klemmte ich meine Arbeitshandschuhe unter den Arm und trottete auf den Traktoranhänger zu, auf dessen Ladefläche

wir aneinandergelehnt hockend, synchron mit den Unebenheiten der Wege mitwippend, zu unserem Arbeitseinsatz auf
der Wacholderwiese fuhren.

Im Lauf des Arbeitsvormittags beschäftigte mich, dass die
dicke Susi, die Schwester von Klaus mit den kurzen dunklen
Haaren, die außerdem Neurodermitis hatte, seit zwei Tagen
mit Jascha zusammen war. Beim Harken auf der abschüssigen
Wiese, die Zinken meines Rechens bohrten sich ständig in die
Unebenheiten der Erde, mein Wall aus zusammengeharktem
Gras war weder gerade noch besonders massiv, dachte ich die
ganze Zeit daran, dass sogar Susi infrage kam.

Am Samstag stellten wir einen Infostand auf dem Wo-
chenmarkt in Trochtelfingen auf, verschiedene Plakate sollten die Passanten darüber aufklären, was sie im täglichen Leben für den Umweltschutz tun konnten. Ricarda und ich hatten uns für das Thema McDonald's entschieden, genauer:
Was der Big Mac mit dem Regenwald zu tun hat.

Anstatt die Plakatwände zu bestücken, die Raoul, der Zi-
vildienstleistende der BUND-Jugend, uns mit dem Bully gebracht hatte, wollten wir uns selbst zu wandelnden Info-Figu-
ren machen. Wir arbeiteten den ganzen Donnerstag und auch
noch am Freitag, den die Betreuer nur uns arbeitsfrei gaben.
Wir benutzten Stoff, Pappmaché und Maschendraht.

Am Ende steckte ich wie in einem Schwimmring in einem
gigantischen Burger, der mir mit Trägern befestigt von den
Schultern hing, Ricarda war ein Baum aus dem Regenwald in
einem braunen Ganzkörperschlafanzug aus Frottée, den
Steffi für diesen Zweck geopfert hatte, mit ausladendem
grünem Blattwerk, das wir auf einen Strohhut montierten.
Außerdem steckte in ihrem Bein eine Säge. Dafür hatte
Raoul uns extra in den Raiffeisenmarkt gefahren, wo uns ein

miesepetriger Mitarbeiter das Sägeblatt von einem Fuchsschwanz zerteilte.

Es war klar, dass wir die Stars sein würden, auch Raoul fotografierte uns die ganze Zeit, vielleicht kämen wir auf das Titelbild der Zeitung von der BUND-Jugend. Wir würden also die Trochtelfingerinnen und Trochtelfinger davon überzeugen, dass sie nicht zu McDonald's gehen sollten, und natürlich auch nicht zu Burger King. Mit einem eilig geschriebenen Flugblatt wollten wir über die Rodung der Urwaldriesen, den Sojaanbau in Brasilien und die Müllberge bei uns informieren.

Als Problem kristallisierte sich heraus, dass es auf der ganzen Alb keinen einzigen McDonald's gab, nur neuerdings in Reutlingen, der Stadt im Tal, die sich Tor zur Schwäbischen Alb nannte, ein paar Schritte entfernt vom Busbahnhof.

Wer wie er das Pech habe, sich noch kein Auto leisten zu können, erklärte mir ein Typ mit feuchter Aussprache, und wie er das Wirtschaftsgymnasium in Reutlingen besuche, aber leider Gottes auf der Alb droben wohne, was fünfzig Minuten Busfahrt bedeute und natürlich auch wieder fünfzig Minuten zurück, für den sei der Reutlinger McDonald's leider Gottes ein Segen. Manchmal müsse er eine Stunde vierzig auf den Bus warten, sommers wie winters, das könnten wir als Städterinnen uns vielleicht nicht vorstellen. Da sei es allemal angenehmer, im hellen, sauberen McDonald's zu sitzen und eine Stunde vierzig an einem Kaffee zu nippen oder auch mal einen Burger zu essen, als auf dem zugigen Busbahnhof herumzuhängen oder im Bierstüble.

Es hatte leicht zu regnen begonnen, ich fühlte mich unwohl in meinem Burgerkostüm, dessen Salatimitat ebenso wie die Flugblätter in meiner Hand anfing, feucht herunterzuhängen. Der Wirtschaftsgymnasiast diskutierte mit der Gruppe Müllvermeidung um Susi und Jascha und versuchte ihnen klarzumachen, dass sie jemandem wie seiner Mutter, die einen Garten und Hühner habe und quasi nie Müll produziere, sondern alles entweder selbst mache, an die Hühner verfüttere oder wiederverwerte, aber vielleicht nicht so flott aussehe wie ihre Stadtmütter, jedenfalls nichts Neues erzählen könnten. Lothar, so hieß er, blieb an unserem Stand, bis wir abgebaut hatten, und redete ununterbrochen auf jemanden ein, inzwischen auf Raoul, der wie immer lächelte, mit einer Grimasse seine Brille auf der Nase zurechtrückte und nichts sagte außer hin und wieder »Hmm«.

Wir hatten außer Lothar ziemlich wenig Leute an unseren Stand zu locken vermocht. Ricardas und meine Kostüme erregten zwar eine gewisse Aufmerksamkeit, aber der Gegner war eben fünfzig Minuten Überlandbus und eine Albsteige entfernt.

Monate später zogen wir unsere Kostüme noch einmal an, bei einer Robin-Wood-Demo in Reutlingen, direkt vor dem McDonald's am Busbahnhof. Raoul, der militanter gesinnt war als sein Arbeitgeber, hatte mit dem Bully des BUND eine Ladung Sägespäne herbeigekarrt und dem McDonald's vor die Tür geschüttet. Das brachte ihm Ärger ein, mit der Polizei, dem BUND wegen des Bullys und der Kundenkommunikation von McDonald's, deren Mitarbeiterin extra aus Stuttgart herbeigeeilt kam, um mit den Robin-Wood-Leuten zu diskutieren. Ricarda und ich aber waren die Lieblinge, auch die der McDonald's-Frau aus Stuttgart, eine ganz tolle Idee sei das, wie echt der Burger aussehe, zum Reinbeißen, und wie liebevoll das alles gemacht sei, auch mit der Säge. Wir wollten das Lob ausgerechnet aus ihrem Mund gar nicht hören, nahmen aber verdattert den Stapel von McDonald's-Gutscheinen entgegen, den sie uns anbot. Ricarda, die ganz sicher nie einen Fuß in einen McDonald's setzen würde, weil sie mit der Askese nicht so ein Problem hatte und außerdem aus einem Waldorf-Haushalt stammte, überließ mir alle Gutscheine. Es verging nicht allzu viel Zeit, bis ich anfing, in regelmäßigen Abständen einen Gutschein einzulösen und Becher mit dem softeisähnlichen Milchshake zu ordern, immer dieselbe Sorte und die größte Größe, schnell das Restaurant wieder zu verlassen und verstohlen an einer Ecke neben dem Reutlinger Busbahnhof wie ein verhungerndes Kalb an dem Strohhalm zu saugen, durch den die dickflüssige Masse nur spärlich hindurchdrang, als wäre das künstliche Vanillezeug eine verbotene Droge.

Immer hielt ich beim Saugen am Strohhalm beklommen Ausschau nach Lothar aus Trochtelfingen, bewusst sah ich ihn jedoch nie wieder. Noch bevor meine Gutscheine aufgebraucht waren, schaffte McDonald's die Styroporschachteln ab, die wir als besonders umweltschädlich kritisiert hatten.

Nach der Sache mit dem Infostand war meine Stimmung im Naturschutzzeltlager gedämpft. Die Nächte waren kälter geworden, und nicht wenige verschwanden wie ich nach dem Abendessen direkt in ihre Schlafsäcke. Ich fühlte mich krank. Beim Herumkramen in meinen Sachen stieß ich auf die schon fast vergessene, aufgeweichte und zerfallene Schachtel mit dem Torfbaby. Ich hatte Schmerzen beim Schlucken, schlang mir mein Palästinensertuch mehrmals um den Hals, bis ich mich bewegungsunfähig fühlte. Das Torfbaby versteckte ich ganz unten in meinem Schlafsack. Als Mumie, die Kordel so eng wie möglich zugezogen, so dass nur noch ein Gesichtskreis rund um die Nase freiblieb, lag ich auf meiner Matte und wartete, bis die anderen Mädchen aufhörten, laut über den Zeltboden zu rascheln.

Ich schlief schlecht, es war Vollmond, die Stille des Waldes wurde durchbrochen von Fauchen und Käuzchenschreien. Als die anderen aufstanden, sich nicht mehr ganz saubere Sachen überzogen und zum Frühstück schlurften, mit zerknautschten Gesichtern, strubbeligen Haaren, Gerüchen von Moos und Pilzen, blieb ich kraftlos liegen. Mein Schlund brannte.

Ich bat Susi, den Betreuern auszurichten, dass ich krank sei und liegen bliebe. Sie kam noch einmal zurück und brachte mir einen Emaillebecher mit Tee. Ich war ihr über die Maßen dankbar, sie war der freundlichste Mensch des Zeltlagers, der ganzen Welt, und ich liebte sie in diesem Moment umso mehr, weil sie wirklich nicht besonders schön aussah mit ihrer vom Ausschlag trockenen und rissigen Haut um die Augen, dem schweren Kopf und den unförmigen Beinen. Aber sie hatte ganz warme und freundliche Augen, mit denen sie mich angesehen und mir dabei gute Besserung gewünscht hatte, und dabei kam mir der Satz in den Sinn: Sie hat eine schöne Seele. Dieser Satz erfüllte mich mit einem so starken Wahrheitsgefühl, dass ich bewegungslos dalag und dem nachlauschte, als könnte das Gefühl verfliegen, wenn ich mich bewegte. Fast wünschte ich, ich wäre ebenso dürftig mit äußerer Schönheit ausgestattet, damit ich ebenso wie Susi alles darauf setzen müsste, innerlich schön zu sein. Ich fing an, Susi ebenso wie Jascha heftig zu beneiden. Im Schlafsack setzte ich mich auf, trank aus der Blechtasse den Hagebuttentee, der schon lauwarm geworden war, und fühlte mich trotz des Neidgefühls besser.

Ich hatte gar nicht mitbekommen, wie die anderen mit

dem Traktor zum Arbeitseinsatz davongefahren waren. Ich zog meinen selbst gefilzten Mantel an, ein gigantisches graues Teil, eine Ein-Frau-Jurte, deren beim Filzen entstandene Löcher ich ziemlich raffiniert, wie ich fand, mit verschiedenfarbigen Filzstücken als Flicken zugenäht hatte. Der Mantel sah urviechartig genial aus, ich zog ihn immer an, wenn es angebracht schien, eine ganze Wohnung mit mir herumzutragen. Außerdem war der Mantel ein Statement. Es blieben keine Fragen offen. Wenn er feucht wurde, roch er nach Schaf und Seife.

Ich stand auf, wartete, bis der Schwindel nachließ, und spürte, wie mein Körper Fieber abstrahlte, während ich hinaus unter den verhangenen Himmel trat. Der Heideboden, der bedeckt war mit dünnem, trockenem Gras, schwang unter meinen Schritten mit, als ich an den Gruppenzelten vorbei zum Küchenzelt ging, militärgrün, ausgestattet mit einer Feldküche, riesigen Töpfen über Gasflammen, eckigen Wärmebehältern und Getränketanks aus Edelstahl, einem Gestell, an dem übergroße Kellen, Bratschaufeln und andere Utensilien hingen.

Niemand war zu sehen, die Betreuer waren mit der Gruppe offenbar zu Fuß zum Arbeitseinsatz gegangen, der Koch mit dem Küchendienst zum Einkaufen. Über dem Camp kreiste ein Greifvogel, in den Blättern des Waldes rauschte der Wind. Hatten sie mich wirklich im Camp allein gelassen? In der Ferne hörte ich das Geräusch der Motorsägen, eine etwas höher, die andere tiefer, die zweite fiel der ersten ins Wort, die erste überschrie wiederum das Geräusch der zweiten, biss sich fest, drehte höher, dann setzten beide für kurze Zeit aus, fingen versetzt wieder an, schienen eine Fuge zu proben. Das waren die Hauptamtlichen, die Wacholderbüsche und Jungbäume rodeten.

Ich ging den Weg zu den Plumpsklos, bog aber nicht in den Wald ab, wo ich nicht mehr gewesen war seit dem Zusammenstoß mit der Waldfrau.

Hinter den vier Bänken, die um die erkaltete Feuerstelle herumstanden, begann ein Feld. Offenbar war, was hier angebaut worden war, in diesem Jahr schon geerntet worden. Die Furchen im Boden verliefen parallel, von Maschinen gezogen, vollzogen die Erhebungen und Talfahrten des Untergrunds mit. Der Pflug hatte eine Vielzahl weißer Steine aus tieferen Schichten gewühlt, sie lagen gleichmäßig verteilt auf der aufgerissenen Fläche und waren dem ruppigen Geschehen des Himmels ausgesetzt.

Die gewellte Hochfläche der Alb, so hatten wir es gelernt, war einst von Eiszeitgletschern geschliffen worden. In den Senken der verschieden breiten Streifen der Äcker – exakt abgezirkeltes Grün, gelbliches Gewoge eines Getreidefelds, nackte Erde – standen vereinzelt prachtvolle Bäume, solitäre Linden oder Buchen mit runden Kronen, umgeben mit Büschen wie von einer Schar Kinder. Dennoch war der Gesamteindruck der Landschaft wenig üppig, die Böden gaben freiwillig außer Steinen nicht viel her.

Ich stand in meinem Filzmantel und gab über meine Augen Hitze ab, die Halsentzündung drückte mir die Kehle zu, dennoch fühlte ich mich ganz bei mir. Um mich herum nahm ich feine Bewegung wahr, ein bräunlicher Grashüpfer schnalzte auf, ein Specht stieß zuerst Rufe aus, ein sarkastisches Lachen, klopfte dann, der Greifvogel kreiste in meinem Sichtfeld. Ich gab mir selbst feierlich ein Versprechen, das ich nicht mit Worten ausdrücken konnte, ich schwor auf die Bedeutsamkeit des Augenblicks.

Ich ging ein Stück zurück, nahm den Weg in den Wald zur

Lichtung mit dem sprechenden Pilz. Auf einmal war ein wildes Geraschel zu hören, ein größeres Tier, ein Reh? Ich hatte keine Angst, mein Mantel gab mir Sicherheit. Ich fühlte mich unsichtbar in einem Sinne, dass die Tiere weder vor mir fliehen noch mich angreifen würden, sondern nur kurz aufsehen, zwinkern und weitermachen.

Das Tier wimmerte, nein, es war ein menschliches Wimmern, kehlig, weiblich, es klang wie »Wibele-Zwiebele«, einem klagenden, beschwörenden Singsang.

Ich ahnte es schon, sah sie dann, als ich ein paar Schritte auf den Baumstumpf zuging: die Waldfrau. Ich wich zurück und lugte vorsichtig durchs Gebüsch. Sie war eingeklemmt, ihr Fuß schien festzustecken in dem Hohlraum neben dem sprechenden Pilz. Eine mehr als armdicke Wurzel des abgesägten Baumstamms war vom Moder ausgehöhlt, unter dem Moos war der morsche Spalt verborgen, in dem ich zuvor das Torfbaby versteckt hatte und der jetzt den Fuß der Waldfrau im Griff hielt.

Ihre Verzweiflung wuchs, sie kämpfte, um freizukommen, hielt dabei in Abständen inne, vielleicht um Kräfte zu sammeln, vielleicht um nachzudenken, was zu tun sei. Oder aber die Waldfrau lauschte in den Wald, ob schon irgendwelche Feinde ihr Missgeschick witterten.

»Mo hosch es nado?«, murmelte sie auf Schwäbisch, wohin hast du es getan? Ich hielt es für möglich, dass sie mich ansprach, obwohl ich vollkommen bewegungslos außerhalb ihres Sichtfelds stand. Wie zum Teufel hatte sie mich bemerkt? Beobachtete sie mich schon die ganze Zeit, seit ich im Zeltlager war? Konnte sie an den Warnzeichen der Vögel erkennen, dass ein Mensch in der Nähe war, spürte sie Wärmefelder oder Auren? Konnte sie mich riechen trotz ihres Gestanks?

»Mo hosch es nado?«, wiederholte sie in einem zunehmend kläglichen und zuletzt resigniert klingenden Ton.

Und sie stank. Sie stank so entsetzlich, auch auf diese Entfernung, dass mir die Augen davon tränten. Dass ein Mensch so stinken konnte. Was war das nur – Schweiß, Urin oder Kot? Meine Knie gaben unter mir nach. Ich hätte ins Zelt gehen und das Torfbaby holen können, damit ihre Seele Ruhe fände und meine in der Folge ebenfalls, aber ich fühlte mich mit einem Mal so schwach, mir war flau von dem Gestank der Waldfrau, und außerdem war ich krank.

Sie redete offenbar nur mit sich selbst, hatte mich nicht bemerkt. Ich blieb so lange stehen, bis mein Blickfeld waberte, sah durch die hellgrünen Blattfächer der jungen Buchen hindurch die Waldfrau an ihrem Fuß zerren, sicher hatte sie Schmerzen, der Fuß steckte direkt über dem Knöchel im Wurzelspalt fest und war ziemlich verdreht.

Es war entschieden, ich konnte nichts für sie tun. Sie machte mir Angst, auch weil sie so besessen von diesem Püppchen war. Dazu die Halsschmerzen. Ich ging weg, ließ die Waldfrau in ihrer Falle, ging zurück ins Zelt, wo mich, kaum dass ich auf meiner Matte lag, ein schwerer Schlaf ansaugte.

Was ich als Nächstes bemerkte, war die Rückkehr der anderen am Nachmittag. Ich hatte die Mittagspause verschlafen und somit auch das Essen. Abends gab es Suppe und Brot. Ich setzte mich mit einem Halswickel zu den anderen, darunter Susi und Jascha, Ricarda, Steffi, Klaus und Ulf, auch Wutschko, wir saßen auf den Bänken im Küchenzelt, Emaillenäpfe und -becher vor uns, die wir Knasttassen nannten, und warteten ein Gewitter ab.

Der Regen prasselte auf die Zeltwand, der Wind peitschte, ich ließ die gelöste Stimmung der Gruppe durch mich hindurchlaufen. Jascha erzählte Geschichten, er war zu komisch, ich saß zwischen Steffi und Klaus, versuchte so zu lachen, dass mein Hals nicht so stark schmerzte. Die Waldfrau hatte ich vergessen.

Später am Abend fiel mir wieder ein, in welcher Lage ich sie zurückgelassen hatte, aber ich mochte aus der Runde am Lagerfeuer nicht aufstehen und drängte den Gedanken weg. Als das Gewitter vorbeigezogen war, hatten wir es trotz der Nässe geschafft, ein Feuer anzuzünden, ich trug meinen Filzmantel, Stefan spielte Gitarre, wir sangen *Dona dona* und *Oh Lord, would you buy me*, und *Die Moorsoldaten*, meine Stimme klang anders wegen der Schwellung im Hals, unsere Gesichter wurden heiß im Feuerschein, wir sahen uns aus den Augenwinkeln an, das war das Leben, wer heute nicht hier war, verpasste alles. Es war Freitag, morgen würden wir das Zeltlager abbauen. Raoul war mit dem BUND-Bus gekommen, er saß in etwas Abstand dabei, betrachtete uns mit zustimmendem Lächeln, sang aber nicht mit. Ich fand seine Brille nicht schick.

Es wurde spät an diesem Abend, wir saßen am verglimmenden Feuer, der Wald lag still. Ich spürte ihn, den Wald, er war ganz nah herangerückt. Es war eine helle Nacht, hinter der Wolkendecke musste der abnehmende Mond leuchten. Susi und Jascha knutschten auf den Bänken vorm Küchenzelt, sonst wäre das spätestens der Moment gewesen, in dem ich meine Mitmenschen nicht mehr ertragen hätte. Aber ich hatte selbst einen Arm um die Schulter liegen, Raoul saß neben mir, sein harter Oberschenkel drückte gegen meinen.

Ich fühlte seine Körperströme, er zitterte, und wenn er sich bewegte oder etwas sagte, geschah es ruckartig. Einen Baum zu umarmen hätte mir nähergelegen. Alles an Raoul war mir fremd, er hatte seine Brille abgenommen, seine Augen waren kleiner als zuvor und blinzelten. Er redete irgendwas, es klang begeistert, und ich versuchte zuzuhören, vergaß aber die Wörter, die aus seinem Mund strömten, schneller, als ich daraus Sätze zusammensetzen konnte. Ich lächelte, dabei war mein Schlund zugeschwollen, als hielte mich jemand wie eine Weihnachtsgans am Hals gepackt.

Das Einzige, was ich mitbekam, wenn auch nicht verstand, war Ricarda. Sie sah mich ganz eigenartig an, wendete ihren Blick nicht von mir, das noch glimmende Lagerfeuer spiegelte sich in ihren Augen, während sie sich die roten Haare aus dem Gesicht strich und langsam davonging, ihre schmale Gestalt verborgen unter dem blauen Pullover und weiten Hosen, die Füße in Wanderstiefeln. Ihr Schatten im Feuerschein war lang und schräg gezerrt, erreichte die Schattenmasse der Bäume einige Momente früher als sie selbst.

Ich wollte gar nichts von Raoul, nicht seine Augen, seine Haare, seine Stimme und auch nicht seine Hände. Vielleicht wäre irgendetwas gewonnen, dachte ich, wenn ich einen wie ihn wollen könnte. So aber riss ich mich los, schaute ihn gar nicht mehr an und lief zum Mädchenzelt.

Wo war das verdammte Ding, das Torfbaby, irgendwo musste es doch sein. Ich wühlte meinen Rucksack durch, den Schlafsack und die zerknüllten Klamotten. Ich fand meine Höhlenlampe, band sie mir um die Stirn und suchte weiter. Eins der Mädchen murmelte im Schlaf. Ich fand das Torfbaby in der Tüte mit der Dreckwäsche, steckte es unter meinen Filzmantel und ging gebückt wieder aus dem Zelt. So schnell ich konnte, lief ich aus dem Camp, an den im Finsteren stinkenden Plumpsklos vorbei in den Wald.

Sie war kleiner geworden, ihr Mantel größer, vom nächtlichen Regen vollgesogen. Im weißen Spotlicht meiner Stirnlampe sah alles Beleuchtete aus wie ein Tatort. Die Waldfrau hatte ihr Käppi verloren, zwischen den verfilzten, schmierigen Strähnen ihres Haars war die weißrosa Kopfhaut zu sehen. Die fand ich noch ekliger als alles andere an ihr. Ihr Mund war ein verzerrtes Grinsen, ein Dunkel, aus dem einzelne Zähne schimmerten. Sie kauerte da auf dem Boden, im Moos, ihr Fuß, als hätte sie ihn als Körperteil aufgegeben, wäre aber an ihn gefesselt, steckte nach wie vor in dem Wurzelspalt. Er war in einem unnatürlichen Grad verdreht. Sie hielt etwas im Arm, eine große Rolle. Ich richtete meine Höhlenlampe darauf. Ein Mensch. Ricarda. Ich rief erschreckt ihren Namen. Ihr Gesicht leuchtete vom Waldboden aus noch blasser als sonst im Schein meiner Lampe, ihr Haar farbverwandt mit dem rötlichen, pfeilspitzenförmigen Buchenlaub, das überall herumlag.

Ihr Gesichtsausdruck wirkte kaum weniger ernsthaft als sonst, auch wenn sie im Klammergriff der Waldfrau gefangen war. Ihre Stimme klang eine Spur gequetscht: »Lena! Sie sucht irgendwas. Ich verstehe sie nicht. Ich hab versucht, ihren Fuß frei zu kriegen. Man müsste es wahrscheinlich aufsägen.«

Das Gesicht der Waldfrau sah aus wie ein Schrumpfkopf, so zusammengeschnurrt, faltig und braun, und dann die einzelnen Zähne. »Wibele-Zwiebele«, zischelte sie, der Atem aus ihrem Mundloch war als Dampfwolke sichtbar, ihre Finger, ihre Gelenke waren ganz abgemagert, der Mantel eine verwesende Tierhaut am Boden. Ich hätte ihr jetzt etwas antun können.

»Stefan!«, schrie ich, aber wie im Traum war ich nicht sicher, ob ich wirklich geschrien oder die Luft nach innen gesogen hatte und nach außen nur geseufzt. Ich rannte los zu den Betreuerzelten.

Stefan krabbelte aus seinem Zelt, zog den Parka über, holte die kleine Motorsäge und einen tragbaren Strahler. Die Motorsäge war weiß-orange, die Farbe biss sich mit dem synthetischen Blau seiner Mütze. Zu einer anderen Zeit hätte ich mit einer Freundin stundenlang lachen können über die Mütze und wie sie auf seinem verstrubbelten Kopf saß. Jetzt mussten wir Ricarda retten.

Morsche Späne, Moos und Erdbrocken spritzten im Bogen auf, das laute Geräusch der Motorsäge übertönte die Schreie der Waldfrau. Wie ein Tier schien sie nicht zu verstehen, dass wir ihr halfen. Ich hielt den Strahler, Stefan sah mit seiner Mütze und der Schutzbrille dazu noch lachhafter aus als zuvor. Seine Nase und sein Mund waren vom Gummi der Brille zusammengequetscht. Er sägte das Wurzelstück, in dem der Fuß der Waldfrau klemmte, als Block heraus. Als der fast freilag, ließ sich das halb vermoderte Holz mit der Hand zerlegen.

Stefan hatte als Student der Forstwissenschaft schon mit verletzten Rehen zu tun gehabt und versuchte das Fußgelenk der Waldfrau vorsichtig zu untersuchen. Vor Schmerz und weil sie so irre und scheu war, bleckte die Waldfrau wieder die Zähne, zischelte und fauchte. Zu meinem Entsetzen sah ich in ihrem lippenlosen Mund, zwischen den Zähnen, Blut. Einen Moment lang war ich nicht sicher, ob sie Stefan in die Hand gebissen hatte und das Blut von ihm stammte. Ohne zu überlegen warf ich das Torfbaby ein paar Meter weiter auf den Waldboden.

Sie fauchte und ließ Ricarda los. Ricarda rappelte sich hoch und floh zu mir, nicht etwa zu Stefan. Dann kroch die Waldrau dem Torfbaby hinterher, zog ihren nassen Dreckmantel und den verletzten Fuß durch das Laub nach. Sie nahm das Püppchen, erst in die Hand, dann zwischen die Zähne, weil sie beide Hände zum Kriechen brauchte.

Das Weiß ihrer Augen reflektierte noch einmal unsere Lampen, bevor sie das Torfbaby im blutverschmierten Mund wegschleppte. Ich kniete mich zu Ricarda, nahm sie, ohne nachzudenken, unter meinen riesigen Mantel, zusammen schauten wir der Waldfrau nach, wie sie im Dunkel des Buchenwaldes verschwand.

AXALP

H alt an«, befahl Sina. Gerade waren wir losgefahren, mit
dem vollgepackten Auto in die Straße An der Verbin-
dungsbahn eingebogen, ein Kraftakt für mich: vom Stellen-
werk nach Hause hetzen, die letzten Sachen für die Schweiz
zusammenpacken, bei Lidl einen großen Einkaufswagen
voll mit Lebensmitteln laden, die für eine Woche auf der
Skihütte reichen würden, danach die Taschen und Kisten
ins Auto tragen, bei alledem Sina antreiben, dass sie wenigstens ihren Waschbeutel selbst packte, etwas zu lesen, ihre di-
versen Kabel und Kopfhörer zusammensuchte, versuchen,
mit ihr zusammen eine sinnvolle Auswahl an Büchern und
Spielen zu treffen, die wir an den Abenden in der Hütte
würden brauchen können, diese Idee aufgeben, nachdem
Sina zu jedem meiner Vorschläge ablehnend gebrummt hatte. Einfach einen Stapel derartiger Dinge in eine Transport-
kiste packen, ungeachtet der Tatsache, dass die Aufmerksamkeit meiner Tochter gewöhnlich von den vielfältigen
Funktionen ihres Telefons absorbiert wurde. Und als mir all
dies gelungen war, ohne meine Vorfreude auf diesen Urlaub
zu verlieren und auch nicht die Hoffnung darauf, dass mir
das Zusammensein mit ihr gelingen würde, wollte sie fast
noch in Sichtweite von zu Hause wieder aussteigen. Mein
Herz begann zu klopfen.

»Hast du etwas vergessen?«, fragte ich.

»Ich kann nicht mit dir in die Schweiz fahren.«

Ihre Hände lagen wie gottergeben in ihrem Schoß, die vielen, teils schon unansehnlich gewordenen Freundschaftsbändchen, die sie lange Zeit um die Handgelenke getragen hatte, waren einem schmalen Goldkettchen gewichen, das ich nicht kannte.

»Wie bitte?«

»Du hast richtig verstanden.«

»Wieso solltest du nicht mitfahren können?«

»Weil ich eben nicht kann.«

Ein Gefühl der Enge, leider nur zu vertraut, legte sich um meine Brust.

»Wir haben den Urlaub seit Monaten geplant. Du magst Skifahren. Du hast dich darauf gefreut.«

Noch während ich das sagte, sah ich meine Felle davonschwimmen.

»Hab ich auch. Jetzt geht es halt doch nicht.«

»Sina …«

»Ich muss zu Hause sein.«

Den Spätherbst und den gesamten Winter über hatte sie bereits über verschiedene Beschwerden geklagt, es fand sich keine Ursache, wir waren zu allen möglichen Ärzten gelaufen, und diese von einem großen Schwächegefühl begleitete, von ihr so benannte Krankheit hielt sie über viele Wochen vom Schulbesuch ab, belastete mich, außerdem die Kommunikation mit Hauk, der natürlich mich dafür verantwortlich machte. Über alledem schwebte der Streit um das Sorgerecht.

»Wir fahren doch extra, damit es dir besser geht.«

»Es wird mir dort nicht besser gehen.«

»Unsinn! Warte erst einmal ab. Wenn du den Schnee siehst, die Sonne.«

Meine Stimme zitterte. Es entsprach meiner tiefsten Überzeugung: Die Ansicht der schneebedeckten Berge musste Sina einfach heilen.

»Ich weiß schon vorher, was du sagen wirst. Jedes Wort. Ich muss zurück nach Hause. Sofort.«

»Dein Vater hat keine Zeit. Und ich brauche auch Urlaub.«

»Ich muss aber hier sein.« Ihre Stimme hatte eine Dringlichkeit, vor der ich mich fürchtete. Ich hatte so gehofft, dass es dieses Mal anders wäre.

»Wir sind gerade losgefahren! Du verdirbst mir nicht den Urlaub!«

»Tu ich auch nicht, wenn du mich zurück nach Hause lässt.«

»Alleine?«

»Mir egal.«

»Überhaupt nicht egal! Ich habe Zeit für dich. Ich kümmere mich um dich. Du wolltest das bis vor fünf Minuten.«

»Jetzt geht es eben nicht.«

Ich umklammerte das Lenkrad, meine Hände zitterten trotzdem. Mit zusammengepressten Lippen fasste ich einen Entschluss.

»Ich will nichts mehr davon hören.«

Der Verkehr wälzte sich träge die Uferwindungen um die Außenalster entlang, ich fühlte die Anspannung steigen. Ich hätte jetzt richtig loslegen können, ihr klarmachen, dass ich mir Zeit für sie nahm in ihren Schulferien, ihr Vater dagegen nicht. Es gelang mir, all das nicht zu sagen, trotzdem stieg eine Welle des Selbstmitleids in mir auf, während ich den VW-Bus auf die Ausfallstraße Richtung Autobahn lenkte, warum war mein Kind so, warum war es so geworden, nichts, was mir heilig war, schien einen Widerhall in Sina zu erwecken, und umgekehrt, was mir ganz unwichtig war, ja, was ich verachtete, irgendwelche Modelabels oder eine Plattform, auf der schauderhaft geschminkte Kinder Tanzvideos teilten, solche Dinge zogen sie gerade deswegen an, weil ich sie davon fernzuhalten versuchte.

Ich wollte nicht, dass sie eine Serie sah, die man als Anleitung zum Selbstmord verstehen konnte. Das nötige Abo erlaubte ich ihr nicht, was ihr Vater natürlich prompt tat, meine Argumente prallten an dem Pneu aus Gleichgültigkeit ab, mit dem er sich umgeben hatte, und natürlich konnte sie mobil ganz unkontrolliert jeden Mist sehen.

Auf der anderen Seite war Sina ein Kind, das sich eng an mich hielt und jeden Gedanken aussprach. Zum Beispiel begleitete sie mich seit jeher gern in den Supermarkt. Was mir ohne sie eine lästige Pflicht war, wurde mit ihr zu einem Fest des Entdeckens und Auswählens, meistens ließ ich mich von ihrer Lust anstecken. Man kann sagen, dass wir beim Lebensmitteleinkauf zuverlässig unsere besten Momente hatten.

»Nach Hause«, jammerte sie, in einer Dauerschleife, die wie gefährlicher Hospitalismus klang.

Ich walzte mit turnlehrerinnenhafter Frische darüber hinweg: »Es wird toll, du wirst sehen, wenn du erst die Sonne auf deinem Gesicht spürst, wenn du das Glitzern siehst, die weite weiße Fläche, und du fährst doch so gut Ski, bestimmt sehe ich von dir nur eine Fontäne aus aufgewirbeltem Schnee.«

Ich steuerte den Bus auf der Autobahn bei Kassel, es war zehn Uhr abends. Als Sina ein Baby war, hatten Hauk und ich uns angewöhnt, über Nacht zu fahren. Seit einer halben Stunde schneite es, große nasse Flocken fielen auf die Windschutzscheibe, ein dichter Wirbel, in dem die Fahrbahnmarkierungen bereits von Schnee bedeckt waren. Erste Wagen vor mir gerieten ins Rutschen. Und Sina in einem Ton, dessen Bitterkeit nicht zu steigern war: »Du bist so eine schlechte Mutter. Dir ist völlig egal, wie es mir geht.«

»Halt den Mund!«, schrie ich aus vollem Hals, meine Stimme überschlug sich. »Was fällt dir ein? Seit Monaten sagst du, ich bin krank, krank, krank, was meinst du, wie es mir damit geht, und jetzt habe ich es geschafft, dir einen Urlaub zu bieten, das fällt mir nicht leicht, alles geht da rein, alle Zeit und alles Geld, das ich habe.«

»Du kannst dir das Geld sparen! Fahr jetzt zurück!«, schrie Sina ebenfalls wie von Sinnen.

Ich wollte, dass sie sich beherrschte, dabei beherrschte ich mich selbst nicht, zum Glück fuhr der VW-Bus unbeirrt auf dem schon von vielen Rädern zu Matsch gefahrenen Schnee, die Sicht war jedoch schlecht, ich konnte meine Spur nicht erkennen, wurde immer langsamer. In diesem Tempo würde die Fahrt eine Ewigkeit dauern.

Sina war irgendwann nach etlichen Wiederholungen unserer jeweiligen Positionen eingeschlafen, ich war ebenfalls erschöpft und keineswegs sicher, dass ich das Richtige tat, indem ich einfach weiterfuhr durch die dunkel bewaldete und menschenleere Hügellandschaft der Kasseler Berge, hießen die wirklich so oder hatten wir sie auf einer unserer Autobahnfahrten so benannt? Irgendwann würde ich für eine oder zwei Stunden auf einen Rastplatz fahren und etwas schlafen, aber nicht hier. Die gleichmäßigen Geräusche des Dieselmotors und der Lüftung trieben mich weiter, obwohl meine Augen brannten.

Ich dachte an Sina als ungefähr Fünfjährige, eine kleine Person mit blanken Augen und einer Sprache, klar wie ein Bächlein. »Achtung, Hirsche!«, hatte sie von ihrem Kindersitz aus verlauten lassen, wenn ein Verkehrsschild vor Wildwechsel warnte, ihre Hände mit winzigen, abplatzenden Nagellackmonden strichen Strähnen aus ihrem Gesicht, »jetzt nur siebzig fahren!«, »jetzt wieder schneller«.

Sie war aus meinem Körper entstanden, sprach in meiner Sprache und erfand sich ihre Welt aus dem, was ich ihr zeigte. Diese Verbindung wurde nun brüchig. Ich empfand tiefe Trauer darüber.

Schließlich fuhr ich einen Parkplatz vor Karlsruhe an, auf dem zu viele Lastwagen standen, ihre lang gestreckten Hinterteile hielten nur notdürftig Abstand zur Fahrbahn, die durchgerüttelten Männer im Führerhaus, von Vorschriften zum Stillstand gezwungen. Mit ausgeschalteten Lichtern, vorgezogenen Sichtblenden sah es so aus, als trügen die Gefährte Schlafbrillen, mit dem vor Erschöpfung halb bewusstlosen Fahrer in seiner Kabine und einer Ladung, die nur von einer Plane oder dünnen Metallwand verborgen im nächtlichen Niemandsland stand. Während auf der Autobahn einzelne, grell beleuchtete Personenwagen vorbeischossen, wirkten die Kolosse verwundbar und der Trägheit ihrer Körpermasse ausgeliefert wie Seekühe.

Unser VW-Bus passte noch knapp zwischen zwei Lastzüge, ich entschied mich, keine Bedenken wegen der Fernfahrer zu haben, wer wollte, konnte durch die Scheibe eine schlafende Frau mit Kind sehen. Ich vertraute mich der Herde an, als passten all die Fahrer der Lkw mit den verschiedenen Länderkennzeichen ebenso auf Sina und mich auf wie aufeinander. Mit nach hinten gelegter Lehne schlief ich am Steuer ausgestreckt ein, einen Schlafsack über Sina, einen über mich gebreitet.

Ich schlief, bis das zuvor hochgeheizte Auto so weit abgekühlt war, dass ich davon aufwachte. Ich startete den Motor und fuhr weiter.

Zum Frühstück in Freiburg weckte ich Sina. Der Edeka am Stadtrand rief bei ihr die verlässlich gute Supermarktlaune hervor. Genüsslich las sie die Namen all der ungewohnten Brötchensorten, ehe sie wählte.

Wir aßen im Auto, in der Morgensonne, mit Blick auf noch winterbraune Streuobstwiesen, die Apfelbäume standen schwarz und knotig, Trigger für Heimatgefühle. Ich reagierte stark und war gleichzeitig peinlich berührt davon, als hätte das Heimatgefühl in einem unpassenden Moment Schweißflecken verursacht. In der Ferne ahnte ich die Silhouetten der richtigen Berge.

»Bring mich zurück!«, schrie Sina, als sie begriff, dass wir die Grenze passiert hatten. »Zurück!«

Wir fuhren auf der Schweizer Autobahn zwischen Basel und Bern, es war voll, der gesamte Verkehr an diesem Samstagmorgen ein gereiztes Schieben und Drängen, oft gab es Stillstand. Ich war erschöpft und hatte Mühe, rasch genug zu reagieren.

»Sina«, schrie ich ebenfalls, ich spürte meine Stimme im Hals hart anschlagen. »Ich bin die ganze Nacht Auto gefahren, damit du Urlaub machen kannst. Ich brauche Kraft, um uns sicher auf den Berg zu bringen. In ein, zwei Stunden sind wir da. DU MUSST JETZT AUFHÖREN.« Zu diesem Nachdruck gab es keine Steigerung, es war zugleich eine Drohung, wie mit einem Sparren zog ich die Worte meinem verzweifelten Kind über. Sie reagierte wirklich, als hätte ich sie geschlagen, wimmerte, rollte sich zusammen, verfiel schließlich bei jedem Ausatmen in ein kraftloses, hohes Heulen.

»Wenn ich jetzt einen Unfall baue und wir sterben, dann, weil du nicht aufhören kannst.«

In mir verfestigte sich alles zu bitterem Holz. Ich hätte mich nicht schlechter fühlen können, am Steuer unseres Urlaubsmobils, des einzigen Gegenstands, der Hauk und mir noch gemeinsam gehörte, auf dem Weg in die schmerzhaft schöne Berglandschaft.

»Ich habe dir von Anfang an gesagt, dass ich nach Hause will, das war nach zweihundert Metern.«

Damit hatte sie recht, was meine Wut jedoch nicht dämpfte, im Gegenteil.

»Du kannst niemals nachgeben, stimmt's. Man müsste dir schon den Saft abdrehen.«

Ich war nun völlig ungehemmt. Davon hatte Hauk immer wieder gesprochen, er konnte mir dergleichen nicht verzeihen. Hatte ich soeben damit gedroht, sie umzubringen? Er würde mir das jetzt vorhalten. Sina aber wusste, dass ich es nicht so meinte. Zumindest glaubte ich das.

»Hör mal, ich bin die ganze Nacht Auto gefahren. Jetzt möchte ich noch heil den Berg hinauf.«

»Ich nicht!«

»Das habe ich gehört und verstanden, Sina. Bitte. Bittebitte. Wir fahren jetzt friedlich auf die Axalp. Wir ruhen uns aus. Danach sehen wir weiter.«

»Dann bringst du mich zurück zur Grenze. Nach Freiburg. Morgen.«

»Morgen bringen mich keine zehn Pferde in dieses Auto.«

Ich hätte mir ihre Reaktion denken können.

»Das ist so fies!«, schrie sie außer sich. »Nie mehr fahre ich mit dir irgendwohin, hörst du, nie mehr!«

»Ich auch nicht mit dir.«

Ich war immer sehr schnell mit solchen Repliken. Später würde ich mich in Reue wälzen.

Ich dachte an den afghanischen Jungen in meinem Vorbereitungskurs. Ständig fehlte er, und das Jobcenter würde ihn bald sanktionieren. Er war gerade mal zwanzig und seine Frau noch jünger. Mit ihr gab es permanent Probleme, seit sie schwanger war. Er zog mit ihr von Arzt zu Arzt, etwas Psychisches, verriet er mir, als wäre das ein Fluch.

Auf ihrer Flucht waren sie wochenlang zu Fuß gegangen, gemeinsam mit zwei Freunden. Sie durchwanderten eine karge, bergige Landschaft im Iran, wo die Tage heiß und die Nächte erbarmungslos kalt waren. Unterwegs sahen sie viele andere, die ebenfalls auf der Flucht waren, kraft- und willenlos liegen bleiben, verdursten oder an Entkräftung sterben.

Einer der Freunde fand am Wegrand ein zurückgelassenes Baby, eingewickelt in den bunten Schal einer Frau. Eine Weile überlegten die drei Männer, unter dem bewusstlosen Himmel in einer Landschaft aus Fels und Geröll, so weit das Auge reichte. So stellte ich mir die Szene vor. Dann beschlossen sie weiterzugehen, ohne das Baby. Die junge Frau war nicht nach ihrer Meinung gefragt worden. Sie komme bis heute nicht darüber hinweg, sagte der Junge mir im Gespräch. Keiner könne sich des eigenen Überlebens freuen.

Ich begann zu weinen, das Steuer in meinen Händen, entlang der Autobahn am Ufer des Thuner Sees, flankiert von ersten spektakulären Ausblicken, ein Seeschlösschen auf einer Landzunge links, rechts die Bergformation, die Autobahn war zu schmal und befahren, als dass ich hätte schauen können.

Aus dieser Erregung heraus weinte ich, wegen des afghanischen Babys und natürlich, weil ich Sina gegen ihren Willen in einen Urlaub entführte, der sie im vorigen Jahr aus ihrer Winterdüsternis gerissen hatte, für dieses Mal aber standen die Vorzeichen schlecht.

»Mama! Was ist denn?« Das war keine Frage, schon gar keine mitfühlende, es war eine Maßregelung, schon vorsorglich geschärft, denn nichts belastete das belastete Kind mehr als eine weinende Mutter. Ich antwortete nicht, weinte nur umso heftiger. Tat es ihr niemals, niemals leid, wenn ich Kummer hatte ihretwegen? Konnte sie sich kein einziges Mal zurücknehmen? Falls etwas unzureichend war an diesem Gedanken, drang es in diesem Moment nicht zu mir durch.

»Hör auf zu weinen! Bitte! Mama!«

Ich aber legte erst richtig los. Die Müdigkeit, das Alleinsein, allein erwachsen (oder was dafür galt) gegenüber einem fragilen Übergangswesen. So ganz aufgelöst erwischte ich dennoch die Ausfahrt.

Kurz sah es so aus, als hätten wir uns in einem Gewerbegebiet verfranst. Da zeigte ein bestimmt vierzig Jahre alter Wegweiser unser Ziel an: Axalp. Eine schmale, sich in Serpentinen emporwindende Straße, bräunliche Wiesen, verwitterte Viehzäune, Tannen, Sennhütten, alte Stallgebäude, alles aus Holz gebaut, mit spitzen Giebeln. Auf einer Weide blickten uns aus zottig bepelzten Gesichtern migrantische Rinder an, Schottisch-Hochland.

»Mama.«

Ich fuhr rechts in eine Ausbuchtung der ansonsten einspurigen Straße, die zum Ausweichen vor dem Gegenverkehr gedacht war. Schloss die Augen, umklammerte das Steuer. Ich weinte nun nicht mehr.

»Mama! Hör mir zu. Ohne zu unterbrechen.«

Ich gab nicht zu erkennen, ob ich dazu bereit war oder nicht.

»Du wolltest hierherfahren. Ich nicht. Ich bin krank. Wenn man nicht Ski fahren kann, ist es der Horror hier. Sag nichts!«

Ich reagierte äußerlich nicht, saß unverändert mit geschlossenen Augen. Ein Fahrzeug mit stampfendem Dieselmotor fuhr von hinten heran und überholte langsam.

»Wir machen einen Deal. Ich probiere es einen Tag aus. Wenn es dann nicht geht, fahren wir nach Hause. Lass mich ausreden! Oder du bringst mich über die Grenze, und ich fahre mit dem Zug. Das ist doch ein faires Angebot. Ja? Mama?«

Ich gab nicht zu erkennen, dass ich sie gehört hätte, geschweige denn einverstanden war. Ich schob eine CD in den Schlitz des Autoradios, Bach-Motetten: *Jesu, meine Freude.*

»Mama! Das war doch ein vernünftiger Vorschlag. Sag was, bitte!«

Es ist nun nichts, nichts, nichts Verdammliches an denen, die in Christo Jesu sind. Die nicht nach dem Fleische wandeln, sondern nach dem Geist. Die polyphon geführten Stimmen riefen, warfen Echos zurück, spannten lange Linien, fielen einander ins Wort, die Stimmen beweglich und gerade wie Instrumente. Dann wieder der Einklang im Choral: *Unter deinen Schirmen bin ich vor den Stürmen aller Feinde frei.* Tränen liefen mir die Wangen hinunter, ich war nicht mehr erreichbar.

»Mama! Mach leiser. Bitte!«

Ich machte nicht leiser, legte den ersten Gang ein, dann den zweiten, und fuhr weiter bergauf. Ich wusste, in solchem Zustand machte ich ihr Angst. Wir passierten Viehweiden und Baumeinschläge. Ich drehte die Musik ab. »Diese Musik«, sagte ich nach vorn blickend und wie zu mir selbst, die Wirkung auf Sina war aber einkalkuliert, »ist mir das Wichtigste im Leben. Sie soll auf meiner Beerdigung gespielt werden.«

»Mama!« Jetzt war sie es, die weinte, fertig mit den Nerven aus mehrerlei Gründen. »Du bist doch krank.«

Sie schwieg jetzt, während ich die steilen Kurven nach oben steuerte, kurz nach der Abzweigung Gießbach lag Schnee, der Postbus hupte, ich wich ihm aus, an den Felswänden entlang der Straße hatte herabfließendes Schmelzwasser tropfsteinartige Eisformationen entstehen lassen, eingewachsene Eiszapfen, Buckel. Es war vielleicht nicht zu verstehen, aber jetzt war ich fröhlich, euphorisch geradezu. Dem Ziel so nah.

»Schau mal!«, rief ich, als hätte nichts zwischen uns stattgefunden. »Wir sind da, die Axalp! Das Lädeli!«

Und es hätte ja sein können, dass die Wiedersehensfreude auch sie ergriff, als wir einbogen in den Parkplatz, wo der Schneepflug eine weiße Wand vor den Parkplätzen aufgehäuft hatte, das Bärghuus stand da, der große Holzzuber davor, in dem wir im letzten Jahr bei Sonnenuntergang gebadet hatten, bis zum Hals im brühwarmen Wasser, um den Zuber herum der Schnee, gegenüber die imposante Holzfassade vom Chemihüttli, sogar der beleibte Wirt stand davor, mit seinem Stummfilmschnauzbart, einen Schneeschieber in der Hand, und grüßte.

»Sina! Endlich. Geschafft.«

Ich stieg aus, atmete die delikate, essbar wirkende Luft, sah das Weiße, die Kette der höheren Berge jenseits des Brienzer Sees. Sina stieg aus, sie hatte sich seit dem letzten Jahr verändert, das war nun deutlich, sie gefiel mir, ihre langen Beine endeten in weichen, unförmigen Stiefeln, wie sie jetzt alle trugen, der vom Licht geblendete Ausdruck im blassen Gesicht, ihre inzwischen nachgedunkelten Haare, die unter einer zu großen Mütze über die Schultern hingen – sie war jetzt ein Teenager.

Ich stellte es mir so vor: Vertrautes war ihr fremd geworden, ihre Schritte waren unsicherer, der Schnee für sie kälter, das Licht heller geworden, die Dinge stimmten nicht mehr mit sich selbst überein. Ich lächelte sie aufmunternd an, meinen Arm um ihre Schultern zu legen schien mir zu viel. Ich bemühte mich, meine Hochstimmung und Zuversicht für mich zu behalten. Mochte sie ihre eigenen Gefühle erleben, die unvorhersehbar aufpoppten, in grellen Farben und verzerrten Proportionen.

Sie ging mit vorsichtigen Schritten auf das Bärghuus zu, hatte sogar ihre neue, in der Mitte schlaffe Reisetasche aus schwarzem Nylon umgehängt, der breite Gurt teilte ihre seit Kurzem sichtbaren, wenn auch winzigen Brüste. Was auch immer sie eingepackt hatte, es war keinesfalls wintertaugliche Kleidung für eine ganze Woche. Dies vorausahnend, hatte ich zu Hause in ihren Kleiderschrank gegriffen und was mir nötig schien in unsere alten, von vielen Urlauben abgestoßenen Taschen geworfen. Ich stieg hinter Sina die braungrauen, abgetretenen Holzstufen zum Eingang des Bärghuus hinauf, sie öffnete die wie immer unverschlossene Tür.

Im Flur kam uns Paola entgegen. Riesiges Lachen, Dreadlocks, ihr charmantes, von Schwyzerdüütsch und Portugiesisch gefärbtes Deutsch.

»Hoi, Nele. Hoi, Sina, gut, dich zu sehen.« Sie tauschte mit ihr Küsschen auf die Wangen, was Sina sich mit zerknittertem, aber echtem Lächeln gefallen ließ.

Paola war verheiratet mit Peter, dem jungen Wirt des Bärghuus, Nachkomme einer Ahnenreihe von Bergbauern. Außer für Ski- und Snowboardfahren interessierte sich Peter fürs Wellenreiten, und von einem Surfurlaub hatte er Paola mitgebracht. Peters Eltern waren vor wenigen Jahren hinunter nach Brienz gezogen, an den See, und zusammen mit Paola bewirtschaftete er nun sommers wie winters das Bärghuus.

Paola, in einem roten Wollpullover mit eingestricktem Muster, führte uns in unser Zimmer, es war dasselbe wie im letzten Jahr, Wände und Decken holzvertäfelt, zwei ausladende Etagenbetten rechts und links an den Wänden. Die Einrichtung war einfach, selbst zusammengestellt und lange aus der Mode. Der Raum wirkte warm, die grob gewebten Vorhänge passten nicht zur Tischdecke, neben dem Fenster hing eine verblasste, gerahmte Farbfotografie der sommergrünen Berge. Zum Fenster hinaus blickte man auf den schneebedeckten Weg zum Dotzweglift, wohin man von der Hütte aus auf Skiern kam, auch das Axalphorn sah man zur Linken, und zur Rechten das Chemihüttli, neben dem eine separate kleine Schwitzhütte stand, außerdem eine weitere Extrahütte mit Bar, alles in allem eine viel ambitionierteres Gastgewerbe als das Bärghuus, wir würden es gewiss nicht nutzen.

»Ich hasse es hier«, sagte Sina genauso inbrünstig, wie sie ein Jahr zuvor alles gelobt hatte, und ließ sich noch in Jacke und Stiefeln auf eines der unteren Betten fallen. Ich beschloss, wie mir immer empfohlen wurde, diese Äußerung nicht so ernst zu nehmen, entspannt zu bleiben, darauf zu vertrauen, dass alles ins Lot käme. Ich sagte: »Ich mache uns einen Tee.«

Ich hatte die Sachen aus dem Auto hereingetragen, dabei auch auf einem Beitrag Sinas bestanden, der freilich gering war, und danach fast drei Stunden wie bewusstlos auf einem der unteren Betten geschlafen.

Als ich aufwachte, fiel ein schwacher Widerschein der tief stehenden Sonne in unser Zimmer. Drinnen war es dämmrig, umso stärker fühlte ich mich hinausgezogen, zum Anblick der Berge im frühen Abendlicht, zu den sanft gewellten Hauben aus Schnee, die sich über Bäumen, Häusern und Holzmieten wölbten. Sina lag auf ihrem Bett, die Beine angezogen, den Kopf in einem Winkel abgeknickt, der unbequem aussah, ihr Gesicht beleuchtet vom Handydisplay. Sie trug ihre Ohrstöpsel-Kopfhörer, auf mich wirkte es, als wäre sie an eine Gerätschaft angeschlossen, die direkten Einfluss auf ihr Gehirn ausübte. Ich fühlte mich verpflichtet, sie in die Welt zurückzuholen.

Zu meinem Erstaunen ließ sie sich losreißen, fügte sich kaum murrend in mein Vorhaben. Nur bis da und da hin, nur soundso lange, in dieser Art versuchte sie den Spaziergang zu begrenzen.

Wir traten aus der Terrassentür. Sina trug ihre spiegelnde Sonnenbrille, eine voluminöse Strickmütze und eine glänzende, türkisfarbene Steppjacke mit regelmäßigen Wülsten. Ihren langen Beinen, die darunter hervorstaken, schien sie nicht zu trauen.

Draußen war es noch hell, die Nachmittagssonne wärmte. Ich hakte Sina unter, und wir gingen durch die kleine Siedlung von Holzhäusern Richtung Berge, Richtung Dotzweglift, auch der Winterwanderweg führte dort entlang. Nach ein paar Metern sahen wir in der Ferne die sachte Bewegung, die diagonal durch das Schneebild verlief, den Schlepplift mit seinen unentwegt aufwärts gleitenden Bügeln. Die Wintersportsaison in der Schweiz ging dem Ende zu, zwei Wochen vor Ostern waren die Skiferien in allen Kantonen vorüber. Nur einzelne geübte Skifahrer fegten von oben in Schwüngen bergab. An ihrer grellfarbigen Ausrüstung, ihren Bewegungsabläufen schien mir alles so hochklassig, dass Sina und ich im Kontrast zu ihnen ewige Anfängerinnen bleiben würden.

Familien mit kleinen Kindern waren ebenfalls zu sehen.

Die Eltern stellten ihre Dreijährigen auf winzige Skier und nahmen sie zwischen den eigenen Skiern mit auf die ersten leichten Abfahrten. Später übten sie mit ihnen Stemmbögen im Axiland. Sina mit ihren schon im letzten Jahr langen Beinen würde immer unsicherer und vorsichtiger bleiben als diese kleinen Alpenmenschen, die das Skifahren als eine unter mehreren natürlichen Fortbewegungsarten lernten.

Auf unserem Fußweg durch die Schneelandschaft kamen Sina und ich an einem dunkel-hölzernen Stallgebäude vorbei, aus den Luken mochten früher die Tiere ihre Köpfe gestreckt und aus einer Art hölzernem Gitter Heu gefressen haben. An der Dachtraufe hingen lange Eiszapfen, der Schnee auf dem besonnten Stalldach schmolz über den Tag, nachts fror das tropfende Schmelzwasser zu diesen bizarren Zacken.

Sina schien ihr Elend vergessen zu haben, sie streckte sich und brach die schönsten, längsten Eiszapfen ab. Sie waren ganz klar und zerbrechlich, keiner hielt lange in ihrer behandschuhten Hand, dennoch beschäftigte sie sich einige glückliche Minuten mit ihnen. Sie hielt sie in die Sonne, schoss Selfies mit Eiszapfen, leckte sie an und verzog dabei das an leidende Ausdrücke gewöhnte Gesicht.

Ich konnte ihre Empfindsamkeit sehen, ihre Ungeschütztheit, mein Herz machte einen schmerzhaften Sprung. Ich nahm auch einige Bilder auf, Sina mit zwei gekreuzten Eiszapfen vor ihrem Gesicht, wie Edward mit den Scherenhänden, ein Lachen, das ihr versehentlich entwichen zu sein schien. Der Himmel war tiefblau, gesprenkelt von auseinandergezupften Faserwolken, vor mir stand ein alter Baum mit tief gefurchter Rinde und Ästen, er erinnerte an die Gliedmaßen eines Urtiers, das kopfüber in der Erde steckte. Wir machten Selfies mit Sonnenbrillen. Um uns herum das gleißende

Weiß, Zillionen reflektierender Eiskristalle, im Hintergrund die Kette der Gipfel.

Noch bevor ich anregen konnte, einen Rundgang zu machen, dem Weg am Rand der Piste aufwärts zu folgen, links am Axiland vorbei und ein Stück durch den Tannenwald, wollte Sina zurück in unser Zimmer. Ich hielt mich mit Kommentaren zurück, es war jedoch deutlich, dass sie in ihren unglücklichen Zustand zurückgefallen war. Sie stieß wimmernde Laute aus, etwas war mit ihrem Fuß, vielleicht umgeknickt, wir konnten uns nur langsam das kurze Wegstück zurückbewegen, mit ihrem ganzen Gewicht hing sie an meiner Schulter.

Auf dem schneebedeckten Weg kam uns eine junge Mutter mit roten Backen entgegen, sie zog ein warm verpacktes Kleinkind mit Zipfelkapuze auf einem Holzschlitten. Das Kleine saß in einer Vorrichtung mit Lehne im Rücken und Steuerrad vorn, war somit sicher aufgehoben, konnte sich aber als Herr der Lage fühlen. Es hatte einen Schnuller im Mund und sah uns aus leicht schräg stehenden braunen Augen so ernsthaft an, dass sich mein Inneres zusammenkrampfte. Die junge Frau lachte und grüßte im Berner Dialekt, ich grüßte zurück, aber mein Glück war mit den zerbrochenen Eiszapfen in den Schnee gefallen.

Die Sonne tauchte plötzlich hinter den Bergen unter, es wurde schon merklich kälter, als wir das Bärghuus erreichten.

Mit noch feuchten Haaren lag Sina im Bett, ein feiner Shampoogeruch ging von ihr aus. Ich hatte sie trotz ihres schmerzenden Knöchels überreden können zu duschen. Sie trug ihren ältesten, aber liebsten Schlafanzug. Ich bot ihr Tee an und setzte mich auf den Holzbalken, der ihr Bett begrenzte. Sie hätte sich in Wohlgefühl unter der Decke ausstrecken können, zur Ruhe kommen, genießen, dass ich mich um sie kümmerte. Wie konnte es sein, dass es anscheinend keinen Unterschied machte, ob ich mich bemühte, ihr Gutes zu tun oder nicht? Sie lag zwar unter der Decke, aber ich konnte spüren, wie sie sich gegen jede Entspannung sträubte.

»Mama. Lass uns noch einmal reden. Bitte! Lass mich nach Hause fahren. Du kannst ja hierbleiben. Ich will dir nicht den Urlaub verderben oder so. Ich bitte dich nur um alles in der Welt.«

»Sina. Ich möchte mit dir zusammen sein. Du etwa nicht mit mir?«

»Doch. Aber nicht hier. Ich muss unbedingt von hier weg. Versteh das doch bitte.«

»Tut mir leid. Ich verstehe das nicht.« In Wahrheit verstand ich genau, nur gefiel es mir eben nicht.

»Ich schenke dir alles, was ich habe. Den Laptop. Ich male dir Bilder. Ich übe jeden Tag eine Stunde. Ich lerne ganz viel für die Schule. Bitte.«

Den Laptop hatte sie von Hauk zu Weihnachten bekommen, ein sündteures, hippes Teil, Hauk wusste natürlich, dass ich mir niemals einen derartigen würde leisten können. Und ebenso wusste er, wie provozierend es war, einer Siebtklässlerin ein solches Geschenk zu machen, ohne vorher mit mir darüber zu sprechen.

»Du brauchst mir nichts zu schenken. Und nichts versprechen. Ich möchte nur, dass du gesund wirst.«

»Hier werde ich nie gesund.«

»Gerade hierher fährt man mit den Kranken, damit sie wieder zu Kräften kommen.«

»Ich nicht. Ich muss nach Hause.«

»Sina.« Ich weinte wieder, ratlos, kraftlos.

»Wein doch nicht immer! Das macht mich erst recht krank. Immer setzt du mich unter Druck. Sagt Papa auch.«

Dieser Satz würde an mir kleben bleiben, das spürte ich. Ich würde mich daran erinnern, wenn ich sie wieder einmal bedrängte und erpresste. Sie hatte recht. Dass sie es in ihrem jungen Alter schon so benannte, ließ mich schaudern.

»Ich weiß nicht, was ich noch machen soll«, jammerte ich. »Ich weiß es wirklich nicht mehr. Es hilft dir nicht, wenn ich dich aus deinem abgedunkelten Zimmer hole und in die Sonne bringe, an einen Ort, an dem du glücklich warst. Nichts hilft. Wir müssen zu der Psychiaterin gehen.«

»Hör auf!« Sie hielt sich den Kopf.

»Du brauchst eine Kur. Ein Krankenhaus. Ich kann nicht mehr.«

Spätestens jetzt hörte uns der ganze untere Teil des Dorfes.

»Ich kann auch nicht mehr«, schrie Sina. »Du machst mich kaputt, *du* bist nämlich in Wahrheit krank. Du bist so ein Psycho!«

Sie war nun ganz außer sich, rot im Gesicht, es würde lange dauern, bis sie sich wieder beruhigt hätte. Sie rollte sich in ihrem kastenartigen Bett zusammen und drehte sich Richtung Wand.

Ich blieb wie betäubt sitzen, wie war das passiert, gerade hatten wir glückliche Momente bei einem Spaziergang geteilt. Vermutlich hatte ich diese zerbrechliche Stimmung kaputtgemacht, ich konnte mich nicht erinnern, es war alles so falsch. Mein Herz bebte, zog mich hierhin und dorthin, riss Hohlräume auf, die gefüllt sein wollten. Es war zu viel, zu viel erst recht für ein Kind, das nicht einmal ein Außerhalb von seiner Familie kannte.

»Okay, Sina«, sagte ich leise. »Wenn du wirklich gehen möchtest, lasse ich dich. Ich hatte mir etwas anderes erhofft, aber ich werde damit zurechtkommen.«

»Ich will keinen Streit, Mama. Ich weiß nur nicht, was ich machen soll. Ich kann nicht Ski fahren.«

»Das verstehe ich. Willst du es aber nicht wenigstens probieren? Nur für eine Stunde? Oder du kannst dich draußen in die Sonne setzen, wir richten dir einen bequemen Sitz. Du kannst lesen. Du könntest die Berge malen.«

»Nein!«

»Ich weiß nicht, ob wir uns im nächsten Jahr noch mal einen Skiurlaub leisten können. Wahrscheinlich nicht.«

»Mama.«

»Jetzt ist der Moment, jetzt sind wir zusammen hier, Sina.«

»Gerade hast du noch gesagt, du lässt mich fahren.«

»Dafür hast du Kraft, ja, zehn Minuten in der schönsten Landschaft sind schon zu viel, bei Sonnenschein, aber zehn Stunden im ICE, um die Ferien allein in der Wohnung zu verbringen, bei zugezogenen Vorhängen, ja, das geht.«

»Du hast es gesagt!«

»Du bist zwölf. Du musst allein über eine Grenze. Zu Hause ist niemand.«

»Papa!«

»Der arbeitet.«

»Alexa ist ja da.«

Seine Neue. Seit sie das Kind hatte, arbeitete sie von zu Hause aus. Das Kind ging längst in den Kindergarten. Sina hatte dort ein eigenes Zimmer, das eine Putzfrau sauber hielt. Am Abendbrottisch saßen sie als Familie.

»Also lieber Ferien in Alexas Wohnung als Skiurlaub mit mir.«

»Hör endlich auf. Ich rufe Papa an.«

Ich fühlte mich jetzt wie das Kind in unserer Konstellation. Ich würde also die Entscheidung abwarten.

Das neue Kind hieß Helia. Schon mehr als einen Abend, wenn ich nicht schlafen konnte, weil Sina bei Hauk war, hatte ich in der Mathilde verbracht und mir in quälender Ausführlichkeit ihr Familienleben ausgemalt, während Rebecca die letzten Gäste abkassierte und hinter der Bar zusammenräumte. Ich saß auf einem der hohen Hocker, suhlte mich im aufsteigenden Rausch und meinem Elend, und gleichzeitig im Mitgefühl meiner Freundin.

Wenn ich ehrlich war, waren diese Abende angenehmer als allein in der Wohnung zu sein, während nebenan Sina schlief und ich dem Summen des Kühlschranks zuhörte oder vor dem Fernseher lag.

Ein Traum fiel mir ein, aus der ersten Zeit nach der Trennung. Ich hatte ihn in Varianten wieder und wieder geträumt. Ich hatte ein Kind geboren, konnte aber aus verschiedenen Gründen nicht zu ihm. Ein Mann trug es vor mir her, zuerst dachte ich im Traum, es sei Hauk, er ging so schnell, dass ich nicht mitkam, mein Kind, mein Baby, wollte ich schreien, aber es kam kein Ton heraus. Als ich mich schließlich doch bemerkbar machen konnte und der Mann sich zu mir umdrehte, war es nicht Hauk, sondern ein gemein grinsender Bodyguard, das vermeintliche Baby nur eine zusammengerollte Decke.

Das nächste Mal befand ich mich auf der Jagd nach einer Babytrage, in der sich, wie ich glaubte, die neugeborene Sina befand. Verschiedene Personen aus unterschiedlichen Stationen meines Lebens spielten mit mir Fangen, trugen die Babytrage weg, warfen sie einander zu, sobald ich mich näherte.

Dabei lachten sie und freuten sich an meiner wachsenden Verzweiflung. Als ich schließlich den Maxi-Cosi an mich riss, hing in den Gurten nicht Sina, sondern meine auf winzige Größe geschrumpfte und noch mehr gealterte Mutter.

Sina reichte mir ihr Telefon: Hauk.

»Sina fragt, ob sie allein mit dem Zug aus der Schweiz nach Hamburg fahren kann. Ich habe mich erkundigt, rechtlich spricht nichts dagegen. Sie muss ihren Pass bei sich haben.«

»Ja.«

»Es ist natürlich nicht optimal. Ich muss arbeiten. Sie ist aber nicht allein.«

»Helia, nimm den Finger aus der Nase«, fiel mir ein, aus dem Mund von Rebeccas Kollegen mit der tuntigen Stimme, und ich musste lachen. Ich versuchte, es mit einem simulierten Husten zu vertuschen.

»Bist du einverstanden?«, fragte Hauk.

»Ja.«

»Ich habe zwei Verbindungen rausgesucht, ab Interlaken. Ich habe sie dir geschickt. Hast du genug Geld für die Fahrkarte?«

Wie es mich ärgerte, auf diese Frage zu antworten wie ein dümmlicher, aber gehorsamer Teenager: »Ja.«

»Es tut mir natürlich leid, dass euer Urlaub so unglücklich verläuft.«

Wie er das immer ausdrückte.

»Es tut dir ja ach so leid.«

»Wie bitte?«

»Egal. Nichts.«

Ich wusste, wie es nun weiterginge. Hauk würde taktvoll schweigen. Ich würde mich weiter ins Unrecht setzen, wenn es mir nicht gelänge, meiner momentanen Gefühlsaufwallung Einhalt zu gebieten. Hauk gäbe sich keinerlei Blöße und behielte wie immer die Kontrolle.

Ich hielt mich zurück, ihn zu beschimpfen, stattdessen unterlief mir aber etwas Schlimmeres, etwas, das ich mir verboten hatte, so lange er es bemerkte: Ich weinte. Ich spürte auch, wie ich sein Verständnis, ja sogar seinen Trost wollte, und in meiner Selbstachtung sank und sank. Seit Jahren zwang ich mich Hauk gegenüber zu einem sachlichen Ton.

»Das ist schwer für dich. Sina alleine gehen zu lassen.«

Ich schluchzte.

»Das ist es auch. Aber es ist notwendig. Auf die eine oder andere Art. Sie wird groß.«

Wieder schluchzte ich.

Mit seiner Stimme, besonders am Telefon, nahm er regelmäßig meinem Ressentiment die Spitze. Hörte ich sie länger als drei Sätze lang, ihr ruhiges, tiefes Dröhnen, eine Frequenz, die besonders langlebiges Holz zum Mitschwingen brachte, Eiche oder Nussbaum, vermochte ich es kaum, ihn nicht mehr zu lieben.

»Es gelingt uns doch gerade. Ihre Eltern zu sein, meine ich. Sie registriert das genau. Sie testet ihre Basis, um sich dann davon abzustoßen.«

Das reichte mir jetzt. Ich würde mir nicht sein einlullendes Brummen anhören, mit dem er fortwährend ein Wir beschwor, das ich immer gewollt und das er aufgekündigt hatte.

»Alexa, such mir einen Erziehungsratgeber! Pubertät!«

Hauk seufzte.

»O.k., Nele. Gebt Bescheid, wann Sina ankommt. Kann ich noch einmal mit ihr sprechen?«

Ich hatte ganz vergessen, dass Sina im Raum war. Sie kannte bereits die volle Bandbreite meines Repertoires ihrem Vater gegenüber. Ich hätte trotzdem gern vermieden, dass sie die letzten Sätze hörte. Ihre Miene war distanziert, sie bemühte sich um größtmögliche Kontrolle, auch das ein Signal beginnender Ablösung von mir.

»Papa?«

Sie hatte mir etwas voraus, etwas war besser an ihrer Kindheit mit einer alleinerziehenden Mutter als an meiner, sie hatte eine Beziehung zu ihrem Vater. Ich kannte meinen nur vom Hörensagen. Für sie war es gut, Hauk in ihrem Leben zu haben. Seit der Trennung spürte ich eine ständige, bedrohliche Konkurrenz zu ihm.

Ich übte mit Sina Mathe, was weder mir noch ihr besonders lag, trotzdem fraß ich mich in die Thematik, wir sahen uns Tutorials über Gleichungen an, über Brüche, regelmäßig stießen wir an die Grenzen dessen, was wir gemeinsam bewältigen konnten, und stritten uns erbittert, suchten eine bei der anderen die Schuld an dieser Unlust, an diesem Frust, den die Aussicht auf sechs weitere Jahre mit Mathematikunterricht versprach.

Telefonierte sie dagegen mit Hauk, klangen die Verabredungen zum Lernen ganz anders. »Pa-pa«, gurrte sie mit einer im Vergleich zu sonst viel tieferen, beinahe lasziven Stimme, »du musst mich noch in Französisch ab-fragen.« Wie sie das betonte, mit einer Lücke wie die zwischen den Vorderzähnen von Betty Blue, ich musste aus der Küche gehen, wo sie am Tisch saß und unter dem Tisch X-Beine machte, während sie die Verabredung zum Üben für einen Vokabeltest in einen schwülen Flirt verzog.

Diese Vater-Tochter-Sache, man konnte darüber lesen, so viel man wollte, sich klarmachen, dass es normal war, dass sie sich dabei gut fühlte, gestärkt und geborgen, dass nichts Schräges daran war, zumal Hauk über jegliche denkbaren Vorwürfe erhaben war. Dennoch trieb mich sein Plustern, sein Tönen, Sinas Räkeln darin beinahe in den Wahnsinn.

Holte ich sie, was äußerst selten vorkam, aus einer Situation ab, in der sie unmittelbar mit ihm interagierte, sah und hörte ich zwei gleichermaßen angeregte Gesprächspartner, ihre Zwitscherstimme in Sechzehnteln und Triolen, seinen beruhigenden Bass, es war eigentlich ideal, wäre ich Teil der Familientriade geblieben.

Noch am Abend packte Sina beinahe fröhlich ihre Sachen, natürlich nur die zu ihrer halbhohlen Umhängetasche gehörigen. Wollsachen, Skiunterwäsche und dergleichen überließ sie mir. Die Nacht verlief friedlich. Am Morgen stellte ich ihr in der Gemeinschaftsküche, die wir ganz für uns hatten, einen Proviantbeutel für die fast zehnstündige Fahrt zusammen, was sie, fertig angezogen auf einer der langen, einfachen Holzbänke sitzend, mit zufriedenem Ausdruck beobachtete.

»Ich wäre zwar lieber zu Hause, aber bei Papa ist auch o.k.«

Hatte sie die Zuschreibung *zu Hause* jetzt gezielt platziert, um mich über ihren Abschied zu trösten, wusste sie um das süße Triumphgefühl, das sie mir damit bereitete? Hauks Altbauetage samt Halbschwester, Laptop und Putzfrau blieb schlicht für immer *bei Papa*.

Auf der Autofahrt von der Axalp herunter plapperte Sina fröhlich, alles schien ihr neu und interessant. Sie holte aus und sprach über ein Mädchen aus ihrer Klasse, über deren Probleme mit einem anderen Mädchen, über die Lehrer. Mit keinem Wort erwähnte sie, dass sie den gesamten Spätherbst und Winter über kaum in der Schule war. Ich wies sie nicht darauf hin.

Eine Hoffnung war immer gewesen, der Krankheitsspuk möge sich in Luft auflösen. Sie hatte über bestimmte Beschwerden geklagt, und dies zog über die Zeit eine Kette von Untersuchungen nach sich. Ich führte Protokoll über ihre Zustände. Verschiedene Ärzte leuchteten in ihren Magen, zeichneten ihre Hirnströme auf, ließen sich von mir den Verlauf von Schwangerschaft und Geburt berichten, testeten ihre Blutwerte, ihr Sehvermögen, ihre Intelligenz. Mit nicht unerheblichem Aufwand stellte ich unsere Ernährung um. Ebenso hatte ich die Situation in der Klasse ausgeforscht, mit der Vertrauenslehrerin gesprochen, dem Klassenlehrer, den Eltern der Mitschüler, der Direktorin. Ich versuchte in alle Richtungen zu kommunizieren, wobei ich mir Mühe gab, keinesfalls hysterisch oder überbemutternd zu erscheinen, und im guten Einvernehmen mit Hauk. Sinas Schulabwesenheit war ein organisatorisches Großprojekt geworden.

Über die Monate begleitete Hauk sie zu mehreren Terminen, die ich verabredet hatte und die in meine Arbeitszeit fielen. Der mit Abstand größere Teil, das Telefonieren zu knapp bemessenen Sprechzeiten, die Suche nach einem Therapieplatz und so weiter, hing an mir. Hauk fühlte sich mit seinem Anteil schon übermäßig belastet.

Es ging noch weiter: Er glaubte an keine wie auch immer geartete Krankheit. Er hatte mir einen Vorschlag gemacht, der für mich bisher nicht infrage gekommen war.

Er hatte gesagt: »Überlass sie für einige Zeit mir.« Er schlug mir vor, einen Grund für die vorübergehende Abwesenheit zu schaffen: einen Job in einer anderen Stadt, eine Kur, eine Reise. Er würde Sina in dieser Zeit an ein verändertes Regime gewöhnen. Ein, zwei Wochen, und sie wäre wieder in der Spur. Weitere drei oder vier, und sie hätte das ganze Knäuel unguter Gewohnheiten vergessen.

Das einzige Problem an diesem Vorschlag war, dass er von ihm kam.

Das Gespräch war wenige Tage vor der Schweizreise gewesen. Ich hatte geschwiegen, dann gesagt: »Und wer garantiert mir, dass du sie mir nicht auf Dauer wegnehmen willst?«

Er, ganz schlicht: »Ich. Ich nehme sie dir nicht weg, Nele.«

Auch an diesem Nachmittag hatte ich geweint. Ich war von meinem Fahrrad abgestiegen, als Hauk anrief, und blickte auf die vom Wind grau verwirbelte Außenalster. Auf mehreren Spuren schob sich der Auto- und Lastverkehr vorbei, donnerte in geringem Abstand von den Uferwegen über die Kennedybrücke. Ich schob mein Rad vom Fahrradstreifen auf der Brücke hinunter, um dem Lärm zu entgehen, auf einen schmalen Weg in Richtung des dunkelgrau-grünen Wassers. Das Rauschen der Handyverbindung zwischen Hauk und mir kam mir wieder so bedeutsam vor wie während unserer allerersten verliebten Telefonate.

»Bist du noch dran«, fragte Hauk.

»Ja«, sagte ich und schniefte. Ich fror. Im Sommer sah man von hier aus Ruderer, Segelboote, Schwäne, unter der Brücke fuhren die altmodischen, flachen Dampfer durch zur Binnenalster. Jetzt war die Wasserfläche unbelebt, knapp vor dem Gefrieren. Auf dem Beton unter dem Brückenbogen standen zwei ramponierte Zelte, daneben einige Hinterlassenschaften ihrer Bewohner, Textilien, Bierflaschen, Tüten.

»Wir problematisieren nicht die Trennungssituation. Das Patchwork. Ihr Pendeln.«

»Ach nein?«

»Hör auf, Nele. Das ist doch längst etabliert. Stabil. Daran rühren wir nicht. Das muss ihr auch keine Therapeutin einreden.«

»Für dich ist also alles schön.«

»Hör auf damit!« Jetzt klang er richtig verärgert, was selten vorkam bei Hauk. »Es geht jetzt mal nicht um deine verletzten Gefühle.«

Trotz des kalten Nieselregens, der zu fallen begonnen hatte, fühlte ich Hitze in meine Wangen steigen.

»Jetzt denken wir mal als Eltern an Sina.«

Ich schwieg weiter.

»Sie muss zur Schule. Alles andere führt zu neuen Problemen.«

»Sie ist nicht krank. Sie hat sich in irgendetwas verstrickt, und da kommt sie alleine nicht raus. Auch nicht, indem wir die Begleiterscheinungen der Verstrickung erforschen. Du willst mit ihr in den Skiurlaub, probier es aus. Und nach den Ferien geht sie jeden Morgen zur Schule und bleibt dort bis Schulschluss, für den Rest des Halbjahrs. Ich werde dafür sorgen. Es ist sinnvoll, wenn sie für eine Weile ganz bei mir wohnt. Du hast dann Pause. Es war viel in letzter Zeit.«

Er hatte den einzig erfolgversprechenden Plan, und meine Bemühungen waren allesamt sinnlos. War das so, hatte er das gesagt?

Es steckte etwas Entlastendes, beinahe Tröstliches in dem Gedanken: Sina und ich hatten keine andere Wahl, als seinen Vorschlag anzunehmen. Die möglichen Alternativen waren sämtlich schlechter, waren außerdem gegen Sinas Willen. Trotzdem würde ich mich noch einige Zeit sträuben.

»Interlaken!«, rief Sina, eine freudige Fanfare, als wäre dies der Name einer Wunderstadt, einer mythenumwobenen

Oase, und tatsächlich hätte ich ohne ihren Ruf die Autobahnausfahrt verpasst. Ich riss das Steuer herum und fuhr im letzten Augenblick ab. Der Wagen hinter mir ließ ein erschrecktes Hupen hören. Zu unserer Rechten lag lang gestreckt der Thuner See, zu unserer Linken ragten die Berge auf.

»Zu Hause male ich dir gleich ein Bild. Was soll drauf sein? Die Berge?«

»Darüber würde ich mich sehr freuen.«

»Ehrlich, Mama. Ich lerne. Ich ruhe mich aus. Damit ich wieder in die Schule gehen kann. Das möchtest du doch auch.«

»Sicher, Schatz.«

»Ich hab dich lieb, o.k.?«

»Ich dich auch.«

»Ich mag es hier eigentlich, o.k.? Ich mag auch Skifahren.«

»Ja.«

Sie hatte so Angst, mich zu enttäuschen. Wie sollte ich mich von ihr verabschieden? So, als sähen wir uns eine ganze Zeit lang nicht?

Den Bahnhof anzusteuern, den Parkplatz, die Gruppen asiatischer Touristen zu sehen, die Reihe der blitzsauberen Fahrkartenschalter im Bahnhofsgebäude, all das stieß auf Sinas lebhaftes Interesse, und sie steckte mich damit an. Erfreut betrachtete sie ihre erste eigene ICE-Fahrkarte, ehe sie diese in ihrer, so wie es Mode war, schräg über der Schulter hängenden Bauchtasche verstaute. Wir hatten noch Zeit, und zum Abschluss erlaubte ich ihr einen kleinen Einkauf in der Bahnhofs-Migros. Sie wählte für sich Schokolade, eine Kräuterlimonade mit Schweizerkreuz, und ich sagte nichts, als sie von den kleinen, hübsch verpackten Nougatstangen auch welche für Alexa und Helia aussuchte.

Endlich fuhr der ICE ein, die Seitenwand war besprüht mit prachtvollen, vielfarbigen Graffiti, wulstige Buchstaben, Köpfe, tanzende Körper. Ohne zu zögern, stieg Sina die Stufen zur offenen Zugtür hinauf. Erst dann kam sie auf die Idee, mich zu umarmen.

»Tschüs, Mama.«

»Mein Schatz. Pass gut auf dich auf.«

Unsere Umarmung war komisch, Sina stand so hoch über mir, dass sie, sich herabbeugend, praktisch nur meinen Kopf umarmte, ich ihre Beine. Es herrschte eine bühnenartige Konzentration auf dem Bahnhof Interlaken, alles war ganz ruhig, bis auf das Genestel des Schaffners, der aus seiner Tasche die Signalkelle zog, Schritte und Schnaufen zweier Japanerinnen, die im letzten Moment von der Unterführung aus rennend eine geöffnete Zugtür erreichten. Ohne die bei uns üblichen Stopps lief der Sekundenzeiger der Bahnhofsuhr flüssig auf die Zwölf zu, und exakt zur fahrplanmäßigen Zeit setzte sich der ICE in Bewegung.

Ich blieb allein zurück, mit Blick auf eine Wand voll touristischer Plakate. Als ich mich langsam auf die Unterführung zubewegte, wurde mir klar, dass mir eine Urlaubswoche ganz allein bevorstand. Ich horchte den ganzen Weg zum Parkplatz forschend in mich hinein.

Die kurzhaarige Frau im Skishop, wo ich meine Ausrüstung lieh, war dieselbe wie im letzten Jahr. Mir war so, als passte sie mir genau dieselben Sachen an. In den klobigen Stiefeln, Ski und Stöcke schleppend, ging ich das kleine Stück hangaufwärts zum Kassenhäuschen der Bergbahnen. Auch dort saß eine Frau, die ich schon kannte, und lud meine Karte vom letzten Jahr mit zusätzlichen Punkten auf. Ich schob ihr meine Kreditkarte hin.

Auf Skiern stakste ich zum Sessellift, nahm eine Gondel allein und ließ mich mit sanftem Schwanken in die Höhe tragen. Noch immer fühlte ich nichts, außer einem kitzelnden Gefühl zwischen Euphorie und Höhenangst, ausgelöst vom Anblick der bestimmt dreißig Meter hohen, schneebeladenen Tannen, die steil bergaufwärts gestaffelt standen und über deren Wipfel ich geräuschlos hinwegglitt. Das einzige hörbare Geräusch war in regelmäßigen Abständen das metallische Rattern der Rädchen, wenn die Gondel über einen Mast geführt wurde. Nach und nach schob sich eine Wolkendecke vor die Sonne und verdeckte sie schließlich ganz.

Oben angelangt, am Ausgangspunkt der blau markierten Piste, stand ich im Nebel. Die wenigen anderen Skifahrer entstiegen ihrer Gondel, stießen sich mit ihren Stöcken ab und verschwanden schnell in drei Richtungen. Ich war alles andere als eine geübte Fahrerin, und so allein auf dem Berg, ohne einen Menschen, der mir beistand oder dem ich beistehen musste, fühlte ich mich verloren. Ich sah wenig, spürte aber die Höhe, der felsige Kopf des Tschingel war im Hintergrund nur zu ahnen. Es war kälter als unten im Ort, ich fror und konnte mich nicht erinnern, welcher der beiden blauen Wegweiser die Piste markierte, die ich vom letzten Jahr kannte.

Die Abfahrt war nicht angenehm, ich fand keinen Ausweg aus der Anspannung und schien alles vergessen zu haben, was ich je gelernt hatte. Einen Hang, der mir zu steil schien, um ihn mit meiner unzureichenden Technik zu bewältigen, schlitterte ich mit abgeschnallten Skiern hinunter. Erst im letzten Drittel, wo die Piste einen sanft geschwungenen Waldweg entlangführte, zwischen Tannen hindurch, mit gelegentlichen Ausblicken ins Tal, kam ich ins Fahren und spürte die

Freude daran. Es war mir ernst mit diesem Urlaub. Um Sinas willen war es wichtig, dass ich alles tat, was sie verpasste.

Vielleicht würde ich morgen eine Privatlektion buchen, mit einer Skilehrerin, die wir schon kannten. Die Privatlektion hatte ich statt eines Skikurses für Sina geplant.

Unten reihte ich mich ein zum Schlepplift, noch wenigstens drei kurze, leichte Abfahrten, nahm ich mir vor, um die Schwünge zu üben, die ich doch eigentlich konnte. Es hatte zu schneien begonnen, mehr als zweimal schaffte ich die Abfahrt nicht, so dicht stoben die Flocken. Ich fühlte mich erschöpft, noch immer nicht ausgeschlafen von der Autofahrt und den zermürbenden Streitereien.

In der Hütte bereitete ich mir ein einfaches Gericht zu; ich hatte nach Sinas Geschmack eingekauft. Nach dem Essen fiel ich in tiefen Schlaf und wachte erst wieder auf, als es dunkel war. Benommen tastete ich nach dem Lichtschalter.

Auf meinem Telefon fand ich eine Nachricht von Hauk, ein Foto von Sina, wie sie müde, aber erlöst in die Kamera lächelnd vor einem Teller Nudeln in seiner Küche saß. Mein Herz krampfte sich zusammen. Warum war nicht ich es, deren Gegenwart sie suchte und bei der sie Zuflucht nahm?

Mit einem verwundeten Gefühl zog ich mich in das höhlenartige Bett zurück, nahm mein Buch: *Eine Frau flieht vor einer Nachricht*. Ich las schon seit einigen Tagen daran. Jenseits der politischen Umstände, des andauernden, nervenzerfetzenden Kriegszustands zwischen Israel und den besetzten Gebieten, erschütterte mich die Verbindung der Mutter zu ihrem Sohn. Er zog freiwillig in einen gefährlichen Einsatz, und ihre Liebe zu ihm, die Furcht um sein Leben, verursachte ihr höchste Qual. In der Absicht, die Angst um ihn zu bannen, verreiste sie, entzog sich so den potenziellen Überbrin-

gern der Todesnachricht. Sie unternahm eine lange Wanderung, beschwor dabei Erinnerungen an ihren Sohn, in
selbstquälerischer Ausführlichkeit, sein ganzes junges Leben,
von der Geburt an bis in die tödliche Gegenwart. Die Verbindung zwischen ihr und ihm, so ihr verbohrter, aus der Not ge-
borener Glaube, würde ihn schützen.

Die Lektüre war kaum auszuhalten, es gab kein Entrinnen.
Besonders niederschmetternd empfand ich das Wissen, dass
der Autor David Grossmann, während er an dem Roman
schrieb, tatsächlich seinen Sohn an den Krieg verlor. Ich hatte
nichts Derartiges zu befürchten. Dennoch verursachte die
Liebe zu meinem Kind mir ein Bangen, das zu groß für mich
war und mich in diesem Augenblick wünschen ließ, ich wäre
nie Mutter geworden.

Im Umkehrschluss hieß das natürlich auch, dass ich Sinas
gesunde Kräfte nicht sah. Ich ließ den Gedanken, es gäbe sie
gar nicht, nicht nur zu, sondern empfand ihn heimlich als
entlastend. Das war die hässliche Wahrheit über mich. Ich
lag mit einem Gefühl, als läge ein Drahtkorsett um meinen
Brustkorb, im Kastenbett und war zu monströs, um zu trau-
ern.

Am nächsten Morgen sah ich Sonnenschein draußen, das
hohle, reißende Gefühl nach der Lektüre am Abend war noch
da. Ich zog mich rasch an und trat zur Terrassentür hinaus.

Der frisch gefallene Schnee rundete alle Silhouetten ab,
bildete erstaunliche Verwehungen und Kissen, reflektierte
die starke Strahlung. Das Weiß war eine weltfüllende Totali-
tät, die Luft rein und nahrhaft. Ich ging so rasch, dass ich außer Atem geriet, vorbei am Chemihüttli, überquerte die Straße auf der Hälfte der Dotzwegabfahrt, strebte dem Wald und
dem Winterwanderweg zu. Mein Herz schlug schnell, das

Einsinken in den Schnee bei jedem Schritt ließ mich beschleunigt atmen.

Rechts vom Weg aus gelegen sah ich die Silhouetten der höchsten Berge, Laubhorn, Jungfraujoch, die Höhenlinien hingezeichnet in kühnen Zacken. Die in der Nähe aufragenden Gipfel, Axalphorn und Tschingel, lagen um einiges niedriger, zweitausendsechshundert Meter gegenüber den knapp viertausend der Jungfrau. Am Tschingel konnte ich unterhalb einer schroff abfallenden Wand verschneite Matten sehen, die ganz unzugänglich waren, wo herabgerollte Schneebrocken kleine, in verschiedene Richtungen auseinanderstrebende, dann in der Schneefläche auslaufende Lawinenbahnen ausgeprägt hatten, nur die Alpendohlen konnten dorthin fliegen. Richtung Süden sah ich, auf welcher Höhe an einer anderen Bergkette die Schneegrenze verlief. Unterhalb dieser Linie lagen die Flächen winterblass, grünlich braun da. Ganz zuunterst leuchtete dunkelblau der See.

Den Nachmittag verbrachte ich in der Hütte, zu allen Seiten umgeben von Holz, lesend und schlafend, das Bedürfnis nach Letzterem schien unstillbar groß. Die geliehenen Skier standen unbenutzt vor der Terrassentür. In der geheizten, ausgepolsterten Holzkiste des Bettes, umgeben von Schnee, driftete ich in eigenschaftslose Zustände, weg von meinen Erinnerungen und Wünschen.

Am Nachmittag des nächsten Tages trug ich am Ende meiner Kräfte, mit Druckstellen an den Füßen, die Skier die letzten Meter zum Haus. Nach der Privatlektion, die mich auch hinaufgeführt hatte, im Sessellift hoch zum Tschingel, war ich ununterbrochen Ski gefahren, mehrere Male von ganz oben, die Pisten west- wie ostwärts, zwischendurch die kürzeren Abfahrten bei den Schleppliften. Die Sonne hatte durchgehend geschienen, meine Lippen waren rissig, und die Wangen brannten. Kaum schaffte ich es, die klobigen Skischuhe mit ihren metallenen Spangen und Schnallen zu lösen und von meinen Füßen zu ziehen. Mir etwas zu essen zu machen fehlte mir die Kraft. Ich schlief in Skiunterwäsche auf der Bettdecke liegend ein und erwachte mitten in der Nacht mit brennendem Durst.

Schon als ich aufstand, um die Wasserflasche zu füllen, spürte ich, dass etwas nicht stimmte. Mein Herz schlug schnell, das dumpfe Gefühl im Kopf verlangsamte das Denken. Ich war krank geworden. Mit zitternden Händen hielt ich die Wasserflasche und tastete mich ins Bett zurück. Das Liegen war nicht angenehm, als wäre ich in einen Behälter mit flüssigem Zement gelegt worden, der langsam fest wurde.

Paola begegnete ich erst am Mittag des nächsten Tags, zittrig stand ich am Herd in der Gemeinschaftsküche und wartete auf das Pfeifen des Teekessels, als sie den Staubsauger über den Flur zog und mich ansprach.

Zwei weitere Tage verbrachte ich größtenteils schlafend in der Hütte, Paola brachte mir mittags eine Suppe, die ich dankbar annahm. Erst am Abend fühlte ich mich etwas besser, zog mich mit verlangsamten Bewegungen an und ging zur Terrassentür hinaus.

Es war kalt. Der Schnee reflektierte bläulich den Schein der Laternen. Vorsichtig setzte ich meine Schritte in den festgewalzten Schnee. Im Licht entlang des Weges Richtung Wald ging ich so weit, wie ich mit Sina gegangen war, mit genauso zittrigen Schritten wie sie vor einigen Tagen, die mir weit entfernt schienen. Im Dunkel fand ich den ehemaligen Stall mit den Eiszapfen, brach einen ab und hielt ihn mir an die immer noch erhitzte Wange. Das Eis schmolz darauf zu künstlichen Tränen. Mein Handy vibrierte, mir war kaum bewusst, dass ich es mitgenommen hatte.

»Hallo Mama«, schrieb Sina, »hoffentlich hast du einen schönen Urlaub. Mir geht es gut. Ich bleibe die nächste Zeit bei Papa. Ich komme dich aber besuchen. Ein anderes Mal fahre ich wieder mit auf die Axalp. Deine Sina«.

Sie hatte ein neues Profilbild mit vergrößerten, geschminkten Augen. Meine Augen fühlten sich ebenfalls übergroß an, tränend wegen der Kälte. Auf meinen dünneren Beinen trat ich den Rückweg an, ging in der Kälte, in der die Tränen nicht flossen, sondern zu Zapfen gefroren an den Dachtraufen hingen, zurück zum hölzernen Haus.

NATIONAL TRUST

Wir würden umziehen nach Großbritannien. Lutz und ich würden dort arbeiten, im Auftrag des National Trust. Das erfüllte mich mit Stolz und Freude. Die Farm lag in Nordwales, am Great Orme oder Pen-y-Gogarth, wie die auf einer Landzunge gelegene Anhöhe auf Walisisch hieß, und bot einen Blick auf die Irische See. Die hundertfünfzig Morgen Grasland und Heide dehnten sich weithin in sanften Hügeln, zum Meer hin fielen sie nach drei Seiten in Sandsteinklippen ab. Wir würden das Land mit Schafen und Kaschmirziegen beweiden. Grasrechte hatten wir für weitere siebenhundert Morgen. Lutz würde die Zäune prüfen und ich die Tiere von Weide zu Weide führen. Nach so vielen Jahren in großen Städten wollten wir beide nur schweigen und in den Himmel schauen, der sich dort oft hinter grauen Wolken verbarg. Die Zerklüftungen, das Vollgesogene und die Stürme, all das machte Wales aus, und wir fühlten die Entsprechung in uns.

Das soeben aufgekaufte Land hätte in einen Golfplatz umgewandelt werden sollen. Es war eine Ehre für uns, es bewahren zu helfen. Einige Tier- und Pflanzenarten kamen nur dort vor, die Felsen-Zwergmispel etwa, *cotoneaster cambricus*, und die Subspezies zweier Tagfalter.

Für den symbolischen Pachtzins von einem Pfund pro Jahr würden wir künftig das Anwesen am Great Orme bewohnen, wobei wir als Gegenleistung zusichern mussten, alle Auflagen des National Trust gewissenhaft zu erfüllen.

Unser Leben würde sich in Kürze radikal ändern. Das beunruhigte mich aber nicht, im Gegenteil, die Aussicht erfüllte mich mit freudiger Erwartung. Was wir mitnahmen, würde in einen kleineren Lastwagen passen. Die größte Herausforderung bestand darin, die Kinder für unseren Plan zu gewinnen. Sie machten sich Sorgen wegen der Sprache, wegen der abgeschiedenen Lage, wegen der Schuluniformen. Wie wir freuten sie sich zugleich auf die Nähe zum Meer und die riesigen Wiesen.

Die Wochen bis zum Umzug flogen vorüber. Wir hatten vieles zu organisieren, feierten Abschied und stellten die Kinder per Skype verschiedenen Schulleitern vor. Ich las Bücher über Schafrassen der britischen Inseln. Ich würde viel zu tun haben, besonders, wenn im Frühling die Mutterschafe lammten.

Wales. Widerborstige Kelten, die zweimal christianisiert werden mussten, an den Küsten die eigenartigsten Seevögel. Die Jungs verehrten die walisischen Fußballspieler.

»Ich bin Bale«, rief Ian, der Ältere, trat den Ball Richtung Himmel, von dem man nur einen schmalen Ausschnitt sah, zwischen dem mit Graffiti besprühten Zaun und den Brandschutzmauern, die den Bolzplatz umgrenzten, »nein, ich!«, schallte die Stimme des Jüngeren, Oscar. Er stemmte sich gegen die Übermacht des Bruders, legte alles in diesen Schrei: »Ich bin Gareth Bale!«

Abends sahen wir uns ein Video an, in dem uns eine Frau die Aussprache walisischer Konsonanten erklärte. *Ll.* Die Zunge wie zum L an den vorderen Gaumen legen. Luft bei oben anliegender Zunge beidseitig ausströmen lassen: *Llandudno.*

Die Farm war für uns die Lösung. Lutz hatte genug von

seinen schwierigen Klienten. Er schlief schlecht, fürchtete sich zunehmend vor jedem Morgen, an dem er ihnen mit einer optimistischen Grundeinstellung entgegentreten sollte. Ich selbst hatte nichts zu verlieren.

Wild und abgeschieden, die nächsten Nachbarn Meilen entfernt. So würden wir leben, und so wollten wir es auch.

Die Waliser stellte ich mir als eigensinnige, zähe Leute vor, eher klein, mit muskulösen Beinen, unempfindlich gegen Wind und Regen. Schon jetzt fühlte ich mich ihnen in tiefer Freundschaft verbunden.

Unsere Sachen würden uns im Möbelwagen vorausfahren. Die Umzugsunternehmer waren zwei von Lutz' ehemaligen Rehabilitanden, die ihre eigene Speditionsfirma gegründet hatten. Der eine hieß Sven Heizer. Einige Jahre zuvor hatte er im Söldnerheer der Franzosen gedient und war in Kriegen eingesetzt worden, zum Beispiel in Somalia. Nach seiner Rückkehr hatte er sich nicht mehr an das Leben in Deutschland anpassen können. Er hatte ein paar Jahre im Gefängnis gesessen, dann kam er zu Lutz in die berufliche Reha und lernte seinen jetzigen Job.

Heizer war begeistert von unserem Plan mit Nordwales, vielleicht zu begeistert. Lutz hatte zwei Regelverletzungen begangen, erstens, dass er mir bis ins Kleinste Heizers Geschichte erzählt hatte, zweitens, dass er einem Rehabilitanden Einblick in unser Privatleben gewährte.

Heizer war nicht größer als ich, mager, ein permanentes Lächeln mit einseitig hochgezogenem Mundwinkel im Gesicht. Der Gürtel seiner Hose war mit einer schweren Schnalle in Totenkopfform befestigt, aus deren Augenhöhlen rote Steine funkelten. Bei jeder Gelegenheit ließ er seine Gesprächspartner wissen, dass er Menschen, um nicht zu sagen:

Kinder, noch genauer: Kindersoldaten, getötet hatte und nicht lange zögern würde, es wieder zu tun. Dass er *für nichts garantieren* könne, wenn ihm einer blöd komme.

Ich war dagegen gewesen, Heizers Firma mit dem Umzug zu beauftragen. Sein Partner Ümit Günç war ebenfalls Ex-Häftling, er hatte die Umschulung als Freigänger gemacht und musste jeden Nachmittag zurück in die JVA. Er hatte wegen versuchten Totschlags eingesessen. Inzwischen war er entlassen. Die beiden hatten einen Gründerkredit der Investitions- und Förderbank bekommen.

Lutz meinte, man müsse Menschen wie Heizer und Günç eine Chance geben. Trotzdem war mir unwohl, als die beiden in unserer Wohnung standen und Schränke zerlegten. Günç sah aus, als wäre er in einem Bodybuildingstudio inhaftiert gewesen, er musste doppelt so viel wiegen wie Heizer. Sein Gesichtsausdruck wirkte oberflächlich gutmütig und ein wenig verschlafen, wenn man ihn aber länger beobachtete, konnte man sich vorstellen, wie aus seinem Blick ein grausamer wurde.

Lutz war unterwegs, ich überwachte das Beladen des Umzugswagens, packte die letzten Sachen ein und beseitigte den Schmutz hinter den weggerückten Möbeln. Von Zeit zu Zeit schaute Heizer um die Ecke und fragte mich etwas. Jede seiner Fragen, oder besser jeder seiner als Fragen formulierten Vorschläge war äußerst konstruktiv. Ich beobachtete mich dabei, wie ich sein Einverständnis einholte bei meinen Überlegungen, was als Nächstes zu tun sei; wie ich Stück für Stück die Kontrolle an ihn abgab.

»Machen Sie von Ihrer Festplatte lieber noch eine Sicherheitskopie«, sagte Heizer hinter meinem Rücken, als ich die Stecker von Drucker und Monitor löste. Mehr noch als einen

spezifischen Geruch meinte ich einzelne Moleküle wahrzunehmen, die um Heizers erhitzten Körper herumtanzten, von
mir eingeatmet wurden und in einem bestimmten Zentrum
meines Gehirns eintrafen, mit einem wahrnehmbaren Sti-
cheln, und mich dazu veranlassten, in einer schwer beschreib-
baren Stimmlage zu fragen: »Meinen Sie, in der Cloud sind
meine Daten sicher?«

Als Lutz zurückkam, war die Wohnung leer. Günç stand
auf einer Leiter und schraubte Haken aus der Wand. Lutz
reichte Heizer eine Tüte aus dem Baumarkt, mit Adaptern für
die britischen Steckdosen und einigen einfachen Leuchten.
Auch daran hatten nicht wir gedacht, sondern Heizer.

Lutz und ich standen im Flur der Wohnung, in die wir eingezogen waren, als unser älterer Sohn Ian sechs Monate alt
gewesen war. Die Räume wirkten nun kleiner, das Licht war
nie besonders gewesen, ausgenommen an Winternachmitta-
gen, wenn die Sonne ganz unerwartet aus einem schrägen
Winkel durch die zu dieser Zeit kahlen Bäume fiel. Lutz
schien ebenfalls seinen Erinnerungen nachzuhängen. Hätten
wir allein dagestanden, sicher hätten wir uns in den Arm genommen, so aber beobachtete uns Heizer, und wir taten es
nicht.

»Isch immer a komischs Gfühl«, sagte Heizer in seinem
Singsang, der sich zwischen zwei Tönen hin und her bewegte – eine Quinte? – und schon war das Gefühl nicht mehr unser eigenes. Das Leben an diesem Ort, das hier durch unseren
Willen endete, ein Kreis aus Bildern der Fülle, wurde nicht
von uns beiden gemeinsam beschlossen. Wir glaubten uns vor
Heizer erklären oder mindestens verbergen zu müssen.

Wir fuhren am Abend, damit die Kinder auf der langen
Strecke so viel wie möglich schliefen.

Lutz und ich wechselten uns alle zwei Stunden am Steuer ab. Nachts um drei verfuhr ich mich in Antwerpen. Ich lenkte das Auto über vielspurige, geschwungene Zubringer und verzweifelte an den Wegweisern. Noch in Belgien parkten wir an einer Autobahnraststätte zwischen unbeleuchteten Lastzügen und versuchten ein paar Stunden zu schlafen. Wir wurden von belgischen Polizisten geweckt. Sie klopften an die Scheibe, auf der Fahrerseite, wo Lutz sich mühsam aus schwerem Schlaf raffte, leuchteten mit einer starken Lampe in unseren Volvo und befragten uns nach Ziel und Zweck unserer Reise.

Der Hintergrund, das wurde uns im Lauf der Weiterfahrt klar, waren die vielen Menschen, Flüchtlingen, die zu Fuß unterwegs in westlicher Richtung waren, zur Küste hin, wo die Landschaft abflachte und die Farben ausbleichten, und wo sie hofften, ganz gleich auf welche Weise nach Großbritannien zu gelangen. Schon in Belgien schmuggelten sie sich auf Lastwagen, schlüpften unter Planen, zwischen Frachtstücke, in Schlafkabinen oder klammerten sich an der Unterseite der Karosserien fest. Die Polizisten leuchteten nach hinten in unseren dicht bepackten Wagen, auf die beiden hellhaarigen Kinder, die schlafend in ihren Sitzen hingen, zwischen ihnen verstreut die Dinge zu ihrer Unterhaltung, und winkten mit sich entspannenden Gesichtszügen ab. Leute wie wir, deren Flucht in keiner Weise lebensnotwendig war, ließen sie durch, im Gegensatz zu denen, die man kurz vor dem Ertrinken aus dem Meer gezogen hatte, oder die seit Monaten auf dünnen Sohlen wanderten, immer in Richtung der untergehenden Sonne.

Die Menschenkolonnen begleiteten uns auf der Fahrt durch die Dünenlandschaft in Flandern, gebeugte Zugvögel mit gestutzten Flügeln, am französischen Teil der Kanalküste entlang, wo die Gräser die Farbe von Knochen hatten und aus Ortsnamen hohläugig Schlachtfelder starrten: Dunkerque.

In Calais ging hinter uns in einem Lichtbad aus aprikosenfarbenem Pastell die Sonne auf, da sahen wir, wo die ziehenden Menschen aufliefen. Unüberblickbar viele versammelten sich zwischen Müll und notdürftigen Zelten aus Planen und Europaletten. Ein hoher Zaun mit spiraligem Stacheldraht hielt sie von den Grenzanlagen und Fährterminals fern. Für uns dagegen war die Passage über den Ärmelkanal frei. Lutz steuerte unser Auto über weite leere Spuren zur Passkontrolle, unter den Augen schwer bewaffneter Polizistinnen und Polizisten – oder waren es Soldaten? –, die sich über die gesamte Fläche der nummerierten Fahrspuren vor den Terminals verteilten.

Auf der Fähre glaubte ich Heizer zu sehen, wie er auf einem der Decks hinter der Tür zur Lkw-Fahrer-Lounge verschwand. Als ich später die zeitlichen Abläufe rekonstruierte, war es schwer vorstellbar, dass Günç und Heizer zur selben Zeit wie wir auf der Fähre gewesen sein sollten, waren sie doch Stunden vor uns losgefahren und würden am späten Abend in Nordwales mit fertig montierten und eingeschalteten Lampen auf uns warten.

Ich spürte den Seegang, als ich auf den scharf nach altem Kunstleder riechenden, lachsfarbenen Sitzelementen saß, die sich entlang der Fensterfront zogen. Durch die verschmierte Scheibe sah ich unter uns das Wogen der grüngrauen See. Ich war übernächtigt und hatte Mühe, die Kinder im Zaum zu halten. Schulklassen, Handwerkertrupps aus Osteuropa und orthodoxe jüdische Familien mit vielen Kindern hatten ebenfalls die frühe Fähre genommen. Oscar, unser Jüngerer, quengelte nach einem Souvenir aus dem Duty-Free. Ian fotografierte durch die schmutzige Scheibe mit seinem Handy hunderte Male das Meer.

Ich glaubte Heizer einen meiner unglücklichen Blicke auffangen zu sehen, die ich in unbestimmter Richtung über Lutz' Schulter warf. Der von mir für Heizer gehaltene Mann strebte gerade aus der Truckerlounge kommend auf die Treppe zu den Autodecks zu, über eine höchst uneinheitliche Menschentraube und ein paar Spielautomaten hinweg sah er mich und setzte sein schiefes Lächeln auf.

Das Schiff legte in Dover an, wir eilten wie alle anderen über die schmalen Treppen, die nach Rost und Schweröl stanken, hinunter zum Autodeck. Das Abfahren von der Fähre und damit die ersten Meilen im Linksverkehr, vorbei an den weißen Klippen, übernahm dieses Mal ich. Es fühlte sich heute besonders feierlich an.

Die Autobahnfahrt durch England war der härteste Teil der Reise. Lutz und ich waren übermüdet, die Kinder unruhig und in ständigem Streit. Am frühen Nachmittag fuhren wir von der M6 ab und kurvten durch eine Stadt namens Solihull, auf der Suche nach einem Imbiss. Während der Weiterfahrt dünsteten wir die Gewürzmischungen unseres chinesischen Mittagessens aus.

Kurz hinter Chester passierten wir die Grenze zu Wales. Die Jungen jubelten schrill und sprangen auf den Sitzen herum. Ab jetzt waren alle Ortsnamen auch auf Walisisch angeschrieben, in Buchstabenkombinationen, die uns erschienen, als wäre eine Katze über die Computertastatur gelaufen.

Die Landschaft links und rechts der nun gröber asphaltierten Straße war menschenleer, zwischen kleinen Ortschaften konzentrierte sich die Erde auf den Wuchs von Heide und niederen Büschen. Gegen die untergehende Sonne, deren Strahlen für Augenblicke durch die dem Meer entstiegenen Wolken drangen, nahmen wir einzelne Gehöfte aus grauen Steinen, die Umrisse grasender Weidetiere, und zu unserer Rechten die Ahnung eines Horizontes wahr, in dem sich aus einer Palette von Grün, Blau und Grau die Farben von Meer und Himmel mischten. Beide Gewalten zusammen hatten einen riesigen, unscharf begrenzten Wolkenballen über uns aufgehängt. Sollten wir dies als Willkommensgruß auffassen oder als Drohgebärde?

Wir schwiegen alle vier, unsere Augen brannten, als sich eine Stunde später in der uns entgegen kriechenden Dunkelheit die Straße verzweigte, links endete sie als halb überwucherter Schotterweg, an dessen Ende ein steinernes Stallgebäude mit eingebrochenem Dachstuhl stand, die gesplitterten Sparren ragten heraus wie aus dem Brustkorb eines ausgeweideten Tieres. Rechts führte eine kaum breitere Straße bergaufwärts, hinter der Biegung musste das Meer sein. Ein von Rost oder Flechtenbewuchs unleserlich gewordenes Schild trug eine Aufschrift auf Walisisch, darunter stand, nur vage zu erahnen: Parc y Farm.

Das Haupthaus mit dazugehörigen Ställen und Wirtschaftsgebäuden stand in einer kaum auffälligen Senke. Auf mehrere Meilen war es das einzige Menschenwerk in der vom Wind gebürsteten Landschaft. Die Lichtkegel der Autoscheinwerfer beleuchteten die aus dem grauen Stein der Klippen gefugten Kanten, trafen auf das milchige Gelbweiß, das aus den Fenstern des Haupthauses drang. Gleich auf den ersten Blick entdeckte ich als Schattenriss in unserem zukünftigen Heim Sven Heizer.

In der ersten Nacht in unserem neuen Haus schliefen wir

alles andere als gut. Die Betten, in denen offenbar lange niemand gelegen hatte, wirkten durchfeuchtet und leicht klebrig von der salzigen Seeluft. Der Wind benutzte das Haus als ein vielstimmig stöhnendes, pfeifendes Instrument, das die Kinder und mich wach hielt. Es ist nur der Anfang, notierte ich innerlich, wir würden die Liegen mit den weiß überzogenen Graufilzdecken sowieso hinauswerfen und unsere eigenen Betten aufstellen. Die Kinder weigerten sich, allein im hinteren, kleineren Schlafraum in der ersten Etage zu bleiben. Sie drängten sich beide zu mir und drückten Lutz an den Rand.

Am Morgen erwachten wir trotz der Strapazen der Nacht einigermaßen erfrischt. In der Küche trafen wir ein weiteres Mal auf Heizer. Er stand am Gasherd und bereitete bestens gelaunt ein Frühstück aus Baked Beans, Eiern und Speck. Die scheinbare Vertrautheit mit allem, die Selbstverständlichkeit, mit der er sich und Günç in unser Umzugsgeschehen einbezog, gefiel mir nicht, ebenso wenig mochte ich seinen Geruch nach Männerduschgel auf feuchter Haut. Er bewegte sich zwischen Kühlschrank, Herd und Küchentisch mit einer mich abstoßenden Elastizität, trotz seines hässlichen Gesichts, seiner vorstehenden Hüftknochen, seiner Proletenfrisur.

Der Duft des Frühstücks legte sich über den Duschgelgeruch und versammelte uns alle um den großen mit Plastik furnierten Tisch. Günç saß auf dem Eckplatz, sein Hintern mühsam hineingequetscht, zwischen den Schultern das Gesicht und kaute, alles an ihm schien zu groß für die walisischen Dimensionen. Er arbeitete zwar keinen Speck, dafür jedoch ein halbes Dutzend Eier, eine endlose Folge von Toastscheiben und einen Berg dampfender weißer Bohnen in sich hinein. Lutz mit seinem schmalen Oberkörper und den durchscheinenden Augenlidern wirkte neben ihm wie eine andere Spezies. Oscar beobachtete Günç, als wäre er ein Zootier, das man mit einem Eimer voll toter Küken fütterte, derweil verdrückte er selbst einen großen Haufen starr gebratener Speckornamente.

Ich überlegte gerade, ob es an der Zeit wäre, eine Art kleine Ansprache zu halten, meinen Dank den Transporteuren gegenüber auszudrücken, als es an die Tür klopfte oder besser wummerte. Ein Mann stand draußen, klein, fast kahl, seltsam breithüftig in einer ausgeblichenen Arbeitshose. Verwundert riss er seine unter Wülsten verborgenen Augen auf und stieß Überraschungslaute aus, sein Englisch verstand ich praktisch gar nicht. Er war der Nachbar, so viel begriff ich, sein Name: Rory. Nachbar bedeutete, er wohnte mindestens drei Meilen entfernt. Wenn Rory nachließ im Bestreben, seine schwarzen Äuglein aufzureißen, sah man an deren Stelle seltsam gekreuzte Schlitze, zwei X anstelle der Augen. Sein Lachen derweil war eindeutig: Er war uns wohlgesonnen. Ich bemerkte auch, dass ihm mehr als die Hälfte seiner Zähne fehlten.

Jemand war eingedrungen, so viel verstanden wir, ein Mensch, eine dunkle Gestalt hatte Zäune überwunden, war über Privatgrund gerannt, hielt sich vermutlich im Verborgenen auf. Jede Person, lernte ich, die in dieser menschenleeren Landschaft herumlief, wurde von den Bewohnern sofort erspäht und einem plausiblen Anwesenheitsgrund zugerechnet: Wenn man etwa einen Hund bei sich hatte oder vor der Wegekarte des National Trust stehen blieb, hatte man seine Nutzungsabsicht kundgetan und konnte passieren. Eine auf schnellen Beinen rennende Person, die sich etwa in Schuppen versteckte, stellte eine Gefahr für Mensch und Eigentum dar und musste aufgespürt werden.

Das erklärte uns sinngemäß Rory, während er sich über eine Portion unseres Frühstücks hermachte. Auffällig war, dass Rory fast ausschließlich Heizer adressierte, eine Tatsache, die Lutz entweder nicht aufzufallen schien oder die er so hinnahm.

Wie schon unendlich oft wünschte ich mir, dass Lutz entschlossener wäre, entschiedener aufträte. Beide ließen wir zu, dass andere in unserem Haus bestimmten. Heizer und Rory berieten, wie sie den Eindringling am besten aufspüren konnten.

Lutz und Günç zogen mit unserem Volvo los in die Richtung, aus der wir gekommen waren. Rory würde mit Heizer den Coast Drive entlangfahren, so dass sie sich in zwei Halbkreisen um die Landzunge herum aufeinander zubewegen würden.

Rory gab zu bedenken, dass die Mobiltelefone häufig keinen Empfang hatten. Ich blieb mit Ian und Oscar zurück und glaubte zu sehen, wie Heizer aus dem Führerhaus des Umzugswagens einen Gegenstand holte, den er in die Innentasche seines Tarnblousons steckte. Mich durchlief ein Schauer: War das eine Waffe?

Heizer, das meinte ich genau zu beobachten, wurde von einer ganz anderen Energie getrieben als zuvor, sein Gesicht war durchblutet und hoch konzentriert, die Nase noch größer. Mit schnellen, effektiven Schritten legte er die Strecke zwischen Lkw und Rorys altem Kastenwagen zurück, öffnete die Beifahrerseite und stieg mit Schwung ein, die Tür klappte, während Rory schon Gas gab: Heizer war auf der Jagd. Lutz und Günç, ein Paar wie von verschiedenen Sternen, einer mit Cordsamtflicken auf den Ellbogen, der andere mit einem T-Shirt, das am Bizeps spannte und wie in der Schwarzlichtdisco leuchtete, gingen über den geschotterten Hof zu unserem Kombi.

Den uns ausgehändigten Schlüsselbund in den Händen, zog ich mit den Kindern über das Gelände, um einen Blick in die Geräteschuppen und vom Hof aus erreichbare Neben-räume zu werfen. Einer der angerosteten Bartschlüssel passte zu einer Tür mit altem Teeranstrich. In dem steinernen An-bau schlug uns ein Geruch nach altem Schafmist und Schmieröl entgegen. Es gab kein Licht, die hier gelagerten Gerätschaften waren vermutlich altmodische Traktoranhäng-sel zur Bodenbearbeitung und Heuernte.

Ich verschloss die Tür wieder, aus einem tief hängenden Himmel begann es zu nieseln, es herrschte ein Dämmerlicht, als ob die Sonne unterginge, dabei war es noch nicht einmal Mittag. Die Jungs kämpften mit Stöcken. Nach einer Weile gelang es mir, sie in ihre neuen Zimmer zu locken, dort ent-brannte indessen der nächste Streit. Ich schimpfte mit Ian. Er brach in Tränen aus. Oscar provoziere ihn absichtlich, um mich gegen ihn, Ian, aufzubringen. Das Schlimmste aber sei, dass er, Ian, jetzt in dieser Einöde leben müsse. Es fühle sich an, als wäre man gestorben.

Ich spürte die Erschöpfung der vergangenen Tage und ei-nen tiefen Riss, der durch mich hindurchging. Niemand sonst konnte so treffsicher dieses Gefühl in mir wecken wie mein älterer Sohn. Ich versuchte die beiden mit der Aussicht auf ei-nen Film zu beschwichtigen, den ich auf meinem Laptop ab-zuspielen versprach. Oscar nahm freudig an, Ian wandte sich mit einem verächtlichen Blick von mir ab.

Draußen hörte ich Autos auf dem Kies, Türenschlagen.

Die Männer saßen um den Tisch, ihre Anspannung hing zäh im Raum. Ich folgte der Eingebung, dass eine Runde

Schnaps jetzt das Richtige wäre, und durchsuchte die Küchenschränke. Ich fand etwas wahrscheinlich Selbstgebranntes von harziger Farbe und goss jedem zwei Finger breit davon in ein Wasserglas. Rory kippte seinen Schnaps schnell hinunter, dankte und verabschiedete sich.

Lutz und ich blieben mit unseren Umzugshelfern zurück. Es war so trübe, dass unsere Küche im Halbdunkel lag. Ich schaltete das Licht an, die neue Glühbirne in dem kupfernen Lampenschirm bekam ungleichmäßig Strom. Ich betrachtete die Küche in schwankendem Licht, die Plastikoberfläche des Tisches, die dunkel furnierte Bank, die dazugehörigen Stühle, die Uhr mit den merkwürdigen Zeigern. Die angezeigte Uhrzeit passte nicht mit meinem Zeitgefühl zusammen. Der Raum hätte auch eine Gastwirtschaft in einem mir unbekannten Land sein können, Moldawien oder Aserbaidschan. Ich scheute mich, das Thema Bezahlung und Abfahrt mit Günç und Heizer anzuschneiden, war aber auch der Auffassung, dass dies Lutz' Aufgabe sei, und war zunehmend gereizt von seiner Passivität. Weder Günç noch Heizer hatten ihr Schnapsglas angerührt.

Heizer schien in ebenso düstere Gedanken versunken wie ich. Es könne doch nicht sein, sagte er nach einer Weile, dass wir jetzt hier säßen, und da draußen verstecke sich einer. Er sagte »des kann doch net sei«, in seinem badischen Dialekt. Jedenfalls brachte ihn sein Grübeln dazu, mit einem Ruck aufzuspringen und jetzt ganz offen seine Waffe aus der Innentasche seiner wüstensandfarbenen Weste hervorzuholen.

Er hielt sie locker mit nach oben zeigendem Lauf, drehte den Klinkenknauf und stolperte fast über Oscar, der blinzelnd im Türrahmen stand, hinter ihm sein Bruder. Oscar entdeckte die Waffe in Heizers Hand und begann in schriller Tonlage zu schreien. Laut rief ich Lutz' Namen, meine Stimme überschlug sich, ich versuchte gar nicht, mich zu beherrschen, ich wollte, dass Lutz begriff, ich würde das ganze Wales-Projekt platzen lassen, wenn er jetzt nicht die Sache in die Hand nehme.

Lutz ging mit ausgestreckten Armen auf Oscar zu, nahm im Vorbeigehen Heizer die Waffe ab und legte sie ganz oben auf den Schrank. Da er deutlich größer war als Heizer, befand sich die Waffe jetzt tatsächlich aus dessen Reichweite, es sah komisch aus, Heizer blickte ihr nach wie ein Kind. Lutz nahm den Jungen, der schluchzend nach Luft schnappte, auf den Arm. Ian hatte alles beobachtet. Er sah Heizer mit durchdringenden Blicken an, auch seinen Vater, auch mich. Er schien einen Entschluss gefasst zu haben. Das wurde mir aber erst später klar.

»Wir beruhigen uns jetzt«, sagte Lutz, »draußen wartet noch ein voller Umzugswagen.«

Die nächsten zwei Stunden verbrachten wir damit, alle Möbel aus dem Haus, die wir nicht brauchten, in den nach Schafmist riechenden Schuppen zu räumen. Lutz überwachte das Einlagern der Betten, Stühle, Kommoden und aufgerollten Teppiche.

In dem Haus hatten vermutlich zwei alte Menschen gelebt, die zuletzt nur noch die Küche und das ebenfalls ebenerdige Wohnzimmer benutzt und dort auch geschlafen hatten. Direkt am gemauerten Ofen stand ein Bett mit hohem Stirnteil und Filzdecke. In den Räumen im oberen Stockwerk lag auf den unberührten Oberflächen eine gleichmäßig dicke Schicht Staub. Es dauerte einige Zeit, bis wir die überzähligen Möbel durch die schmalen Flure gewinkelt und die Räume so weit sauber gemacht hatten, dass wir unsere eigenen Sachen ins Haus bringen konnten. Wir gingen zwischen dem Umzugswagen, der auf dem Parkplatz unter dem weiten Himmel stand, dem Haupthaus und dem Schuppen hin und her.

Die Sache mit dem Eindringling hatte ich schon fast vergessen, als ich hörte, wie Heizer einen Schrei ausstieß. Er hatte die Abdeckung des Umzugswagens geöffnet und war auf die Ladefläche gestiegen. Ich stellte das Teil, das ich gerade in den Schuppen bringen wollte, im Hof ab und lief zum Lastwagen. Heizer sah an mir vorbei und winkte Lutz heran. Heizer streckte ihm eine Hand entgegen und zog ihn hoch auf die Ladefläche.

»Was ist?«, rief außer Atem neben mir Ian. Er bekam keine Antwort.

»Gucket eich des amol a«, sagte Heizer, obwohl er mich soeben noch ignoriert hatte. Unter der Plane rumpelte es, der Lastwagen wackelte. Lutz half auch mir hinauf.

In der hinteren Ecke der Ladefläche, zwischen Kartons, hinter den Fahrrädern, leuchtete Heizer mit einer Lampe auf eine Mulde, die ausgepolstert war mit geknautschten, teils aufgeplatzten Plastiksäcken: unserem Bettzeug. Aus diesen mir so vertrauten Kissen und Daunendecken, auch Ians Fußball-Bettzeug war dabei, hatte sich jemand ein Nest gebaut, sein Körper eine eiförmige Kuhle hinterlassen. Sofort wurde mir klar, worauf Heizer hinauswollte: Hier hatte ein Mensch gelegen. Der Jemand, den Rory auf dem Pen-y-Gogarth hatte rennen sehen, war zwischen unseren Sachen versteckt mitgefahren, von Frankreich oder gar schon von Belgien aus, hatte auf die Insel übergesetzt und lief jetzt hier irgendwo draußen herum. Ich beugte mich über die Kuhle, konnte aber keine weiteren Spuren entdecken. Niemand von uns erklärte Ian, was wir gefunden hatten. Heizer schnaubte, und ich war mir sicher, dass er seine Waffe längst wieder an sich genommen hatte.

Während der nächsten Stunde arbeiteten wir ohne Heizer. Ihn hatte der gleiche Jagdtrieb wie am Vormittag erfasst, umso mehr, als er sich durch das unentdeckte Mitfahren auf seinem Lastwagen persönlich geschädigt sah. Günç schleppte große Gegenstände wie die Waschmaschine alleine, die Sackkarre ließ er unbenutzt auf dem Wagen.

Die Ladefläche war inzwischen fast leer, alle Möbel, Kisten und Geräte standen in den für sie vorgesehenen Räumen. Günç schwitzte und atmete mit offenem Mund, Lutz' feine, schon gelichtete Haare standen von Staubflusen durchsetzt von seinem Kopf ab. Ian und Oscar sah ich nicht.

Da ertönte in nicht allzu weiter Ferne ein Schuss. Ich stand starr, war im selben Moment aber wieder wütend auf Lutz. Ohne jemanden anzusehen, lief ich los, über den Hof, durch das Gatter hinaus in die heideartige Landschaft.

Mein Atem ging in kräftigen Zügen, mein Herz schlug in diesem neuen, starken Hiersein, ich spürte meine Schritte auf dem von Graswurzeln gepolsterten, schwingenden Boden, von dem ein Geruch von Moos und bitteren Stauden ausging. Das Aufstampfen meiner Füße klang hohl, wie Sedimente lagen die Farben der Steine, Büsche und Gräser auf der bucklig gewölbten Landfläche, über mir die Totale aus Wolken und Meer. Man sah kaum in die Ferne, feine Sprühregenschwaden füllten die Luft. Ich streckte meine Nase in die Richtung, aus der ich den Schuss gehört hatte, und ging mit kräftigen Schritten.

Die Halbinsel lag in Falten, wie ein Stück hingeworfener Samt, mit kurzem Gras bewachsen, dazwischen Inseln aus Heidekraut und knotigen Sträuchern. An den Rändern brachen die gewölbten Wiesenstücke steil zum Meer hin ab, oder sie liefen aus in Steinstrände. Ich ging über eine Hügelkuppe hinweg, dahinter tat sich eine flache Senke auf.

Auf den zweiten Blick sah ich Schafe, sicher waren es unsere, sechzig oder achtzig grauwollene Rücken füllten die Senke eng aneinandergedrängt aus, hatten sich vielleicht schon für die Nacht hier versammelt, misstrauisch starrten die Muttertiere mich an, ein paar Jungtiere stießen sich bockend die schwarzen Köpfe. Ich ging langsam ein paar Schritte rückwärts, um sie nicht zu beunruhigen.

Im Gras, nicht weit von den zusammengedrängten Tieren, entdeckte ich einen glänzenden, dunklen Fleck. War es Blut? War eines der Tiere verletzt, angeschossen von Heizers Waffe? Ich wusste nicht, wie ich ein blutendes Schaf in der Herde finden sollte. In diesem Moment stand mir eines klar vor Augen: Heizer war es, der, wenn wir ihn nicht stoppten, alles zerstören würde, was wir noch kaum begonnen hatten.

Aus einem Impuls heraus liefen die Schafe auseinander, fort Richtung Meer, ihre Klauen trappelten dumpf auf dem Boden, Köpfe nickten, sie strebten weg von mir, blickten aus den Augenwinkeln besorgt zurück, keines von ihnen lahmte oder blieb liegen.

Ich stand unter einer wieder lückenlosen Wucht aus Wolken, vor der abgeweideten Senke, die übersät war mit scharf riechendem Kot. Ich betrachtete den Blutfleck aus der Nähe: eine Lache, ungefähr handtellergroß. Ich sah keine weitere Spur, Blutstropfen oder Ähnliches, die mich zu dem verletzten Tier führte.

Ich wusste nicht, wie lange ich den von Schafen gebahnten Wegen folgte, kreuz und quer durch die Heidelandschaft, über porige, vom Wind geschliffene Felsen. Das Geäst niederer Büsche kratzte meine Beine, es windete. Von fast überall war das Meer zu sehen. Das Gefühl für die Entfernung war mir verloren gegangen.

Vor mir tauchte eine Hütte auf, ein Häuschen aus grauen, verschieden großen Steinen. Es stand auf einer lang gestreckten Landspitze, ihre Form erinnerte mich an ein Urzeitwesen, das in Kauerstellung schlief. Mit gestreiften Flanken von dem in Schichten liegenden Fels ragte es ins Wasser und verbarg sein Gesicht mit Flossen oder Vorderpfoten.

Der Weg zu der Hütte zog sich länger, als es zunächst aussah. Eine schmale Steinbank stand an der Außenwand nach Westen, der Eingang musste auf der entgegengesetzten Seite sein. Ich zögerte, in einer so einsamen Gegend die Privatheit möglicher Bewohner zu stören, auch wenn die Hütte wahrscheinlich zu unserem Anwesen gehörte.

Ich ging um die Hütte herum und schaute dabei den Hang hinunter, der schroff zum Meer hin abfiel, sah einen steinigen Strand zwischen der Landspitze, auf der ich stand, und der Klippe des benachbarten Küstenstücks, kleine Felseninseln draußen im Wasser, den Schaum der anbrandenden Wellen. Die Tür der Hütte stand einen Spaltbreit offen. Ich schaute hinein.

Im Halbdunkel sah ich ein Durcheinander. Jemand hatte die Utensilien einer kleinen Küche, ein paar alte Möbel und Decken, Kanister, Blechbüchsen und anderes mehr durcheinandergeworfen. Vielleicht hatte auch ein Kampf stattgefunden. Auf dem Boden kurz hinter der Türschwelle sah ich eine hellrote Sweatjacke liegen. Ich erkannte sie am Ärmel, kein Zweifel. Es war meine eigene. Sie musste aus unserem Umzugswagen stammen, war durchtränkt von hart gewordenen, dunklen Flecken, geronnenem Blut.

»Weg«, sagte eine mir bekannte Stimme aus dem Dunkel im Inneren der Hütte, und sogar der im Ton einer Feststellung ausgestoßene, einsilbige Laut verriet den badischen Singsang. »Weit kann er net sei.« Das Licht aus dem trüben Fenster beleuchtete Heizers Augäpfel, ließ das Weiße aufscheinen, umso tiefer wirkten die Schatten seiner eingefallenen Wangen. Ich schnappte nach Luft.

»Verdammt noch ei's.«

Heizer war jetzt neben mir, seine Zunge leckte über seine wie immer roten Lippen. Es wäre mir lieber gewesen, er hätte mich nicht gesehen. Er roch nicht unangenehm, wie ich mit Schaudern feststellte, nach frisch gesägtem Holz, trug ein dünnes T-Shirt mit Totenkopfmotiv, das durchfeuchtet wirkte. Er wandte sich wieder nach draußen, ins allmählich abendlich abgedimmte Licht.

Ich ging ihm nach, was sollte ich sonst tun. Heizers Schritte waren erstaunlich groß, er streckte die Nase voraus in den Wind. Ich hatte Mühe, nicht zurückzufallen, es war ja kein gebahnter Weg vorhanden, ich trippelte und hüpfte von einem Stein zum anderen, von einem Schafspfad, der ins Nichts verlief, zu einem anderen, der unvermittelt begann. Dazwischen die Heidesträucher und gewölbten Grassoden, immer wieder knickte ich um. Heizer schien von alledem nichts zu spüren, er stapfte über alle Unebenheiten mit festen Schritten hinweg.

»He!«, schrie er plötzlich, ich schrak zusammen und bemerkte, dass ich längere Zeit nur auf den Boden gestarrt hatte. Das goldene Licht schaffte auf den gewölbten Flächen der Halbinsel Räume von erstaunlicher Tiefe und Klarheit. Jeder Strauch und Felsen, jedes vereinzelt sichtbare Schaf warf lange Schatten. Dazu rollte in pulsenden Abständen das Meer heran und schäumte an den Felsen auf. Jetzt sah ich, wem Heizer zugerufen hatte: In der Landschaft stand Rory mit seiner Flinte. Weiter oben am Ende des Wegs stand der Pick-up. Rory rief, bedeutete Heizer zu kommen. Heizer schritt noch zügiger aus als zuvor, im Hinterherstolpern geriet ich endgültig außer Atem.

»Jetzt gucket amol do«, sagte Heizer, nickte Rory zu, stieß mit dem Fuß gegen etwas, schnalzte mit der Zunge. Als ich schnaufend herankam, sah ich es auch: Ein Schaf lag da, tot, mit in Fetzen hängendem Fell. Am Brustkorb war es zum Teil gehäutet, an einem nun gelöschten Feuer angekohlt, so weit skelettiert, dass mehrere Rippen hervorstanden. Die Augen des Tiers standen offen, ich sah seine seltsam quer gestellte Pupille in der bernsteinfarbenen Iris, dick und lila hing die Zunge heraus. Ich ging ein paar Schritte beiseite und würgte hinter einem Strauch, ohne mich jedoch zu übergeben.

Heizer schien die Entdeckung zu erregen, die Spitze seiner langen Nase bebte. Er tauschte sich mit Rory aus, obwohl die Sprachen, die sie jeweils benutzten, einander absolut nicht ähnelten.

Diesmal stolperte ich den beiden nicht nach. Ich blieb bei dem toten Schaf. Ganz still und flach lag es da, wie verschmolzen mit dem Gelände, das Fell aufgerissen, den Aasfressern preisgegeben. Kein Zweifel, der Flüchtende hatte nur seinen Hunger gestillt. Ich streckte die Hand aus und berührte die krause, leicht fettige Wolle. Weich und nahbar fühlte sie sich an, noch lebendig. Eine Welle von Trauer erfasste mich, um das atmende, fressende, mit seinesgleichen kommunizierende Tier.

Ich saß auf der Erde, die Hand in dem Fell, durch den Hosenstoff drückten Steine und Geäst in mein Sitzfleisch. Ich spürte die sich beständig drehenden Luftströme, mal war der Wind stärker, mal wischte er mir Nässe ins Gesicht, mal eher Meeres-, mal Erdgeruch, nach Moder und Stauden. Ich roch auch Blut und Eingeweide des toten Schafes. Die Sonne stand jetzt tief, die Abendröte tauchte die streifigen Wolken und das Wasser bis zum Horizont in Feuerfarben. Ich hörte die Stimmen der Seevögel, Möwenschreie und ein unregelmäßiges, heiseres Krächzen. Lutz würde mich irgendwann suchen, jedenfalls hoffte ich das.

Ich erschrak, als ich Schritte hinter mir hörte. Schon bevor ich mich umdrehte, wusste ich, es war der Flüchtling.

Ein ganz junger Mann, der kräftige Haarschopf fiel ihm in die Stirn, durch die Strähnen traf mich ein sengender Blick. Er hustete. Eine offen stehende, wattierte Jacke umhüllte seine Schultern, breitete eine große Kapuze mit künstlichem Fellrand um seinen Kopf. Darunter trug er einen Trainingsanzug mit reflektierenden Streifen, aus dem große Hände und Füße ragten. Er sagte etwas zu mir, schien noch kaum eine männliche Stimme zu haben, aber ich verstand ihn nicht. Er deutete auf das Schaf und kauerte daneben nieder.

»Ibo«, sagte er und klopfte sich dabei mit der Hand auf die Brust, »Ibrahim – Ibo.«

Ich sagte meinen Namen. Er sah mich an, unschlüssig, unruhig, seine Augen glitten hin und her. Er stand auf.

»Come with me«, sage ich und dachte, wir müssen uns vor Heizer verstecken. Da bemerkte ich, dass er sein rechtes Bein nachzog, die Hose war in Höhe des Oberschenkels zerfetzt, dunkel durchtränkt, umwickelt mit einem Lappen.

Nach einigem Zögern förderte er ein Stofftaschentuch zutage und wickelte eine Scherbe aus. Mit der Scherbe säbelte er langsam und umständlich Stückchen aus dem Fleisch des

Schafes, erst dort, wo bereits Rippen freilagen, dann ritzte er die behaarte Haut am Oberschenkel und schnitt kleine, fransige Fetzen aus der Keule. Er hatte feine Hände, die sich mit Sorgfalt und Vorsicht durch Fett, Muskelfasern und Sehnen arbeiteten. Er aß das Fleisch roh, kaute und sah mich an.

»Ibo«, sagte ich und zeigte auf das Bein. Das schien sein Misstrauen zu wecken. Er stieß ein paar Sätze aus, die wie Flüche klangen, und wandte sich zum Gehen, hügelaufwärts in die Nacht.

»Please«, sagte ich, »let me help you.«

Da war er schon verschwunden, verschmolzen mit der Dunkelheit der Büsche und Felsen.

Ich ging lange zurück über die Halbinsel. Die Meeresoberfläche reflektierte das Mondlicht, obwohl die Luft voller Wolken hing, fahl leuchtete auch der Grund unter mir. Ich war ganz leer, als stünde eine Klappe zu meinem Inneren offen und alles, was einmal enthalten gewesen war, wäre längst herausgefallen.

Als ich den Hof erreichte, stand Heizers Laster auf dem Parkplatz. Durch das Küchenfenster sah ich Lutz, Heizer und Günç zusammensitzen. Lutz hatte sie also immer noch nicht weggeschickt. Ich ging an der Küchentür vorbei zur Treppe nach oben, zu meinen Kindern.

Sie schliefen bei offenen Vorhängen, von dem Strahler, der den Parkplatz beleuchtete, schien grelles Licht herein. Meine Söhne lagen aneinandergeschmiegt am Fußende des Bettes, bei weggerutschter Decke. So unbedeckt und beleuchtet, mit ihren im Schlaf noch größer wirkenden Köpfen, ihren noch schmaleren Schultern schienen sie mir schrecklich schutzlos. Ich breitete die Decke über sie, zog die Vorhänge zu, legte mich so, wie ich war, mit Kleidung und Schuhen, hinter den doppelten kleinen Körper und roch Oscars sich im Nacken sammelnden, süßen Schweiß.

Zwischen Schlaflosigkeit und wirren Träumen sah ich den geöffneten, skelettierten Brustkorb des Schafes, wie es unter dem Himmel lag, seine starren Augen. Ich sah mich selbst im Gras liegen, erschossen von Heizer, meine Kinder wollten an meiner Brust saugen, fanden aber nur abgenagte Rippen und begannen zu schreien. Wir fuhren im Linksverkehr auf der Autobahn, ich schaute aus dem Beifahrerfenster, im Umdrehen sah ich auf den Sitzerhöhungen zwei Kinder sitzen, eines war Heizer, eines Günç, und auf Lutz' Schoß lag, während er steuerte, eine Waffe.

Es schien mir, als wären Stunden vergangen, bis sich meine Gedanken allmählich langsamer bewegten und ich einschlief.

Ich wachte auf von Schritten auf dem unbefestigten Parkplatz und dem Geräusch von klappenden Wagentüren. Ich stürzte zum Fenster und sah, wie Heizers Lkw die Auffahrt hinunter fuhr und auf dem Coast Drive verschwand, seine roten Lichter waren schnell außer Sicht.

Ich war so rasch aufgestanden, dass mir flau wurde. Ich wollte wissen, ob Lutz mitgefahren war. Ich stieg die Treppe hinunter. Morgen – oder war es schon nach Mitternacht, also heute? – wollte jemand vom National Trust vorbeikommen und gemeinsam das Gelände begehen. Was sollten wir ihm sagen?

Lutz war nicht in der Küche. Es roch nach Heizers E-Zigarette mit ihrem widerlichen Aroma. Ich öffnete ein Fenster. Schwer fiel die Seeluft herein, alte, verhärtete Dichtmasse rieselte aus dem Rahmen. Der Uhr nach war es halb zwölf.

Aus einem Impuls heraus stieg ich auf einen Stuhl und ertastete auf der verstaubten Oberfläche des Küchenbuffets

Heizers Pistole. Die Berührung mit der Waffe elektrisierte mich, sie war schwer, das Metall kalt, der geriffelte Schaft passte genau in meine Hand. Ich legte probeweise den Finger an den Abzug. So selbstverständlich, wie sie sich in meine Hand gelegt hatte, steckte ich mir die Pistole in den Hosenbund. Herunterzusteigen vom Stuhl mit dem todbringenden Ding am Körper, von der Küche in den Flur und nach draußen zu gehen, fühlte sich ähnlich bedeutsam an wie das Gehen als Schwangere.

Der Parkplatz lag vor mir, allein stand dort unser Volvo mit seinen treuen, eckigen Formen im Licht des Fluters. In einem Bogen ging ich um den Parkplatz herum hinter den Schuppen. Mit der Waffe unter der Jacke war nicht ich es, die Angst haben musste. Aus etwas wie Übermut oder Experimentierlust nahm ich sie heraus und hielt sie mit dem Lauf nach oben vor mich.

An der abgewandten Seite des Hauses bemerkte ich ein Rankgitter, das mir bisher nicht aufgefallen war, daran die Reste einer Pflanze, ihre ausgeblichenen, teils schon gekappten Spiralen hingen am hölzernen Gitter, während tote, trockene Blattreste im Luftzug baumelten. Ich stieß gegen eine im Schatten stehende Regentonne, so voll und schwer war sie, dass keinerlei Erschütterung zu spüren war. Mein Knie schmerzte. Auf dem ungleichmäßig gewachsenen Rasen hing eine Schaukel schief an ihrem Gestell. Da berührte mein Fuß etwas Lebendiges. Einen Körper, der sich rechts von mir gebückt an der Hecke entlangdrückte. Ich erschrak, erkannte den jungen Flüchtling.

»Ibo!«, rief ich. Ich wollte ihm bedeuten, dass die Luft rein war, dass er mit mir kommen konnte und ich ihm helfen würde. Aber er sah nur die Waffe in meiner Hand. Er stieß einen

Schrei aus, der ebenso gut von einem Reh oder Vogel hätte stammen können, seine Faust holte aus zu einem Schlag. Ein weißer Blitz durchfuhr mein Kiefergelenk. Ich spürte, wie mir die Beine wegsackten. Ich spürte Äste auf dem trotz des vorangegangenen Regens trockenen Gras. Als ich wieder klar sehen konnte, wurde mir klar, dass Ibo die heruntergefallene Pistole aufgehoben hatte und damit wegrannte, in unwuchtigen Sprüngen wegen seines verletzten Beins.

Wut stieg in mir hoch, zuerst auf mich selbst. Eine Kette von Dummheiten, angefangen mit Lutz' Idee, Heizer und Günç mit dem Umzug zu beauftragen, hatte dazu geführt, dass jetzt ein Junge wie Ibo hier bewaffnet herumlief. Ich versuche probeweise den Mund zu öffnen, die kleinste Bewegung des Unterkiefers verursachte ein Schwindelgefühl. Ich setzte mich auf eine geborstene Betonplatte und lehnte mich an eine Stange, die darin steckte. Mir war übel, der Wind vom Meer her half nicht dagegen, kroch mir nur unter die Kleider.

Ich war nicht mehr jung, diese Erkenntnis durchfuhr mich, das hier war ein Abenteuer in einer Phase meines Lebens, in der nicht mehr alle Wege offenstanden. Es waren Fakten von uns geschaffen worden, hinter die wir nicht zurück konnten, und wir hafteten für die Folgen. Ich ging zurück ins Haus, stieg die Treppe hinauf ins Schlafzimmer, zog mich im Dunkeln aus und schlüpfte zwischen die Laken.

Als ich aufwachte, lag Lutz bäuchlings neben mir, fest eingerollt in seine Decke. Es musste früher Morgen sein, verwaschenes Licht fiel ins Zimmer. Eine grundlose Euphorie trieb mich zum Aufstehen. Ich würde mich flüchtig waschen, dann die Kinder wecken und sie mit auf einen Gang zu den Weiden nehmen, um nach den Schafen zu sehen. Ich tappte auf dem nachgiebigen PVC-Belag durch den Flur, ein alter, chemischer Geruch ging davon aus. Vorsichtig drehte ich den Knauf an der Tür zu Ians Zimmer.

Oscar lag flach auf dem Rücken, die Brust herausgedrückt, angelegte Arme, als flöge er im Traum in die Höhe. Ian aber fehlte. Zerknittertes Laken, weißes Kissen, die Filzdecke zu Boden gerutscht. An der minimalen Kuhle auf dem Matratzenüberzug sah ich den Abdruck seines liegenden Körpers.

Er war zwölf Jahre alt und konnte aus vielerlei Gründen aufgestanden sein, ohne dass ich Grund gehabt hätte, mich aufzuregen. Vielleicht schaute er sich einfach seine neue Umgebung an. Vielleicht trug er sein Smartphone am ausgestreckten Arm durch die Gegend und probierte, ob es nicht doch irgendwo Empfang gab. Das hielt ich für die wahrscheinlichste Variante. So eingelullt war ich von dieser Plausibilität, dass ich Ians Smartphone nicht bemerkte, das ausgeschaltet auf der Fensterbank lag.

Mein Panikrochen hatte sich wieder auf den Grund sinken lassen. Ich versuchte Lutz nicht zu wecken. Am Fuß der Treppe meine Jacke vom Haken zu nehmen und die Haustür aufzustoßen, die wie eine Kneipentür nach außen klappte, fühlte sich schon vertraut an.

Deswegen hatte ich es getan, alles hinter mir gelassen, wegen des Öffnens der Tür am Morgen, wegen der Gerüche von Moder, Meer und nassen Steinen, die gleich hinter dieser Tür auf mich warteten, wegen der Kälte des Taus, wegen der Stille, in der ich meine Ohren ausrichtete und die ferne Brandung hörte, das Rätschen einer Elster und sonst nur den Wind, den ich dabei gleichzeitig auf der Haut spürte. Hier in Wales brauchte ich bloß die Tür aufzustoßen, und mein Ich löste sich in Sinneseindrücken auf, in reine, sprachlose Gegenwart.

Ich war der Greifvogel, der über der Heidelandschaft kreiste. Ich war die Orgeltöne, die der Wind auf unseren Kaminzinnen blies. Fast musste ich mich selbst daran erinnern, dass ich Ian suchen wollte.

Heizers Lastwagen war vom Parkplatz verschwunden, der Volvo stand jetzt alleine. Ohne Sonnenschein konnte man das Anwesen schäbig finden, das Haus hatte eine gewisse Größe, wirkte aber weder stolz noch großzügig, es fasste einen bestimmten Rauminhalt wegen der Notwendigkeit, das Winterfutter trocken zu halten, ein Teil des Anbaus hatte ein Dach aus Wellblech. Keine schmückenden Details, keine harmonischen Proportionen. Wir hatten kein Idyll gewollt, und dieses Haus spiegelte unsere Werte.

Alle Farben wirkten so heruntergeregelt, wie passte dazu die Suche nach einem Kind. Ich erwartete jeden Moment Ian in seiner modischen Hose, mit seinen leuchtenden Sportschuhen zu sehen, an die Hauswand angelehnt, im Schneidersitz auf einer Futterkiste oder auf dem Sitz des rostroten, mindestens dreißig Jahre alten Traktors, der hinter dem Anbau in einer Behelfsgarage stand. Aber überall dort, wo ich den Jungen vermutete, war er nicht. Ich begann zu rennen, mögliche Orte abzulaufen, das Auto, eine Anhöhe hinter dem Parkplatz, von der aus man das Meer sah.

Von dem Hügel aus bemerkte ich auf dem Coast Drive zwei sich nähernde Gestalten.

Es waren Heizer und Günç. Vom einen war die schmale, etwas schiefe Silhouette zu sehen, der andere spreizte beim Gehen die von Muskeln aufgeblähten Arme ab.

Da sah ich meinen Sohn. Er saß, mit dem Grau eines Grenzsteins oder dergleichen verschmolzen, versteckt mit dem Rücken zur Straße, an der Einmündung des Parkplatzes, wo Heizers Auto stand, drehte immer wieder den Kopf und blickte sich um, als lauerte er den beiden Umzugshelfern auf. Sie bemerkten ihn nicht und näherten sich allmählich auf dem grauen, auf das Haus zulaufenden Asphalt. Ich wollte Ian zuerst rufen, zögerte aber, zum einen, weil er sich ja offensichtlich verstecken wollte. Zum anderen spürte ich eine undeutliche Gefahr.

Ian schoss aus dem Hinterhalt, ohne Warnung. Ich fragte mich, ob seine Computerspiele ihn in irgendeiner Weise dafür trainiert hatten. Heizer und Günç warfen sich flach ins spärliche Begleitgrün neben dem Parkplatz. Heizers Waffe in Ians Hand zitterte, er drehte sich den Männern zu, stützte die Arme auf den Grenzstein, zielte, schoss noch einmal. Der Schuss hallte in der Weite der Landschaft lange nach. Mein Sohn stand mit verschwitztem Haarschopf im Wind. Ich sah, dass er den Tränen nahe war.

Heizer gewann als Erster die Fassung zurück.

»So, des hemmer jetzt au amol probiert. Jetzt gibscht du mir die Pischtol und gohsch in dei Kenderzemmer. No schwätza mr do nemme driber. Nix bassiert.«

Heizer war aufgestanden und streckte seine Hand aus, im Gegensatz zu seiner Singsangstimme zitterte diese. Ian wandte sein Gesicht von ihm ab und gab ihm die Waffe. Ich stürzte zu Ian und nahm ihn in die Arme. Lutz war nirgends zu sehen.

Etwas später entdeckte Günç, dass Ian die Lkw-Plane durchschossen hatte.

Lutz zählte den Helfern beim Abschied ein paar zusätzliche Scheine in die Hand. Heizer und Günç verabschiedeten sich in bestem Einvernehmen.

Ian war die ersten Wochen in Wales ganz still. Ich habe

ihn nie danach gefragt, wie er an Heizers Waffe gekommen war.

Den Flüchtling sah niemand je wieder. Er wurde im Lauf der Zeit so unwirklich wie Ians Schüsse.

EINE HARZREISE

Hier ist, ich glaube«, sagte Paavo. Ich konnte vom Rücksitz aus draußen fast nichts erkennen, die Seitenfenster waren beschlagen. Im Industriegebiet Moorwerder sah bei Regen, in der hereinbrechenden Dunkelheit alles gleich aus. Wenn ich die Gesprächsfetzen zwischen Saeed, der am Steuer saß, und seinem Freund Paavo richtig mitbekommen hatte, waren wir auf der Suche nach der Zentrale von UPS. Warum wir dorthin fuhren, war mir unklar.

Aziza und Lynn saßen mit mir auf dem Rücksitz, ich hinter dem Beifahrersitz, Aziza hinter Saeed, Lynn in der Mitte. Die Kinder steckten ihre kugeligen Köpfe über dem Tablet zusammen, sie stießen aneinander, wenn der Wagen über eine Unebenheit fuhr.

Ich wunderte mich, dass Saeed, der sonst mit rahmengenähten Schuhen und Kaschmirmantel auf dem Spielplatz herumstand und nach meinen Maßstäben mit Geld nur so um sich warf, ein so wenig statusträchtiges Auto fuhr: einen Renault Kangoo. Im Innenraum sah es aus wie in einem Jugendzimmer: Bonbonpapiere, CD-Hüllen, ein unausgepackter Elektrorasierer, Fotokopien, die möglicherweise wichtig waren, aber unter Pistazienschalen, Quartettkarten und Kaffeebechern begraben waren. Vom Einhorn über die *Financial Times* bis hin zu einer Packung mit klein gefalteten Unterhosen, aus der eine bis zwei schon fehlten, reichte Saeeds Sortiment. Tatsächlich passte dieser Job nicht zu ihm, sondern war er ein intelligenter Typ mit allen möglichen, auch künstlerischen Ambitionen.

Eigentlich waren wir, so hatte es Saeed anfangs dargestellt, zu viert verabredet, Lynn und ich, er und seine Tochter Aziza. Wir würden ein Wochenende in einem kleinen Ort im Harz verbringen, in Sichtweite des Brocken, in einem der Hotels, die er managte.

Am vereinbarten Treffpunkt, an dem Lynn und ich mit unseren Rucksäcken auf Saeed gewartet hatten, hatte bereits Paavo im Auto gesessen. Paavo sei Opernsänger, hatte Saeed erklärt und mich mit seinen freundlichen, runden Augen angesehen, während er die Rucksäcke im Kofferraum verstaute.

»Er hat gerade kein Engagement. Ein sehr guter Freund von mir. Vor Kurzem Vater geworden.«

Ich hörte heraus, dass Paavo im Hotel etwas Geld verdienen wollte. Von meinem Platz auf dem Rücksitz aus konnte ich kaum mehr als einen Wirbel nicht ganz frisch gewaschener, streichholzlanger Haare von einer trüben Farbe sehen. Er würde ebenfalls mitfahren, wogegen ich nichts haben konnte.

Die Mädchen hatten sich begrüßt, wiehernd wie zwei Pferde. Das immerhin schien zu funktionieren. Aziza hatte weiches, ganz schwarzes Haar, sie war kleiner als Lynn. Sie thronte auf ihrer Sitzerhöhung in einem Samtkleid mit lila Schleifen, ihre winzigen, runden Fingernägel waren in der passenden Farbe lackiert: eine Prinzessin.

Mit ihrem Lachen ging sie so großzügig um wie ihr Vater, trotzdem meinte ich in ihren Augen stets etwas Hintergründiges schimmern zu sehen. Man hätte es als Berechnung deuten können. Weil sie aber ein sechs- oder siebenjähriges Kind war, mochte ich nur etwas wie Vorsicht darin erkennen, sie hatte schließlich mit den Erwachsenen um sie herum schon einiges erlebt. In der Klasse hatte sie nicht den besten Ruf, war frech zu den Lehrerinnen, und auch ich hatte Lynn schon mit einer Bisswunde im Rücken beim Kinderarzt vorgestellt. Heute sah Azizas herzförmiges Gesicht entzückend aus.

Als wir losfuhren, war es so trübe, dass man glauben konnte, es dämmere schon. Nach einer Weile bemerkte ich, dass wir nicht direkt auf die Autobahn, sondern ins Industriegebiet gefahren waren.

Wir hielten an einem der klotzigen Firmengebäude an der langen, leeren Straße. Paavo rannte durch den Regen durch das offen stehende Werkstor, die Briefe oder worum es sich sonst handelte, unter seine zu dünn aussehenden, kapuzenlosen Jacke geschoben.

Saeed erklärte mir, warum wir hielten: Paavo sei bei UPS gefeuert worden, unter anderem, weil er einige Sendungen nicht ausgeliefert habe. Die müsse er nun in die Zentrale zurückbringen, damit er nicht noch mehr Scherereien bekomme. Paavos Windjacke war an den Schultern dunkel vor Nässe, ebenso seine Haare, als er wieder einstieg.

Auf der Weiterfahrt, Seevetal, auf der Autobahn Richtung Hannover, erfasste mich unverhofft ein Hochgefühl, wie ich es lange nicht empfunden hatte, ein intensives Hier und Jetzt. Mein Leben war auch mit Kind überraschend geblieben, auch nach einer Trennungskatastrophe konnte man sich in einem Saustall von Auto wiederfinden, mit einem abgebrannten estnischen Bariton und einem durchgeknallten, aber gutherzigen Iraner, nicht mehr als das Pfandgeld von den Flaschen in der Tasche, auf dem Weg in die Herbstfarben am Brocken. Ich blickte auf meine Wanderstiefel, die ich schon als Pfadfinderin getragen hatte. Im Dunkeln lächelte ich.

»Nur fünfundvierzig Minuten hatten wir gesagt, Aziza-

Mäuschen«, rief Saeed, der sich nach vorne lehnte, als sähe er so die Fahrbahn besser. Er trug einen grau melierten Mantel mit breitem Kragen und einen weinroten Schal. Sein Deutsch, das er mit beweglicher Stimme sprach, war nicht perfekt, aber es klang gut. Im Rückspiegel sah ich seine Augen, deren Blick alle paar Sekunden von der Fahrbahn in den Rückspiegel wanderte, zu seiner Tochter, die ihn ignorierte. Die Mädchen hatten in ihrem Tabletspiel ein Schloss gebaut und statteten nun die Prinzessin aus. Aziza gab vor, welche Augenbrauenform und welche Haarschleifen die Prinzessin bekommen sollte, und Lynn nickte ihre Auswahl ab.

»Aziza-Mäuschen!«, rief Saeed noch mal.

Einen Teil seines geschäftlichen Erfolgs – und sicher auch des Erfolgs bei Frauen – verdankte er seiner Stimme und seinen hübschen Augen. Sein Tempo war hoch, er sprang häufig herum, gestikulierte, spann seine Gesprächspartner in Blitzesschnelle in einen Kokon aus Wohlklang und Silberfäden, und schon hatte er sie dort, wo er sie haben wollte.

»Es sind schon zehn Minuten um von den fünfundvierzig!«

Wieder erfuhr seine Ansage keinerlei Beachtung. Sie stimmte außerdem nicht, wir waren bereits über eine Dreiviertel Stunde unterwegs.

Möglicherweise legte Saeed Wert darauf, den Konsum elektronischer Spiele zu begrenzen oder wenigstens davon zu reden, da er in der Praxis keine Begrenzung durchsetzen konnte. Zehn Minuten waren in Saeeds Begriffswelt eine Spanne, die real mindestens einer halben Stunde entsprach, und je nachdem, was anstand, auch noch weiter ausgedehnt werden konnte. Real hatte man am Ende Stunden damit verbracht, Saeeds dehnbare Zehn-Minuten-Einheiten zu entzippen. Bei jeder Begegnung war es dasselbe. Bestimmt war das einer der Trennungsgründe für seine Frau gewesen, und Aziza wusste längst, dass aus diesen Angaben nichts folgte.

Ich hatte gar nicht bemerkt, dass Saeed, der die meiste Zeit Jazzstücke von der CD mitsang, ein Headset trug. Jedenfalls fing er plötzlich in einer ganz anderen Stimmlage als zuvor zu sprechen an, mit Blick auf die Fahrbahn, die sich dunkel in den Abschnitten auftat, die die schnell wischenden Scheibenwischer freigaben.

»Ja, wir sind unterwegs. Nein, nicht nur Aziza. Wieso?«

Ein Telefongespräch. Mit Azizas Mutter, dachte ich sofort. Es schien, als zeigte sich die Anspannung in seiner Mimik stets in gleicher Weise, als raste sie gewissermaßen in eine Halterung ein.

»Das beantworte ich jetzt nicht. Eine Freundin von Aziza. Ja. Und Paavo. Nein. Ja. Muss jetzt Schluss machen.«

Saeed und Cristina waren getrennt. Cristina hatte sich im Vorschuljahr und auch in der ersten Klasse bisher wenig sehen lassen. Sie pendelte zwischen Hamburg, Mailand und Dubai. Saeed hatte erzwungen, dass Aziza in die jüdische Schule im Univiertel ging, was, wenn sie bei der Mutter war, jeden Morgen eine Dreiviertel Stunde Anfahrt im Auto bedeutete.

Cristina und ich waren uns einmal begegnet, sie hatte dabeigestanden, als die Kinder am neunten November rote Grablichter auf dem heute leeren Carlebach-Platz aufstellten. Dort war in der Pogromnacht 1938 die Synagoge zerstört worden. Ich erinnerte mich an eine schmale Frau im Upperclass-Outfit, hohe Schuhe, eng anliegende Steghose und Steppjacke mit ausladendem Pelzkragen, das auf hier unübliche Art glatt geschminkte Gesicht halb verdeckt von einer Sonnenbrille, ihre Tasche ein großes, sündteures Teil.

Ich hatte am Morgen in der Fotoagentur genau diese Tasche verschlagwortet, mit goldener Kette und Monogrammen wurde sie von irgendeinem Star über den roten Teppich geschleppt. Ich hatte mich also zu dieser allein dastehenden Frau gestellt, aus Neugier und weil ich mich genauso fremd fühlte zwischen den orthodoxen Juden, den ausgefransten Antifaschisten, von denen einer eine Rede hielt, den Schulkindern der Joseph-Carlebach-Schule und ihren Eltern, die so selbstverständlich und gelöst an diesem Verbrechensschauplatz herumliefen, als gehörte das Gedenken an Demütigung, Verfolgung und Tod zum Reigen der jahreszeitlichen Feste. Cristinas Parfum roch gut, und ihr Gesicht gefiel mir, fein und herb zugleich. Offensichtlich war sie unter ihrer Schminke sehr, sehr müde.

Ich wusste nicht mehr, was genau ich gesagt hatte, aber ich hatte versucht, auf unverfängliche Weise mein Unbehagen auszudrücken, etwa in der Art, dass ich unsere Kinder noch reichlich jung für diese Geschichtslektion fände. Sie schaute mich an, alles in ihrem Gesicht rechnete, taxierte, versuchte den Hintergrund meiner Ansprache herauszufinden. Sie hatte sich dem Anschein nach für die Kategorie harmlos entschieden, war aber überhaupt nicht in der Lage, auf derselben Ebene zu reagieren.

Sie erzählte irgendwas, sie sei soeben vom Flughafen hergekommen, man wisse ja gar nicht, wo parken, nicht einmal ein Share Now könne man irgendwo abstellen, überall sei Polizei. Im weiteren Verlauf der geschätzten halben Stunde, die wir dastanden, schien es ihr schwerzufallen, sich in die soziale Welt ihrer Tochter hineinzudenken, sich mit den Eltern auszutauschen, sie den Kindern zuzuordnen, mit denen ihre Tochter herumsprang.

Aziza hatte zwei andere Mädchen an den Bändern ihres Kleids festgebunden und dirigierte sie durch das Mosaikmuster auf dem Pflaster, das das Deckengewölbe der geschleiften Synagoge darstellen sollte und das die Schulkinder mit Reihen von Grablichtern illuminiert hatten. Cristina, das trat klar zutage, war kein Typ für Small-Talk, auch keiner für Zeitverschwendung. Alle paar Minuten tippte sie mit geübten Tast- und Wischbewegungen trotz extralanger Fingernägel auf ihrem iPhone herum oder telefonierte im Wechsel.

Von Saeed, der viel leutseliger war und mit einer Leichtigkeit interagierte, die seiner Exfrau komplett abging, erfuhr ich später, dass sie ein Business für Beleuchtungssysteme gegründet hatte, als Teil eines innenarchitektonischen Konzepts, und inzwischen viel erfolgreicher war als er mit seinen Hotelgeschichten.

Sie hatte eine Dependance in Dubai gegründet und wollte Aziza eigentlich ganz dorthin mitnehmen, was Saeed aber gerichtlich hatte untersagen lassen.

Stattdessen raste sie nun jeden zweiten Freitag vom Flughafen heran, wenn die Schabbatfeier in der Schule zu Ende war, nachdem Saeed mehr schlecht als recht die Betreuung unter der Woche gedeichselt hatte. Oft genug hatte ich gesehen, wie er viel zu spät zum Abholen kam oder wie statt seiner eine Babysitterin um sechzehn Uhr am Tor wartete, um die Kleine zur Ballettstunde, auf den Spielplatz oder ins Eiscafé zu führen.

»Papa, ich will einen Schokoeisbecher«, rief Aziza statt einer Begrüßung, als wir durch den Eingang des Hotels am Brocken getreten waren. Die Servicekräfte des Restaurants, eine kleine, kurzhaarige Frau mittleren Alters und eine ganz junge mit Pferdeschwanz, blickten uns ohne äußerlich sichtbare Re-

gung entgegen. Ich schlug die Augen nieder, als hätte ich mich
ungebührlich benommen und nicht die Tochter des Chefs.

»Schokoeisbecher!«, befahl Aziza erneut. Saeed setzte ein
Strahlen auf, begrüßte die beiden Kellnerinnen mit Namen
und Handschlag, blickte sich in dem Saal um, als wäre es mindestens das Vier Jahreszeiten. In Wahrheit standen kreative
Herbstgestecke auf den Tischen, war das Muster der Tisch-
decken ebenso bieder wie die verchromten Gestelle der Lampen. Ich stellte mir die kurzhaarige Bedienung vor, wie sie
Dekovögel in den Dekobaum setzte, ihre Drahtfüßchen auch
mal kopfunter an den Zweigen befestigte, mit dem Schnabel
an den Dekonüssen oder dem Dekopilz, in lebensechter Pose.
Was mir gefiel, waren die alten gerahmten Schwarz-Weiß-
Aufnahmen des Waldes, der Felsformationen und Berge, die
in ihrer Schärfe metallisch schimmerten.

Wir bekamen einen Zimmerschlüssel mit klumpigem Anhänger. Die Frau an der Rezeption ließ mit keiner Regung
durchblicken, dass sie einen Unterschied machte zwischen
zahlenden Gästen und denen, die der Manager anschleppte
und in unvermieteten Zimmern unterbrachte. Ich nahm mir
eine Wanderkarte vom Stapel.

Saeed, soeben noch strahlend und jetzt wieder mit seiner
Stressmaske, zog mich zur Seite, von der Rezeption weg halb
unter die Treppe, mit Blick auf einen mit Lakenknäueln bela-
denen Wäschewagen.

»Ich weiß, das klingt jetzt blöd, und ich will dich damit
nicht belasten. Cristina und ich, du weißt ja, wir sind getrennt,
eigentlich haben wir feste Absprachen und so weiter, alles geregelt, außer dass es seelisch nicht einfach ist, du verstehst,
was ich meine. Sie wollte die Trennung und so weiter, aber sie
kann immer noch nicht die Vorstellung ertragen, dass ich mit

anderen, und so weiter. Wenn Aziza dabei ist. Sie hat also Angst, also, sie erinnert sich an Lynn und auch an dich, verstehst du, aus der Schule. Sie hat mich heute schon dreimal angerufen deswegen, ich wollte es dir nur sagen. Falls, also, deine Nummer steht ja auf der Klassenliste.«

Sein Blick war gehetzt, gequält, er tat mir auf einmal leid, fast hätte ich ihn in den Arm genommen, wenn es nicht genau nach dem ausgesehen hätte, was seine Exfrau befürchtete. Er musste aufpassen, dachte ich, nicht in ein paar Jahren tot umzufallen.

»Das kann ich schnell klarstellen, kein Problem«, sagte ich. In Wahrheit wusste ich nur zu gut, in welchen Zustand sich Cristina hineingearbeitet hatte. Solche Anrufe hatte ich selbst oft genug getätigt.

Cristina, todmüde in irgendeinem Hochhausappartement, konnte sich wahrscheinlich keinen anderen Grund für unser Hiersein denken als Saeeds Promiskuität. Dass Lynn und ich wegen der Landschaft hier waren und uns außerdem keinen anderen Urlaub leisten konnten, kam in ihrer Vorstellungswelt wahrscheinlich nicht vor. Ebenso wenig, dass Saeed einfach aus Großzügigkeit handelte und seiner Tochter etwas Gutes tun wollte.

Das Wochenende würde Aziza für ein paar Stunden erlösen aus ihrer Daseinsform des Kindes, das ständig auf seine Eltern wartete: in Hotellobbys, Autos, Restaurants, Flughafenbars, in der Obhut von Empfangssekretärinnen, Kindermädchen, Fahrern oder Kellnern.

Von den Entschleunigungseseln hatte Saeed erzählt, die dem Hotel gehörten und die man auf dem Wanderweg mitführen konnte. Damit hatte ich Lynn geködert, die ansonsten nicht immer gut auf Aziza zu sprechen war.

Entschleunigungsesel, dieses Wort aus Saeeds Mund zu hören war zum Lachen, aber er meinte es vollkommen ernst, die Esel waren Teil des Wellnesskonzepts, das er dem wahrscheinlich bis dahin verschnarchten Hotel am ehemaligen Zonenrand verpasst hatte, zusammen mit E-Bikes für anstrengungsloses Hochschnurren zum Brocken und noch weiteren Features, die es ihm erlaubten, nun den dritten Stern zu führen und die Zimmerpreise um soundso viel Prozent anzuheben.

Aziza hatte im nur vereinzelt besetzten Speisesaal einen riesigen Glaskelch voll Schokoladeneis vor sich stehen. Sie war zuvor noch zweimal in die Küche gelaufen, um eine bestimmte Waffel und Soße dazu zu verlangen. Braune Rinnsale tropften von ihrem Kinn auf das Samtkleid, als sie während des Eisessens mit lauter Stimme Lynn ein Detail aus einem Handyspiel erklärte. Lynn saß mit rundem Rücken auf einem der Hotelstühle, deren Holzfüße sich in den Teppich drückten. Sie sah verstört aus von der fremden Umgebung und vielleicht auch vom Benehmen ihrer Freundin.

Saeed, noch im Mantel, war überall gleichzeitig gefragt, eilte von hier nach da, kam nach einiger Zeit an den Tisch, an dem ich mit den beiden Kindern saß, sah, dass nur seine Tochter ein Eis bekommen hatte, fragte Lynn, ob sie auch eines wolle. Er hatte uns für das komplette Wochenende eingeladen, einschließlich aller Bestellungen und Extras. Lynn schüttelte stumm den Kopf, schien es aber eine Sekunde später zu bereuen. Ich bestellte Kaffee und Kakao für Lynn. Paavo, in einem etwas knittrigen weißen Hemd, bediente uns. Mit keiner Regung in seinem Gesicht, das mich an Kaurismäki-Filme erinnerte, ließ er erkennen, dass er erst seit ein paar Minuten hier arbeitete. Seine blauen Äuglein waren winzig, kaum zu sehen, so tief lagen sie in den Höhlen. Mir fiel es

schwer, mir diesen verschlossenen Menschen singend vorzustellen.

Im Doppelzimmer fühlte Lynn sich fremd, wurde aber zunehmend aufgekratzt, als sie begriff, dass alles für zwei Nächte uns gehörte: Das saubere Badezimmer mit der summenden
Lüftung, die kleinen Seifen, die Schokoladentäfelchen auf
den kunstvoll gefalteten Handtüchern. Begeistert räumte sie
all ihre Sachen in einen der Schränke und lag schließlich mit
breitem Zahnlückenlächeln unter der gestärkten Decke. Für
den Augenblick war ich zuversichtlich. Bis ich auf meinem
Handy sieben verpasste Anrufe sah.

Cristina war nicht so dumm gewesen, mir unflätige Bot-
schaften zu hinterlassen. Sie vertraute darauf, dass ich zu-
rückrief. Ich ließ Lynn mit einem Hörspiel unter Kopfhörern
allein im Zimmer.

Der Empfang war schlecht, das Telefon zeigte nur ausreichend Balken bei geöffnetem Fenster an der Längsseite des
Flurs, von dem zu beiden Seiten die Zimmertüren abgingen,
mit Blick auf den Parkplatz, wo eine grell leuchtende Lampe
sich in großen Pfützen spiegelte. Es handelte sich um eine
Auslandsnummer, das Gespräch würde mich ruinieren.

Sie meldete sich, als erwartete sie keineswegs, meine Stimme zu hören. Als wollte ich sie mit dieser Dringlichkeit sprechen. Ich bemerkte, wie mich das ärgerte. Von draußen drang
Waldesrauschen, durchsetzt von kurzen Wassergüssen, wenn
der Wind die Regentropfen von einem Ast fegte, an dasjenige
meiner Ohren, das nicht via Satellit mit den Arabischen Emi-
raten verbunden war.

Ich hatte keine Lust, auf ihre Masche einzusteigen, und
ließ den Wald und die Verbindung rauschen.

»Ach, du bist es? Mit der Tochter aus Azizas Klasse.«

Siebenmal hatte sie versucht, mich anzurufen.

»Du bist am Wochenende in diesem Hotel, wo Saeed, sozusagen, Geschäftsführer ist?«

Ich bestätigte.

»Mit Aziza ist Folgendes. Ich hätte sie gern öfter bei mir, es ist eben, sozusagen, die berufliche Situation und die Trennung.«

»Ich verstehe.«

»Und mit Saeed ist es eben ... Ich will nicht sagen, dass er irgendwas, also, dass er ein schlechter Vater ist oder dergleichen.«

Ich wartete.

»Eine Sache, du als Mutter wirst es vielleicht verstehen, worum ich dich bitte.«

Ich sagte noch immer nichts.

»Aziza ist ein Asthmakind. Wir hatten früher so viele Probleme mit ihr. Deswegen wäre auch das trockene Klima in Dubai für sie viel besser als dieses feuchte, kalte.«

Ich wartete weiter ab.

»Wo ist sie jetzt, bist du mit Aziza zusammen?«

»Nein.«

»Weil, ich kann sozusagen Saeed nicht erreichen.«

»Ah.«

»Er ruft nicht zurück.«

Ich ließ es wieder rauschen bei ihr, was dachte sie, dass Saeed unter meiner Bettdecke saß, oder dass er zuhörte?

»Du als Mutter, also, Aziza soll nicht allein bleiben, wegen Asthmagefahr. Wenn Saeed nachts aus dem Zimmer geht ...«

»Cristina, du verstehst etwas falsch.«

»Aziza braucht ein Spray, das trägt sie immer am Körper, nachts soll es an ihrem Bett ...«

»Ich weiß nicht einmal, wo ihr Zimmer ist«, fuhr ich dazwischen.

»Ich kenne doch Saeed! Als ob der nachts bei Aziza bliebe!«

Ich wurde ungeduldig und sicher eine Spur laut.

»Und was soll ich deiner Meinung nach tun?«

Ihre Stimme nahm einen bettelnden Ton an.

»Kannst du Aziza nicht über Nacht zu dir nehmen? Falls sie ihr Asthmaspray braucht.«

Und weil ich nicht gleich antwortete: »Von Mutter zu Mutter. Wir spüren doch, was für unsere Kinder das Beste ist.«

Ich gab unwillkürlich ein Ächzen von mir.

»Bitte«, ihre Stimme hatte jetzt tatsächlich etwas Flehendes.

»Cristina, das ist doch eine Sache zwischen dir und –«

Weinte sie? Kein Zweifel. Ich sah ihren überregulierten Körper, vielleicht in einem schlichten Wickelkleid mit Zweitausend-Euro-Gürtel und Plateauschuhen, in einem Showroom mit leuchtenden Wänden und Wasserfällen oder in einer Hotelsuite im dreißigsten Stock.

Bei mir kam von draußen ebenfalls ein Geräusch, unbekannt, heiser, rostig. Einen Moment lang öffnete sich meine gestresste Umwölkung einen Spalt, und ich musste lachen. Der Entschleunigungsesel.

»Ahhh, ahhh«, brüllte er.

»Hast du was gesagt?«

»Nein, hier sind nur Esel. Ich meine, echte.«

»Du heißt Helene, richtig?«

»Ohne He. Lene.«

»Du weißt ja nicht, wie das ist.«

Ich atmete scharf ein: »Ich glaube schon, dass —«

»Ich war sechs Jahre und zehneinhalb Monate mit Saeed zusammen. Schätze mal, wie oft ich ihn mit anderen Frauen ertappt habe in dieser Zeit, live oder am Telefon, oder wie oft Aziza —«

»Entschuldige«, presste ich hervor und legte auf. Das Telefon fühlte sich heiß an.

Auf dem Parkplatz, hinter dem Lichtkegel blähte sich im Takt meines rasenden Herzens die Masse aus Geäst und Blättern auf und zog sich wieder zusammen. Zitternd erwartete ich, dass das Telefon wieder klingelte. Ich wollte jetzt zu Lynn.

In der Nacht fegte ein Sturm durch den Wald. Im Hotel war es ganz still, aber gerade das hielt mich wach, ich bildete mir ein, dass mir die hörbare Anwesenheit anderer geholfen hätte, nicht ins Grübeln und Abspulen endloser Litaneien zu geraten.

So aber sah ich auf der Fensterbank das Lebenslicht meines Handys pulsieren, aus unerfindlichen Gründen schaltete ich das Gerät nicht aus, sinnierte im bläulichen Dunkel über Cristina und Saeed, Victor und seine Neue, meine Misere, und endete als gekrümmtes Etwas, das sich durch Körperkontakt mit Lynn tröstete. Als mein Wecker um zehn vor acht klingelte, weil es Frühstück nur bis neun gab, fühlte ich mich, als hätte ich kaum eine Stunde geschlafen.

Saeed schien seit Stunden auf den Beinen, er wieselte herum mit einem Klemmbrett in der Hand, klärte etwas in der Küche, suchte jemanden, rief der kurzhaarigen Kellnerin etwas zu. Ich verhielt mich reserviert, während ich mir am Frühstücksbuffet Kaffee holte. Lynn hatte sich alles aufgehäuft, was es zu Hause nicht gab: weiße Brötchen, Nutella,

Würstchen. Ich fürchtete, sie würde später Gewichtsprobleme bekommen. Aziza war so viel zarter.

Sie kam erst, als Saeed sie holen ging. Wie es schien, hatte sie in ihrem Kleid geschlafen. Nachdem sie anfänglich müde wirkten, tauten die Mädchen schnell auf, zwitscherten fröhlich und pickten hier und da weiter am Buffet. Draußen sah ich die Wanderer in den Wald starten, es waren sicher nicht die ersten, die Sonne war längst aufgegangen. Im Bewusstsein, dass mich noch ein langer Kampf vom Losmarschieren trennte, was ich brennend gerne sofort getan hätte, ein Kampf um das Anziehen, die richtigen Schuhe, um das Gehen überhaupt, überkam mich eine Ungeduld und das Gefühl, im falschen Leben eingesperrt zu sein, ohne Chance, etwas mir Gemäßes zu tun.

Nach einigem Hin und Her standen wir endlich vor der Tür des Hotels, bereit zum Wandern. Obwohl Aziza schon etliche Wochenenden und Ferientage im Hotel verbracht hatte, war dies offensichtlich noch nie zuvor probiert worden. Sie trug Jeans und knöchelhohe Sportschuhe, die höchstens eine Spur glitzerten. Ein ganz anderes Kind, aber ein verstimmtes.

»Können wir in den Freizeitpark fahren? Du hast es versprochen.«

»Aziza, das können wir nächstes Mal wieder machen, diesmal ist Lynn dabei.«

»Sie kann doch mitkommen. Im Freizeitpark gibt es ein Hüpfschloss. Ich will ein Einhorn gewinnen.«

»Aziza, heute ist Wandern.«

»Freizeitpark!«

Lynn und ich standen mit hängenden Armen daneben. Das Gespräch ging einige Minuten hin und her, Saeed erkaufte Azizas Wanderbereitschaft mit einem Einhorn, das noch heu-

217

te im Internet bestellt werden sollte, und einer zusätzlichen Stunde Tabletspielen, nachdem Lynn ins Bett gegangen wäre. Den Ausschlag aber gab die Aussicht auf die beiden Esel, die mit uns gehen sollten. Warum Saeed nicht schon vorher auf die Idee gekommen war, wusste ich nicht.

Sofort liefen die Mädchen zum umzäunten Gehege der Esel, die Juri und Ferdinand hießen. Juri war etwas kleiner und dunkler, Ferdinand hatte große, pelzige Ohren und einen schwarzen Streifen auf dem Rücken, der aussah wie mit großer Sorgfalt aufgemalt. Die Tiere kamen uns mit vorsichtigem Interesse aus ihrem Holzverschlag entgegen. Ich reichte den Mädchen die Äpfel, die ich als Proviant eingepackt hatte, half ihnen, sie zu zerteilen und stückeweise auf der ausgestreckten Hand über den Zaun zu halten. Lynn hatte Angst vor dem Maul des Esels und ließ ihr Stück in den Matsch fallen, von wo Ferdinand es nicht holen mochte. Saeed verschwand im Haus, um vom Hausmeister die Eselgeschirre zu holen.

Der Hausmeister kam selbst, ein ausgelaugter Mensch im Jerseypullover. Wie ein Auto mit verstellten Scheinwerfern blickte er seitlich zu Boden, als er uns grüßte. Die Esel drehten ihm die Ohren zu. Er legte ihnen, zur Seite blickend, die Kopfgeschirre an, führte sie, den Blick schräg zu Boden gerichtet, an Führzügeln aus dem Gehege. Ich spürte die kribbelnde Vorfreude der Kinder, Saeed, in feinen City-of-London-Schühchen aus rötlich braunem Leder, kam auch schon herbeigeeilt. Von allen Anwesenden war der Manager am wenigsten unserem Vorhaben gemäß gekleidet. Politikerhaft lächelnd, Schal und Mantel offen im Fahrtwind seiner Schritte, streckte er die Arme aus.

Wie Aziza ihn registrierte, die Lippen zusammenpresste

und sich anspannte, machte mich stutzig. Gab es ein Problem?
Vielleicht war ein Personalgespräch oder was er als solches
bezeichnete, dazwischengekommen, und ich sollte allein mit
zwei Mädchen und zwei Eseln Richtung Brocken ziehen.

Da erschien wie aus dem Nichts ein Paar mittleren Alters,
beide ziemlich groß, in gleichen, grau-rot abgesetzten Ano-
raks. Aziza, Lynn und ich starrten sie an. Ihre Gesichter waren
unnatürlich gebräunt und verrieten kaum Mimik. Die blon-
dierten Haare des Mannes waren stachelig aufgegelt, die der
Frau lang und zu einer künstlichen Frisur gelegt. Ich bemerkte gleiche Piercings, die beiden in der linken Augenbraue
steckten. Saeed, im Vergleich ein ganz anderes Wesen, haste-
te dem Paar hinterher. Unter den Blicken der Mädchen, denen ungläubiges Grauen im Gesicht stand, nahmen der Mann
und die Frau dem Hausmeister die Führzügel ab und be-
schritten mit steifen Schritten den Waldweg Richtung Ilsenstein, die Esel nicht gerade schnell, aber kooperationsbereit
nebenher. Wir blickten den Hinterteilen der Esel und den
zwei gleichen, in verschiedener Höhe schwankenden Rucksäcken nach.

»Aaaah!«, schrie Aziza nach einem Augenblick des
Schocks, als hätte sie keine Worte mehr.

»Ich komme nie nie nie mehr mit zu Harz.« Ihre gedämpf-
te, vor Erregung zitternde Stimme ließ keinen Zweifel daran,
dass sie alles tun würde, um diese Drohung wahr zu machen.

»Harz ist scheiße. Ich geh zu Mama nach Dubai.«

»Entschuldigt. Das waren Kunden, die reserviert hatten.
Das hatte ich nicht bedacht.«

»Fick-Harz.«

»Aziza, reicht jetzt!«

»Fick-Harz, Fick-Wandern, fickfickfick.«

Alles berufsmäßig Strahlende war aus Saeeds Gesicht gewichen. Sein Ärger und seine Frustration waren echt, wahrscheinlich kannten alle Eltern diese tiefe, persönliche Kränkung, die auf die Erkenntnis folgte, dass das eigene Kind trotz aller Bemühungen ein nur allzu begrenztes Wesen war. Ich sah genau, wie er mit sich rang, sie nicht zu packen und durchzuschütteln.

Die Sonne hatte das Tal erreicht, voller Wärme strahlten die ausladenden Röcke und Fächer aus grün, gelb, rötlich gesprenkeltem Laub, die die hochgewachsenen Buchen trugen. Der Waldboden war eine frisch ausgestreute, rotbraune Fläche, ein gewölbter, riesiger Teppich zu unseren Füßen, fröhlich hätten wir einen Schritt vor den anderen setzen können. Die anderen Wanderer, Paare, Familien, kleine Gruppen, taten genau dies, und ich meinte auf ihren Gesichtern sehen zu können, wie sie uns belustigt und verständnislos anblickten.

Lynn war ganz still geworden. Die Augenringe, die sie manchmal hatte, prägten sich tief in die fleischigen Stellen ihrer Wangen. Ihre Arme hingen herunter, es gab mir einen Stich zu sehen, wie ergeben sie wartete. Ich hoffte wie oft, wenn ich sie so sah, dass sie später nicht depressiv würde.

Saeed legte die tobende Aziza wie einen überdimensionierten Pinsel mit schwarzen Haaren über die Schulter, und wir liefen los.

»ICH HAAA-SSE HAAARZ«, grölte die Kleine, sie machte sich ganz steif, es war beeindruckend, wie viel Kraft sie hatte. Dasselbe galt für Saeed, er hatte auf Umstimmung durch Spaß geschaltet, eine gute Idee, wenn man Kapazitäten hatte. Er sprang herum, mit seiner leichtgewichtigen Tochter auf der Schulter und wieherte unter Schnaufen: »Esel haben wir keine, wir haben was viel Besseres, wir haben ein Einhorn!«

Bei Lynn, die ihn beobachtete, hatte sein Charme bereits verfangen. Sie lachte.

»Stopp, Papa!«, schrie Aziza mit einer Stimme zwischen Lachen und Weinen. »Stopp!«

Nicht lange, und Saeed galoppierte als wild gewordenes Einhorn zwischen den Stämmen, und die Mädchen versuchten kreischend, mal ihn zu fangen, mal ihm zu entkommen. Erleichtert lachte ich mit, in eine große, im Bauch stichelnde Blase des Glücks hinein, die die Mädchen hatten steigen lassen. Mein Respekt vor Saeeds Vaterqualitäten war wiederhergestellt.

Ich dachte an Victor, der mit seiner ernsthaften, auch kränkbaren Art womöglich Lynn erst ausgeschimpft und dann zum Mitgehen gezwungen hätte. Ein stundenlang verstimmtes, verstocktes Kind hatte man danach haben können, Ausflüge an die schönsten Orte und Fotos von Lynns resigniertem Gesicht. Um wie viel schöner diese glückliche Auflösung. Sogar Aziza selbst kam mir dankbar vor, dafür, dass ihr Vater ihr diesen Ausweg aus ihrer Raserei angeboten hatte. Bis zur Bewunderung wuchs meine Achtung vor diesem erzieherischen Kunstgriff. Bis Saeed schließlich erschöpft neben mir stand, sich nach vorn beugte, wie um das Abklingen von Seitenstechen abzuwarten, und zwischendurch lachend ausschnaufte. Seine feinen, oben schon gelichteten schwarzen Haare standen ihm in Strähnen vom Kopf ab, außer Atem blickte er auf seine angeschmutzten Schuhe. Seinen nicht ganz zusammenhängenden Sätzen entnahm ich, dass es ihm doch nicht ganz ernst war mit dem Vorsatz zu wandern.

»Wir haben das noch nie gemacht, glaube ich«, sagte er, »deshalb habe ich auch keine Schuhe. Du willst ganz zum Brocken hochgehen?«

Immer noch schnaufend blickte er den entsprechenden Wegweiser an, der Waldweg dahinter stieg an und geriet hinter einer Kurve außer Sicht, es war dies der breite Hauptweg, den bisher alle Vorbeiziehenden genommen hatten. Ich wusste nicht, was ich antworten sollte.

Zur anderen Seite, in einer Linkswindung um den sich vor uns erhebenden Berg, ging es laut Inschrift im hölzernen Pfeil zum Ilsenstein. Im Hotel hatte ich einen schönen Silbergelatineabzug von der Felsformation gesehen, die mir ein absolut würdiges, etwas näher und weniger hoch gelegenes Wanderziel abzugeben schien. Ich hatte gelesen, dass es auf dem Brocken im Oktober schon kalt und das ganze Jahr über windig sei. Außerdem war es schon bald Mittag.

»Eigentlich wollten wir zum Ilsenstein.«

Ich sprach leise, ich sagte wir. Ich schloss Lynn mit ein, voraussetzend, dass sie dasselbe wollte wie ich.

Saeed schien Berechnungen anzustellen.

»Da brauchen wir circa eine Stunde und dreißig Minuten, dann können wir oben im Restaurant Cheeseburger essen«, sagte er, als ergäbe sich aus der Quantität des Wanderns notwendigerweise ein bestimmtes Gericht.

Wir gingen los, wobei wir mit unseren Schuhspitzen herabgefallene Blätter vor uns her schoben. Der Weg beschrieb weite Bögen und stieg langsam an, im Laub, vornehmlich von Buchen, standen hier und da Fliegenpilze. Die Mädchen gingen vor Saeed und mir, ich hatte Lynn alle Last abgenommen, ihr Kinderrucksack steckte in meinem größeren, ganz frei bewegte sie sich, nur im Pullover mit einer Katze aus glitzernden Pailletten vorn darauf, süß fand ich sie mit ihren leicht einwärts gedrehten Füßen und der kleinen Jeans. Sie plapperten fröhlich, sie lachten. Wieder durchströmte mich die

Wahrnehmung reiner Gegenwart. Es gab Momente des Glücks, auch wenn alles zerschellt war.

Bis Aziza genug hatte.

»Wann gehen wir zurück?«, fragte sie Saeed.

Lynn schaute sie an, ich konnte zusehen, wie ihr Mut und ihre Hände sanken. Interpretierte ich zu viel in dieses Kind, oder dachte sie gerade, sie genüge nicht, um Aziza zu unterhalten? Nach zehn Minuten Weg war das Zusammensein mit ihr, Lynn, nicht mehr interessant. So konnte man Azizas Verhalten deuten.

»Du hast gesagt, ich darf heute zwei Stunden Tablet spielen.«

Die Sonne war jetzt so hochgestiegen, dass sie in warmen Strahlen unseren Weg beschien. Von den Bäumen ging ein Geruch von Moos, bitteren Nüssen und reinem Sauerstoff aus. Heiter hätten Herzen schlagen können, in Dankbarkeit gewiegt von unseren Schritten, ich wusste nicht, wie ich mein Bedürfnis nach Glück leichter hätte erfüllen sollen. Deswegen wallte meine Abwehr so heftig auf gegen dieses Kind, das sich jetzt auf einen Baumstamm setzte, den Arm seines Vaters wegschlug, wieder die gröbsten Obszönitäten zu schreien begann, sich sodann dem Versuch, sie zu tragen, durch Schläge und Tritte widersetzte, überallhin, auch ins Gesicht. Satansbraten, kam mir in den Sinn, Otterngezücht. Saeed tat mir leid, er schwitzte, er sprach ihr leise ins Ohr. Er schimpfte, er kündigte an, das Tablet für das Wochenende zu sperren. Seine Bemühungen bewirkten rein gar nichts. Vorbeigehende Wanderer sahen uns mit teils mitleidigen, teils amüsierten Blicken an. Erschöpft setzte Saeed sich auf den Baumstamm, auf dem zuvor die streikende Aziza gesessen hatte. Sein Gesicht sah grau aus, noch bleicher war die Haut an seinen Un-

223

terschenkeln, die beim Anwinkeln der Beine zwischen Socken und Hosenaufschlägen hervorleuchtete.

»Es hat keinen Sinn. Geht ihr weiter,« sagte er mit matter
Stimme und schaute mich aus seinen großen dunkelbraunen
Augen an. Seine Hand war beim Abwinken ganz locker im
Gelenk, als wäre bei einer Marionette der Faden gerissen. So
groß diese Hand war an einem so zierlichen Menschen, sah
sie dennoch fein aus, zu differenzierter Bewegung fähig, Pia-
nistenfinger. Den Ehering trug er noch. Das wirkte wahrscheinlich seriöser im Geschäftsleben.

»Tut mir so leid.«

Lynn fing an, den Weg weiterzutrotten, bergauf, ohne die
Freundin noch einmal anzusehen. Ein eigener Impuls von ihr,
der mich ermutigte. Ich nickte Saeed zu und folgte Lynn. Wir
gingen schweigend. Zurückblickend sah ich, wie er noch dort
saß und mit seiner Tochter sprach, eine Höhenlinie und Weg-
schleife höher sah ich sie nicht mehr.

Lynn und ich. Als wären wir uns nähergekommen, ging es
für einige Zeit ganz leicht. Wir sprachen, wir schwiegen, wir
machten Handyfotos von uns gegenseitig, von den Herbst-
bäumen, den Fliegenpilzen. Ich half Lynn am Wegrand, auf
einen abgestorbenen, waagerecht herausstehenden Ast einer
Buche zu klettern, sie balancierte in beachtlicher Höhe, und
als sie sprang, fing ich sie auf. Nein, näher gekommen traf es
nicht. Wir waren uns sonst oft auf eine ungute Art nahe. Eine
Nähe, die sie unfrei machte, sie zwang, mit den Ausschlägen
meiner Ängste und Launen zu schwingen. Jetzt waren wir
richtig, Mutter und Kind in der passenden Distanz zueinan-
der, der Wald, der Berg, die Bewegung heilten unsere Misere.
Zumindest für den Moment.

»Ich mag Aziza nicht«, sagte Lynn wie beiläufig, während

sie an einem abgebrochenen Ast die Rinde abzog. Das Holz war weiß, feucht, ganz sauber.

»Ich möchte nie mehr mit ihr in den Harz fahren. Nur mit dir vielleicht. Oder mit Papa.«

Wir kamen an einem Fliegenpilz vorbei, der größer war als alle, die wir bisher gesehen hatten, sein perfekter, knallroter Schirm mit regelmäßig verteilten weißen Flecken. Unten an seinem Fuß spross schräg ein zweiter, noch kugeliger Baby-fliegenpilz hervor. Lynn blieb stehen, stupste die beiden Pilze behutsam an, als wäre ihr entrindeter Ast ein Zauberstab. Als wir weitergingen, schlug sie mit einer abrupten Bewegung ihren Stock in die Fuge zwischen dem großen und dem Baby-pilz. Der kleine kippte weg, der große blieb schief, mit einem in der Mitte zerbrochenen Hut stehen, entlang der Bruchstel-le hing eine Hälfte tot herunter.

Lynn und ich erlebten einen Tag, wie ich ihn mir ausge-malt hatte: Wir gingen den Wanderweg bis nach oben, kehr-ten im ganz aus Holz erbauten Wirtshaus ein, in dem deftige, altmodische Gerichte auf der Speisekarte standen. Die Preise waren so niedrig wie in Tschechien. Das Pfandgeld reichte für Soljanka, Bratwurst, Stampfkartoffeln. Später streichelten wir die Esel aus unserem Hotel, die an einem schmiedeeisernen Ring an der Hauswand angebunden waren. Das gepierte Paar sahen wir nicht. Wir wanderten weiter, am Höhengrat entlang, trauten uns, an den markanten Felsen des Ilsensteins weit nach vorne zu kriechen. Ein Umweg führte zu einer Ru-ine. Von einer Gruppe Wanderer, denen wir mehrmals begeg-neten, reichte mir ein Schnurrbärtiger mit Hütchen eine Fla-sche Kräutergeist, ich nahm einen tiefen Schluck. Es war nicht die erste Schnapsflasche, die ich unter den Familien und Wandergruppen kreisen sah. Während des Abstiegs, wieder ein breiter, geschwungener Weg durch einen Raum aus Laub und Stämmen, wärmte mich der Kräutergeist von innen. Als die Sonne tief stand und den Wald in orangefarbenes Licht tauchte, kaufte ich für Lynn an einem aus EU-Mitteln geförderten Häuschen einen Kakao, in dem ein erst zur Seite geneigtes, dann kenterndes Sahneschiff schwamm.

Wir erreichten das Hotel, als sich in Bodennähe schon feuchtkalte Schwaden ausbreiteten.

Aziza fanden wir im Spieleraum, winzig saß sie in einem grauen Reißverschlusskleid auf einem ockergelben Ohrensessel mit abgerundeten Formen und wirkte dabei auf eigentümliche Art mächtig. An die Kindliche Kaiserin erinnerte sie mich, oder die Kommandantin eines Raumschiffs aus einer Galaxie mit einer kindlich wirkenden, uns Menschen dennoch überlegenen Spezies. Ihre Augenwinkel zeigten ebenso wie ihr lächelnder Mund weit nach oben. Lynn hüpfte rotbackig, die Dusche noch ausdampfend auf die Freundin zu. Ich konnte mit dem Verlauf des Tages, was das Kind betraf, zufrieden sein.

Die Kinder hatte ich im Spielzimmer zurückgelassen, wo sie im Begriff waren, ein Spiel mit stapelweise Geldscheinen auszupacken. Ich ging über die mit Teppich dick gepolsterte Treppe nach unten in den Saal. Dort lief die Jazz-CD aus Saeeds Auto, Paavo räumte an der Bar herum, ging hinaus, trug Flaschen herbei. Ich setzte mich auf einen der Barhocker am Tresen, was sich sofort falsch anfühlte, aber ich wusste nicht, was ich sonst tun sollte. Das Licht aus verschiedenen Strahlern an Wänden und Decke ergab ein Grundschimmern mit hell blitzenden Akzenten. Etwas Falsches wohnte dieser Atmosphäre inne, die Lichtstimmung war ein Design ohne rechte Entsprechung, die Personnage vollkommen unglamourös, die Einrichtung auf eine schwerfällige, überraschungslose Art neu. Der Harz ist nicht Davos, dieser Satz fiel mir ein, ich drehte und wendete ihn in 3-D-Schrift und bekam Lust auf Alkohol. Aus der Küche leuchteten grellweiße Neonröhren durch die offenen Türen herüber und verdarben das Lichtkonzept des Tresens, wo hinter der Unzahl von Flaschen mit Schnäpsen, Sirup und Likören eine dunkel-bunte Lichtschlange glomm. Paavo hantierte dort mit Handgriffen, so sicher, dass sie wie angeboren wirkten. Ich bestellte einen Gin Tonic.

»Woher kennst du Saeed?«, fragte ich ihn, saugte die antibiotisch schmeckende Flüssigkeit durch den Strohhalm und betrachtete die Waden der kurzhaarigen Bedienung, die null nachwackelten, wenn sie Schritte machte, obwohl sie nicht gerade schlank war. Sie tauschte die weißen Übertischdecken im ganzen Saal aus, die so steif gestärkt waren, dass sie sich entlang der Falze kaum flach legen ließen. Mit ihren roten, kräftigen Händen fuhr sie darüber, schien sich mit ihrem ganzen Gewicht auf die widerspenstigen Knicke im Damast zu werfen, die platt liegen mussten, weil die Vasen mit der Herbstblattdeko kein Wasser enthielten und leicht umfielen.

»Wir hatten mal eine Band zusammen«, antwortete Paavo, ohne dass man nennenswerte Lippenbewegungen hätte sehen können, während das Polierhandtuch in seinen Händen in und über die Gläser fuhr. Die Antwort klang beinahe komisch, jugendlich-naiv, aber ich zweifelte keinen Moment.

»Hast du in Hamburg studiert?«

Ich sah schon, dass meine Fragen ihm auf die Nerven gingen. Vielleicht fehlinterpretierte ich auch seine minimalistische Mimik.

»In Helsinki.«

»Sprichst du Finnisch?«

Tiefer konnte man in Konversationsdingen nicht sinken.

»Es reicht«, gab Paavo zurück.

Mir schoss das Blut ins Gesicht, dabei war ihm die Doppeldeutigkeit vielleicht gar nicht bewusst, wahrscheinlich wollte er seine Finnischkenntnisse bewerten. Ich fühlte mich jedoch von ihm zurückgestoßen, ob er das beabsichtigt hatte oder nicht. Wie Lynn, wenn sie von einer fremden Person zurechtgewiesen oder auch nur angesprochen wurde, blieb ich zunächst mit heißem Kopf sitzen. Mit einem Zug saugte ich die Flüssigkeit zwischen den Eiswürfeln in meinem Glas weg, murmelte etwas und verschwand aufs Klo.

Ich blieb so lange, wie ich glaubte ohne Erklärung vertreten zu können, wütend atmete ich den Duft aus dem Rosenpotpourri ein, das in einem gebeizten Körbchen auf einem Vorsprung neben dem Toilettenspiegel stand, und ärgerte mich unmäßig über mich selbst. Nach dem besten Tag seit Langem, in jeder Hinsicht eigentlich, selbstwertmäßig so abzustürzen, auf ein Missverständnis hin, das ich im Augenblick seines Entstehens durchschaut hatte, noch dazu im Austausch mit einer mir ziemlich gleichgültigen Person, das hätte nicht passieren dürfen. Mein Spiegelbild gab mir den Rest. Schatten überall, unter den Augen, in den hohlen Wangen, in den schrecklich tiefen Mulden am Ansatz des Schlüsselbeins.

Ich fand Paavo und Saeed in einem Gespräch. Sie registrierten kaum, dass ich mich steif dazusetzte und inzwischen nachgeschmolzene Flüssigkeit aus meinem Cocktailglas schlürfte.

»Werd erwachsen«, parodierte Paavo eine weibliche Stimme, »du hast Verantwortung, kapierst du das mal?«

Paavo sah seinen Freund unglücklich an. Es bedurfte keiner Erklärung. Als Paketbote hatte er versagt, und jetzt kam er am Sonntagabend mit etwas Schwarzgeld nach Hause zu Frau und Kind. Retten würde ihn das nicht.

»Und bei euch, Lene?«

Ich hatte nicht erwartet, an dem Gespräch teilzunehmen, und guckte wahrscheinlich verschreckt.

»Ich habe mir immer vorgestellt, sag ich jetzt mal, dass ihr keine Probleme habt. So ein ruhiger, vernünftiger Typ wie Victor. Und jetzt seid ihr doch auseinander.«

Darauf war ich nicht gefasst gewesen. Seine Augen waren runder denn je auf mich gerichtet, mit seltsamen, kreisförmigen Augenringen, eine konzentrische Augenschattenbrille. Jäh schlug mein Herz und wollte ins Unterholz springen.

»Klar ist er ruhig, er ist auch … vernünftig, das Problem ist vielleicht, dass er und ich –«

Mir gingen die Worte aus.

Victor ist die Ruhe und die Vernunft selbst, er hat beides erfunden, wollte ich schreien, dagegen bin ich die Panik und die Unvernunft. Er hat die Erziehung seiner panischen, unvernünftigen Partnerin aufgegeben, und ich kann es ihm nicht verdenken. Jetzt bemüht er sich um die bestmögliche Lösung für Lynn. Er macht alles richtig, so richtig, dass ich kotzen könnte.

»Ein Kind zu haben, es haut mich immer noch um. Man kann sich darauf nicht vorbereiten. Eigentlich ist es viel zu viel für mich.«

Paavo und Saeed nickten zustimmend.

»Die Wahrheit ist, ich bin nicht einmal gut darin, mich um mich selbst zu kümmern.«

Der Satz stand flirrend im Raum und würde gleich zerplatzen, und damit vielleicht gar nicht gesagt worden sein.

Wir hätten jetzt unsere Gläser auffüllen müssen, zumindest meinen Gin.

In diesem Augenblick aber stürmten die Mädchen herein mit einem großen Spielekarton und wollten das Spiel des Lebens mit uns spielen. Saeed und Paavo fanden den Gedanken witzig, also machte ich mit, obwohl ich das Spiel, in dem man als rosa oder hellblaues Figürchen in einem Auto sitzend einen höchst konventionellen Lebensweg beschritt, ehrlich verabscheute. Die Kinder aber liebten es, ließen das Glücksrad surren und sammelten ihre Diplome, Heirats- und Besitzurkunden ein, als hätten sie nie etwas anderes getan. Ich war ein Filmstar und wohnte in einer Strandvilla, zum Entzücken meiner Tochter. Paavo feierte jeden Gehaltsscheck, als wäre er echt. Bei Aziza häuften sich kritische Situationen, als sie wiederholt auf den Ereignisfeldern etwas zahlen sollte. Sie weinte und drohte, das Spiel durcheinanderzuwerfen, obwohl sie schon nach kurzer Zeit die Reichste von uns allen war. Nur Saeed konnte sich kaum für ein paar Sekunden am Stück auf die Spielsituation einlassen. Solange er auf seinen Spielzug wartete, trommelte er auf den Tisch, sang, reinigte sich die Fingernägel, wischte auf seinem Telefon herum, entschuldigte sich nach kurzer Zeit ganz mit dem gemurmelten Hinweis, er müsse noch etwas erledigen.

Eine Zeit lang spielten wir friedlich, auch wenn Paavo, fast pleite, ausstieg und begann, den Saal für das Frühstück einzudecken.

»Du hast geschummelt«, sagte Lynn zu Aziza, die sich gerade bei der Bank mit Geld versorgt hatte, um sich einen Lamborghini zu kaufen.

»Du bist nicht hier bei Statussymbol, du musst ein Feld weiter, Steuernachzahlung.«

Ihre Stimme war ganz scharf und bestimmt.

»Nein.«

»Doch!« Lynn presste ihre Lippen aufeinander. »Schumm-lerin!«

»Ist nicht wahr.«

»Ist wohl wahr! Du schummelst!«

»Tu ich nicht!«

Die beiden Mädchen führten den Streit so erbittert, dass meine Versuche, zu schlichten, den Spielzug zu wiederholen oder auf eine andere Art Klärung herbeizuführen, aussichtslos schienen. Ich hätte Aziza jetzt gern abgegeben. Lynns Verzweiflung stieg, sie sah mich Hilfe suchend an. Ich wollte, dass sie in ihrem Beharren lockerließ, selbst wenn Aziza nicht ganz rechtmäßig zu ihrem Vorteil gekommen war. Aber dazu war meine Tochter im Augenblick nicht bereit. Es ging ihr ums Prinzip.

»Du willst ja nur gewinnen! Du hast neun gedreht, neun ist Steuernachzahlung!«

»Ist es nicht! Ich war auf Statussymbol!«

»Steuer!«

»Arsch!«

Hilflos musste ich zusehen, wie sich die Mädchen in ihren unversöhnlichen Positionen eingruben. Lynn wurde blass vor Ärger, ihr Gesichtsausdruck steigerte sich bis zum Hass.

»Mit dir spiele ich nie wieder.« Ihre Stimme zitterte vor mühsamer Beherrschung. Dann stand sie auf und ging, vermutlich wollte sie auf unser Zimmer.

»Aziza«, versuchte ich mein Glück bei dem Kind, das nicht meines war. »Lynn wird nicht so schnell sauer, aber wenn doch, dann hat sie meistens einen Grund.«

»Und wenn schon? Grund habe ich auch. Wieso sagt sie,

dass ich schummle? Sie macht manchmal auch solche Sachen.«

Daran hatte ich keinen Zweifel. Trotzdem hatte meine Tochter gerade offensichtlich zu viel von dieser Freundin.

»Kannst du mir zeigen, wo das Zimmer ist, in dem dein Papa und du schlafen?«

Aziza führte mich die teppichgepolsterte Treppe hinauf in den zweiten Stock, einen Zimmerflur entlang, vor das Zimmer mit der goldenen Nummer. Niemand reagierte auf mein Klopfen, es war abgeschlossen. Als ich mit ihr zurück nach unten ging, war auch Paavo verschwunden, ein schummriges Nachtlicht glomm im Saal.

»Weißt du, wo dein Papa sonst manchmal hingeht?«

Aziza zuckte die Schultern. Die Uhr zeigte zwanzig nach elf.

Offenbar hatte ich unser Zimmer, das im dritten Stock lag, in einem Flur, der zur anderen Seite abging, vergessen abzuschließen. Lynn lag, als ich mit Aziza kam, angezogen unter der Decke. Ich sah einen Schuh darunter hervorlugen.

»Sie muss gehen«, blaffte Lynn und ließ mir keine Zeit, die Lage zu erklären.

»Lynn, Aziza ist jetzt hier. Wir finden gerade ihren Papa nicht.«

»Nicht mein Problem.«

»Das stimmt vielleicht, Lynn. Aber ihr könnt euch auch wieder vertragen. Es war nur ein Spiel. Es lohnt sich nicht, deswegen zu streiten.«

»Ich will nicht«, sagte Lynn.

Sie machte ganz klar, was sie brauchte. Ruhe, vor Aziza, und vielleicht auch vor mir.

»Sie muss gehen.«

Ich fühlte mich hilflos, und viel zu müde, um eine so komplizierte Situation aufzulösen.

»Das verstehe ich, Lynn, und doch geht es jetzt nicht. Azizas Papa ist gerade nicht da.«

»ICH-SAGTE-DASS-ICH-SIE-NICHT-HIER-HA-BEN-WILL«, schrie sie in die nächtliche Stille des Hotels. Ich spürte, dass auch ich gleich die Fassung verlieren würde.

»Du musst still sein, Lynn«, zischte ich.

Um meiner Aussage Nachdruck zu verleihen, bleckte ich die Zähne und gab meiner Stimme einen bösen, harten Klang.

»Ich muss jetzt auch auf Aziza aufpassen. Wenn du laut wirst, musst du raus in den Wald.«

Lynn fing jetzt haltlos an zu weinen, kroch in den Spalt zwischen Bett und Heizung, wobei sie gegen die Rohre stieß, was ein lautes, sich durch das Rohrsystem im ganzen Haus fortpflanzendes Geräusch erzeugte.

»Leise!«, zischte ich noch böser. »Komm raus da und mach kein Geräusch!«

»Du sollst sie rausbringen!«, heulte Lynn, unterbrochen von krampfartigen Schluchzern. »Papa! Ich will Papa anrufen!«

Sie wusste, dass das ihr ultimatives Druckmittel war. Schon hatte sie mein Telefon genommen, das ich ans Ladekabel gehängt und auf die Fensterbank gelegt hatte. Es entstand ein Gerangel, ich wollte diesen Anruf unbedingt verhindern. Es dauerte einige Augenblicke, bis ich begriff, dass jemand am Telefon war. Eine Männerstimme. War es wirklich Victor?

»Papa!«, rief Aziza, obwohl Lynn das Telefon in der Hand hielt.

»Aziza?« Es war Saeeds Stimme.

»Was ist denn bei euch los, mein Schatz?«

»Lynn sagt, ich soll weggehen, weil sie nie mehr mit mir spielen will. Ihre Mama sagt, wenn sie weint, muss sie im Wald schlafen. Und sie darf ihren Papa nicht anrufen.«

Die kleine Bitch. Ich brachte das Telefon an mich.

»Saeed, es ist spät, und Lynn muss schlafen. Wo bist du?«

»Entschuldige, ich musste noch einmal schnell nach Wernigerode fahren. Dringende Sache. Normalerweise lasse ich Aziza im Zimmer mit dem Tablet. Das geht für ein, zwei Stunden. Aber ihr habt so schön gespielt und …«

»Es wäre wirklich besser.«

»In zwanzig Minuten bin ich da.«

Ich begann auf dem leeren Bett sitzend vorzulesen, *Hilfe, die Herdmanns kommen*. Lynn saß unverändert auf dem Fußboden vor der Heizung, Aziza mit einwärts gegedrehten Füßen auf einem Stuhl neben der Tür. Keines der Mädchen ließ an seiner Reaktion erkennen, ob es zuhörte oder nicht.

Es war nach Mitternacht und über eine Stunde nach dem Telefonat, als Saeed an die Tür klopfte, Aziza ihm entgegen in den Flur schlüpfte und ich mit der immer noch verstockt schweigenden Lynn alleine blieb. Es dauerte noch einige Zeit, in der meine Müdigkeit sich ins Bleierne steigerte, bis sie ihren Widerstand aufgab, sich ihre Gliedmaßen lockerten und sie sich aufs Bett ziehen ließ, wo sie abgekämpft und immer noch vollständig angezogen einschlief.

Das Frühstück am nächsten Morgen verlief schweigend. Es hatte erneut gestürmt in der Nacht, auf dem Parkplatz lagen große, abgebrochene Äste, es regnete. Aziza nahm keinerlei Blickkontakt zu mir oder Lynn auf, klebte nur an ihrem Papa.

Ich war sprachlos, aber auch sonst ohne eigenen Antrieb. Ich leistete keinerlei Widerstand, als Saeed nach dem Frühstück ankündigte, uns das Schwimmbad im Keller zu zeigen, ebenso die Sauna und den Hirnstrom-Massagesessel. Meine Willenlosigkeit reichte so weit, dass ich meinen Badeanzug anzog und in das Schwimmbecken stieg, während Saeed natürlich trocken blieb, und mich danach nackt in den Saunaraum setzte, wo sich außer mir ein schwergewichtiger thüringischer Wanderer aufhielt.

Den Mädchen war ihre Kampfhuhn-Attitüde zu anstrengend geworden. Sie spielten im Schwimmbecken, stellten sich vor, sie wären Seehunde. Ich ließ im Wellness-Sessel meine Gehirnhälften unter stimulierenden Strömen verschmelzen.

»Ich wäre gern nicht allzu spät zu Hause«, wagte ich anzumerken, als ich das volle Programm hinter mich gebracht hatte, knallrot vor aktivierter Durchblutung im Saal saß, ionisiertes Wasser trank und hoffte, dass Saeed nicht auf die Idee kam, mich als letztes Feature seiner Drei-Sterne-Mission die E-Bikes testen zu lassen.

Um drei würden wir fahren, kündigte er an. Alle dringenden Erledigungen mussten selbstverständlich noch schnell abgehakt werden.

Wie die abmarschbereiten Esel standen Lynn und ich um fünfzehn Uhr mit unseren gepackten Rucksäcken neben dem Auto. »Ich will nach Hause«, hauchte Lynn mir in höchster Dringlichkeit ins Ohr, »ich will Aziza nie wiedersehen.«

Um kurz nach fünf fuhren wir endlich los. Es war halb zehn, als Saeed uns in unserer Straße absetzte. Lynn war wenige Minuten zuvor eingeschlafen. Ich trug zuerst sie in die Wohnung und dann unsere Rucksäcke.

Am nächsten Tag würde Victor Lynn von der Schule abholen. Schon allein aus diesem Grund misslangen mir Montage regelmäßig.

Dieser begann besonders ungünstig: Natürlich war Lynn nach dem Harz-Wochenende müde. Sie wollte nicht aufstehen, sie wollte gar nichts. Ich war überfordert mit der Aufgabe, ihr einen Rucksack für die zwei Tage bei ihrem Vater zu packen. Ich füllte die Tasche mit Dingen, die Lynn mochte und die sie an mich erinnerten. Wenn etwas fehlte, konnte er es ja besorgen.

Ich war nervös und ungeduldig mit Lynn an diesem Morgen, selbst hatte ich die größten Hemmungen, dem Tag ins Auge zu blicken. Ich hatte Angst, dass sie etwas Negatives über unser Wochenende erzählte. Ich hatte Angst, dass sie nicht zu mir zurück wollte, nur noch zu Victor, dass er sie mir wegnahm. Ich hatte Angst vor den leeren Tagen, wenn ich mit mir alleine war.

Wir standen am Tor zur Talmud-Tora-Schule, davor wachte ein Polizist mit Maschinenpistole. Die hochgewachsene Platane vor dem Schulhaus ließ mit einem Schnipsen ein großes, gelbgrünes Blatt auf uns herunterfallen. Lynn trug ihren Ranzen und darüber gehängt die Tasche mit ihrer Pendlerausstattung.

Wir klingelten am Tor, durch die Sicherheitsschleuse würde sie alleine gehen. Während wir darauf warteten, dass Kolja von der Sicherheit uns durch die Kamera beäugte und den Summer betätigte, lächelte sie, sodass ich sehen konnte, dass in den Zahnlücken schon große, gezackte Erwachsenenzähne sprossen.

»Harz war sehr schön, Mama«, sagte sie, gegen das Gitter gelehnt. »Ich möchte bald wieder hinfahren, aber nicht mit Aziza, nur mit dir und Papa.«

Der Summer ertönte, ich drückte für sie das Tor auf. Sie ging hindurch, die grauen Treppenstufen nach oben, ins

Schulgebäude hinein, Momente später war sie in der Schleuse verschwunden.

DAS GESPINST

Hinter ihr betrat ich das Chapeau am Markt, sie blieb, kaum eingetreten, stehen, grüßte hier und da andere Gäste an den um die Mittagszeit gut besetzten Tischen. Ich nahm ihr den Mantel ab, um ihn an die Garderobe zu hängen, bemerkte den Schlüsselbund in der Tasche.

»Wollen Sie den nicht an sich nehmen?«

Frau Sprenger zuckte die Schultern. Was sollte schon passieren? Ich überlegte, welchen Wagen sie zurzeit fuhr. Ich wusste es nicht. Sie grüßte quer durch den Raum mit hochgezogenen Brauen, einem Lächeln zwischen Anerkennung und Spott, Aufblitzen ihrer grüngrauen Augen. Ich war sicher nicht die einzige, die es genoss, so angeblickt zu werden.

Ich sagte Sie und Frau Sprenger, sie duzte mich, wie früher, als ich ihre Schülerin gewesen war, vor über dreißig Jahren. Sie würde bezahlen und ich mich artig bedanken. Wir sahen in die Karte, sie bestellte den Loup de Mer, ich die gebratenen Pilze. Sie grüßte weitere Gäste, die an den Tischen saßen und speisten, Architekt Bleyle von Schmegner Bleyle Architekten, die junge Frau Allgaier von Allgaier Scandinavian Design, Jerôme Haux vom Herrenausstatter Haux. Menschen, die diese Stadt bewegten und offenbar daran gewöhnt waren, hier aufeinanderzutreffen.

Ich war vom Krankenhaushügel herunter in die Stadt geeilt, gelaufen, weil es keine Leihfahrräder gab und weil die Busse in zu großen Abständen fuhren. Die Stadt war eine Autostadt.

Meine Mutter hatte mich nicht gehen lassen wollen, hatte sich an mich geklammert, ich hatte mich losgerissen, mir von dem langhaarigen Pfleger die Tür öffnen lassen. Hatte es nicht fertiggebracht ihr zu sagen, dass ich sie verließ, weil ich mit Frau Sprenger verabredet war. Schrecklich war es gewesen zu ihr zurückzublicken, als die Tür sich schloss.

In meiner Jugend war Frau Sprenger raumgreifend gewesen, meine Mutter leise. Meine Mutter stieg im Morgengrauen in ihren Polo, um von sieben bis sechzehn Uhr Retuschen und Reinzeichnungen anzufertigen. Frau Sprenger brachte mich gelegentlich im Alfa Romeo nach Hause. Meine Mutter war allein mit mir gewesen, hatte im Mietshaus gelebt und sich durchgeschlagen. Ich wäre lieber Frau Sprengers Tochter gewesen und die Herrn Professor Sprengers dann eben auch.

Herr Professor Sprenger war ein berühmter Psychoanalytiker, er hatte ein bahnbrechendes Werk geschrieben. Seine Frau Oda hatte sich nie primär als Lehrerin an unserem Gymnasium verstanden, sondern sich mit ihren Druckgrafiken einen Namen gemacht. Sie war eine Schülerin des hier berühmten HAP Grieshaber gewesen, der Freundeskreis des kinderlosen Paares erstreckte sich über den gesamten Südwesten Deutschlands bis nach Frankreich und in die Schweiz. Künstler, Anthroposophen, Dichter und natürlich Psychoanalytiker waren darunter sowie ein Haufen anderer Persönlichkeiten, mit denen sich solche Menschen umgaben.

Ich war Oda Sprenger im Kunstunterricht begegnet, da war ich dreizehn. Sie beeindruckte mich so sehr, dass ich von ihr träumte. In einem Traum war ich der ausgestopfte Auerhahn, ein schwarzes Federvieh von beträchtlicher Größe, den wir mit Kohlestift abzeichnen sollten, und war in dieser Auerhahngestalt gefangen. Frau Sprenger hatte mich hochgenommen, in alle Richtungen gedreht, um der mit Blöcken und Zeichenkohle bewaffneten Gruppe von Mädchen und Jungen der siebten Klasse etwas zu zeigen, und ihnen klargemacht, dass es nicht um die Abbildung an sich gehe, sondern um die Abbildung des eigenen Erlebens beim Betrachten des Objekts. Dabei schüttelte sie mein Auerhahn-Ich. Ich erlebte Schauer und Geschütteltwerden durch ihre kräftigen Hände, roch ihr Parfum und war doch bewegungsunfähig auf dem Holzsockel festgedrahtet.

Unser Essen wurde gebracht, für den Moment beschäftigten wir uns mit den schön angerichteten Speisen. Die Servietten und das Besteck waren von schwerer Qualität. Feiner Dampf stieg von den Tellern auf. Ich probierte einen Austernpilz, er war köstlich.

Frau Sprenger sah mich erwartungsvoll an, es war nun Zeit, von mir zu berichten. Zweiundachtzig musste sie inzwischen sein, ihr Gesicht war von Falten durchzogen, aber ihr Blick wacher und gegenwärtiger denn je. Über die Jahre hatte ich mich regelmäßig ihrer Begutachtung unterzogen: Wie sah ich aus, was hatte sich beruflich entwickelt, wie war es um mein Privatleben bestellt? Stets ging ich in dem Bewusstsein zu diesen Treffen, dass ich hinter den Erwartungen zurückblieb, einfach nicht aus demselben Stoff war wie sie.

Ich hätte entschiedener daran arbeiten müssen, aus meinem Talent etwas zu machen. Sich bietende Gelegenheiten hätte ich besser nutzen müssen. Allgemein hatte ich wohl das Blatt, das mir das Leben ausgegeben hatte, nicht immer zu meinem Besten gespielt.

Eines hatte ich Frau Sprenger jedoch voraus: Ich hatte eine Tochter. Indem ich Frau Sprenger Fotos von ihr zeigte, setzte ich Sina der gleichen Beurteilung aus. Wie sah sie aus, hatte sie Talente, könnte etwas aus ihr werden? Ich blickte auf die Aufnahmen von Sina beim Reiten, auf einer Wanderung, bei einem Auftritt mit ihrem Chor, mit einem bilanzierenden Blick, wie ich ihn immer Frau Sprenger unterstellt hatte, in Wirklichkeit war er vielleicht nur meiner. Sina würde es nicht gefallen, wie ich sie herumzeigte.

»Es ist sicher schön, bei allen Schwierigkeiten, eine so wunderbare Tochter zu haben«, sagte Frau Sprenger und fuhr fort mit einer Selbstauskunft, die ich schon kannte: »Mein Mann hatte eine unglückliche Jugend und wollte deswegen keine Kinder. Beide hätten wir dieses Leben so nicht führen können, hätten wir welche bekommen. In jeder Minute, die die Schule mir ließ, war ich im Atelier. Bei Vernissagen, auf Reisen. Auch mein Mann war viel unterwegs. Einer hätte beruflich zurückstecken müssen. Und er brauchte eine Gefährtin an seiner Seite, keine Ehefrau und Mutter. Ich bedaure das nicht.«

Sie strich mit ihrer alten, aber immer noch schönen Hand ihr gefärbtes Haar zurück. Sie war gekleidet, frisiert und geschminkt auf eine Art, dass man sofort eine Kamera auf sie hätte richten und einen Beitrag für Arte hätte drehen können. Um den Hals trug sie eine Kette aus grünen Steinen, die zu ihren Augen passte, ein zinngraues Kleid mit breitem Gürtel, Schnürstiefel. Der Lippenstift wäre mir zu kühn gewesen. Sie war schlank und hielt sich gerade, freilich bemerkte man die Jahre, sie machten sie zarter, aber ich fand sie hinreißend wie eh und je.

Frau Sprenger drückte mir einen Umschlag in die Hand, für Sina. Die würde sich freuen, sich bei Frau Sprenger bedanken und wissen, dass ich wieder mit ihr angegeben hatte.

Der Gedanke missfiele ihr, aber das Geld nähme sie gern.

Ich berichtete von meiner Mutter. Von ihren Depressionen. Wie ich seit Jahren vergeblich versuchte, sie zu einer Aktivität zu bewegen, die sie aus ihrer Wohnung hinaus und unter Menschen brachte.

»Vielleicht war sie zu viele Jahre unter dem Regime des Müssens«, sagte ich zu Frau Sprenger, »dass sie das Wollen unterwegs verlernt hat.«

Meine Mutter hatte jeden Tag gearbeitet, Überstunden gemacht, meine Kurse gezahlt, mein Material, und ich hatte begonnen mich ihrer zu schämen. Ich fuhr mit dem Kunst-Leistungskurs zur Art Cologne, verlor auf der Studienfahrt nach Florenz meine Kamera, bekam von meiner Mutter eine neue. Sie trug meine abgelegten Pullis und Schuhe.

»Sie ist nicht alt«, sagte ich und spießte einen Pfifferling auf. Der Kellner kam, um uns Weißwein nachzugießen. Meine Mutter war mehr als zehn Jahre jünger als Frau Sprenger.

In meiner Schulzeit war ich darauf bedacht gewesen, dass meine Mutter und Frau Sprenger sich möglichst nicht begegneten. Ließ es sich einmal nicht vermeiden, bei Schulveranstaltungen etwa, hatte sich Frau Sprenger niemals herablassend gezeigt, und auch meine Mutter mochte Frau Sprenger, beide hatten sich immer freundlich und ohne Hintersinn unterhalten. Ich war diejenige gewesen, die sich vor Scham über ihre Herkunft wand.

»Ich habe ja vor ein paar Jahren mit dem Schreiben begonnen«, erzählte Frau Sprenger und kramte in ihrer Tasche.

Sie zog ein eingeschweißtes Buch heraus und legte es vor mich auf den Tisch, ein schmaler Band, der Umschlag bedruckt mit abstrakten Zeichen, die filigran wirkten, wie Gräser. *Oda Sprenger*, stand da in einer schönen, serifenlosen

242

Type, über das zarte Gestrichel hinweg. *Das Gespinst. Gedichte.*

Den Verlagsnamen kannte ich gut. Wie hatte sie das geschafft?

»Ich wollte es dir erst sagen, wenn es wirklich so weit ist«, sagte sie.

Und sie wäre nicht Frau Sprenger gewesen, hätte ihr Mann nicht die Rezensionen ausgeschnitten, aus der *Stuttgarter Zeitung* und sogar eine aus der *Süddeutschen*, minutiös beschriftet und in Fotokopie zum Exemplar dazugereicht. Bestimmt wollte sie das Buch für mich signieren.

»Sie wären doch sicher so nett?« Ich schlug die vordere Umschlagseite des Buches auf. Frau Sprenger lächelte, setzte ihre Lesebrille auf und schrieb mit schwarzem Füller das heutige Datum und eine Widmung auf das erste Blatt. Sie wirkte hochzufrieden.

Seit Jahren hatte ich meinen Fotoband über Menschen in Waschsalons fertig, der Verlag hatte ihn auch akzeptiert, aber ich musste einen Beitrag zu den Druckkosten leisten. Es war mir bisher nicht gelungen, diesen aufzubringen. Ich hatte schon überlegt, Frau Sprenger zu fragen, mich aber nicht dazu durchringen können.

Frau Sprenger erzählte von den Umständen ihres Schreibens. Dass sie damit begonnen habe, als ihr wegen einer tauben Hand das Arbeiten im Atelier unmöglich geworden sei. Sieben, acht Jahre sei das her. Sie sei jetzt froh, ein neues Medium entdeckt zu haben. Wörter! Wie herrlich. Körperlos, immateriell, und doch zu allem fähig. Mit ihrer achtunddreißigjährigen Lektorin verstehe sie sich ganz ausgezeichnet. Und sie sei die älteste Debütantin in der Verlagsgeschichte. Ob ich zu ihrer Lesung käme?

Der Kellner räumte unsere Teller ab. Frau Sprenger hatte den Fisch nur zu einem Drittel geschafft. Wir bestellten ein Dessert. Frau Sprenger die Crème brulée, ich ein Granatapfelsorbet.

Das Gespräch mäanderte. Es ging wieder um meine Mutter. »Es gibt nichts mehr, was sie selbst will. Es ist wohl der Beginn ihres Abschieds«, sagte ich.

Herr Professor Sprenger würde im nächsten Jahr neunzig. Er hatte noch Patienten in der Analyse, einer davon war ein jüngerer Kollege. Herr Sprenger steuerte den Wagen selbst, wenn er zu den Jazztagen in die Liederhalle nach Stuttgart fuhr.

Frau Sprenger wollte mir noch etwas anvertrauen.

Es gebe diesen Studienkollegen aus Karlsruhe, Bildhauer, Hans Kühnberger mit Namen. Er habe in Düsseldorf viele Jahre lang eine Professur bekleidet. Nun sei er schon länger emeritiert, lebe idyllisch in Nettetal, nach jahrzehntelanger Ehe sei seine Frau verstorben. Vier Kinder habe das Paar und etliche Enkel.

Die junge Oda, damals noch nicht Sprenger, und Hans Kühnberger seien in Studientagen ein Paar gewesen. Ihr sei es ernst gewesen, und ihm, wie sie damals annahm, ebenso. Doch als sie nach Rom, zu einem Auslandsjahr, und er, fertig studiert, zunächst nach Köln gegangen sei, habe er ihr einen Abschiedsbrief geschrieben.

»Zwei Jahre«, sagte Frau Sprenger und lächelte ein Bekenntnislächeln, »habe ich getrauert. Nicht lange danach traf ich meinen Mann.«

Jetzt habe eine gemeinsame Bekannte, der eine etwas klatschsüchtige Art eigen sei, den Kontakt wieder hergestellt. Sie, Oda, sei skeptisch gewesen. Und distanziert, was Hans betreffe. Schließlich habe der einst für alle Zeiten Schluss gemacht. Aber siehe da, nach über sechzig Jahren, das müsse man sich mal vorstellen, sei ihre Verbindung noch genauso frisch und, ja, inspirierend, wie damals, mit Anfang zwanzig in Karlsruhe. Daran habe dieses lange Leben, das sie ohne einander geführt hatten, rein gar nichts geändert.

Und Herr Sprenger? Sei abgeklärt genug. Jahrzehntelang habe sie an seiner Seite gelebt und sehe keinen Grund, daran etwas zu ändern. Daran hätten weder sie noch ihr Ehemann Zweifel.

Aber mit Hans telefoniere sie nun täglich. Es gebe so viel auszutauschen. Ein kunstsinniger, ein belesener Mensch. An allem interessiert. Eine so starke Verbindung.

Ihre Augen strahlten. Ich bewunderte sie und brachte dies zum Ausdruck, es war nie anders gewesen.

Wieder kamen Leute an unseren Tisch, grüßten Frau Sprenger sehr herzlich, mich artig, Frau Sprenger stellte uns vor, und kaum hatten sie sich umgedreht, informierte mich Frau Sprenger über den Beruf dieser Menschen, schilderte in groben Zügen ihre familiäre Situation und ihre, Frau Sprengers, Verbindung zu ihnen. Ich schweifte ab, dachte an meine Mutter.

Sie war am tiefsten Grund ihrer Krankheit besessen von Bürokratie: Dass sie Formulare bearbeiten müsse, die sie aber nicht begreife, dementsprechend seien bald alle Fristen verstrichen. Aus diesen eingebildeten Umständen braute sich aus ihrer Sicht eine Katastrophe zusammen.

Fiel ihr der Speiseplan aus dem Krankenhaus in die Hände, den sie sehr wohl lesen und dem Inhalt nach begreifen konnte, versank sie in Unruhe und Bekümmernis. Erstens sah sie sich all dieser Mühen nicht wert, und zweitens türmten sich in ihrer Vorstellung die Kosten aller aufgelisteten Gerichte zu einer Höhe auf, die sie zu zahlen außerstande war.

Ablenkungen von ihrer Obsession, zu denen auch mein Besuch zählte, wehrte sie ab, denn sie ließ ungern ihren Schrank alleine. Die Ordnung der darin gestapelten Oberteile, Nachthemden, Socken und so weiter konnte sie nicht zu Ende denken, es blieben lose Enden, im Hintergrund lauerte Schlimmes.

Gegen die Schwere ihres Schuldgefühls und ihrer Angst, gegen ihre Fixierung auf diesen Schrank hatte ich ihr heute Vormittag in ihre Jacke geholfen und sie in den rechteckigen Garten des Krankenhauses geführt. Es war kalt gewesen. Man hätte den Garten während der Brenndauer einer Zigarette gut zweimal umrunden können. Freilich durfte man das nicht, die Raucher mussten innerhalb eines am Boden markierten Vierecks um den Aschenbecher bleiben, der seitlich an der Außenmauer des Klinikums befestigt war. Frierend hielten sie sich mit ihrer freien Hand am anderen Ellbogen fest, exponiert nur die zigarettenhaltende Hand, blass waren sie von langen Schichten oder Krankheiten, sofern sie Patienten waren.

Ich hatte meine Mutter untergehakt, sie ging an Krücken mit blauen Griffen, wir schafften die Runde in Etappen von einer Bank zur nächsten. Sitzen konnte man nicht lange. Der Himmel war grau, am Morgen hatte es Raureif gegeben. Die weißen Kristalle bedeckten die immergrünen Büsche, die roten Beeren der Eberesche hingen auch an einem aus dem Herbst übrig gebliebenen Spinnennetz.

»Schau mal, wie schön —« Ich hatte auf das glitzernde Gespinst gezeigt, das zwischen einer Sitzbank und dem grauen Müllbehälter gespannt war, an Knotenpunkten und Fäden hing der Reif in einzelnen, sternförmigen Kristallen.

Sie schaute wirklich, der Eindruck drang vielleicht nicht ganz zu ihr durch, aber sie schien sich an etwas zu erinnern. Verunsichert blickte sie mich an, ich lächelte. Und zum ersten Mal, seit ich sie während ihres nunmehr dritten Psychiatrieaufenthalts besuchte, brachte ihr sonst in Angst und Kummer erstarrtes Gesicht für einen Moment ebenfalls ein Lächeln hervor, ebenso zart wie das gefrorene Spinnennetz.

In der Erinnerung spürte ich die Liebe zu dieser Frau, umso deutlicher, als Frau Sprenger scheinbar über alles – Zweifel, Erfolglosigkeit, Alter und vielleicht sogar den Tod – erhaben, von ihrem Glück erzählte.

Ich wurde unruhig, lehnte das Angebot ab, einen Kaffee zu bestellen, deutlich spürte ich, wohin ich musste: zu der Frau, die man bei Google nicht fand, deren Gewebe sich nicht so gut erhalten, die noch nie die Absicht gehabt hatte, sich über das Private hinaus hervorzutun, zu meiner Mutter. Nie hätte sie in einem Lokal wie diesem sein wollen. Ich wartete ab, bis Frau Sprenger die Rechnung bezahlt hatte, bedankte mich, brachte den Mantel von der Garderobe.

Aus dem Chapeau auf den Marktplatz tretend, im Gesamtbild mit dem Marktbrunnen, dem Fachwerk der alten Stadthäuser, den Menschen und aufstiebenden Tauben wirkte sie etwas kleiner als zuvor, ihre Konturen überzeichnet und so, als hätte ich wenig mit ihr gemein.

LOCKDOWN

Das Tablett steht, als ich am Morgen nachsehe, auf dem Fußboden vor seiner Zimmertür. Das Gemüse, das in der Soße war, hat er wie vermutet übrig gelassen. Ebenso einen Teil vom Reis. Die Dessertschüssel dagegen ist ganz sauber gelöffelt. Quer über allem liegt die leere Plastikflasche und kegelt leichtgewichtig zu Boden, als ich das Tablett hochhebe. Minuten zuvor habe ich eine WhatsApp von ihm erhalten:

danke
die biolimo kannst du wieder kaufen
soße nächstes mal ohne zwiebeln und paprika ok?

Einmal hat Ron das WLAN abgestellt und die Box versteckt. Der Internetentzug wurde minutiös geplant. Ich bin in der Zeit in Rons Studio gezogen und habe mein Telefon ausgemacht. Ich übertreibe nicht, wenn ich sage, ich zitterte trotz der Wärme des schönen Tages und konnte mich kaum auf etwas anderes konzentrieren. Ich behaupte, auch in drei Kilometern Entfernung konnte ich die atmosphärische Erschütterung spüren. Ich vermeinte wahrzunehmen, wie der Luftdruck sank, und sah durch das Oberlicht einen bedrohlichen Streifen Gelb am Himmel.

Kians Aufschrei gegen unsere elterliche Maßnahme war eine Urgewalt, der Ron für eine gewisse Zeit in der Wohnung standhielt, in jeder Hand einen Wimpel, in den Farben für Erziehungsberechtigung und väterliche Autorität. Die Fähnchen zerfetzten. Nach einiger Zeit räumte Ron seinen Posten und stellte am Ende seiner Kräfte die Box vor Kians Zimmer, der sie umgehend wieder in Betrieb nahm.

Erschöpft saßen Ron und ich danach im Gewerbehof, auf den das Studio hinuntersah, unter der Platane auf Europaletten, und hielten früher am Tag, als wir es sonst taten, ein Bier in der Hand.

Der Holzbildhauer hatte tagsüber seinen mühevoll aus dicken Stämmen gehauenen und zusammengefügten Hirsch angezündet, von der lebensgroßen Skulptur stiegen stinkende Rauchfahnen auf. Das vorher schön geschmirgelte Geweih rauchte an den ungleichmäßig verkohlten Enden. In eines der Beine hatte sich die Glut so weit hineingefressen, dass es beinahe durchzubrechen schien. Ich wollte dem Künstler, einem mageren, bärtigen Russen, bei einer anderen Gelegenheit sagen, dass mir seine Figuren im unangekokelten Zustand besser gefielen, aber er verstand kein Deutsch oder wollte es nicht verstehen.

Ron sah erschöpft aus, sein Haar, das immer dicht gewesen war, schien plötzlich ausgedünnt, seine Wangen gefurcht, müde strich er mit den Händen darüber. Er habe zwei erwachsene Kinder, aber seine Erfahrung helfe ihm trotzdem nicht bei der Erziehung von Kian. Ich entgegnete nichts auf diese bekannte Tatsache, der von dem Hirsch ausgehende Rauchgestank drückte auf meine Schläfen.

Wieder zu Hause, tat ich das, was ich immer tat, ich richtete einen Obstteller an, stellte ihn vor Kians Zimmer, klopfte und entfernte mich, damit er ihn holen konnte.

Ich bin durch geschlossene Türen und den langen Flur

hinweg mit ihm verbunden. Ich weiß, wonach er verlangt. Wir leben unter diesen Umständen relativ harmonisch, zumindest solange ich seine Bedürfnisse erfülle, die ich meistens richtig errate.

Er isst Vitamine. Er öffnet manchmal das Fenster. Gelegentlich finde ich Wäsche im Korb, und im Bad liegt ein feuchtes Handtuch am Boden. Hin und wieder stellt er benutztes Geschirr in die Küche.

In seinem Zimmer kommuniziert er angeregt auf Deutsch und Englisch. Er lacht, er stößt Schreie aus, feuert lauthals jemanden an, seine junge, soeben ins tiefe Register umgesprungene Stimme benutzt er für die verschiedensten Tonlagen. Also hat er noch ein anderes Repertoire als das abwehrende Knurren, das Ron und ich von ihm hören, die Beschwerden, die manchmal wie Bellen klingen.

Zu besonderen Gelegenheiten höre ich einen mich entwaffnenden, wie von allem Widrigen reingewaschenen Ton, seine neue männliche Stimme. Einmal in zwei Wochen ungefähr erzählt er mir, was ihn gerade beschäftigt, nichts Persönliches, meistens eine Meldung aus den Nachrichten. Über Donald Trump oder wo es eine hohe Inzidenz gibt. Als hätte er alle Barrikaden vergessen, die er zwischen sich und uns errichtet hat, spricht er von der Frisur, die er sich machen lassen will, wenn die Friseure wieder öffnen. Selten, ganz selten, spielt er mir einen Song vor oder zeigt mir ein Video.

Zu seinem Fernunterricht erhebt er sich frühestens am Mittag. Ich kann an den Geräuschen, die ich durch seine Tür vernehme, nicht unterscheiden, ob er gerade mit einer Gruppenarbeit beschäftigt ist oder mit einem Onlinespiel. Manchmal ist es spätabends lange ruhig, dann hat er meistens einen Termin. Wenn es heißt, am Freitag gebt ihr euer Geografiereferat ab, bedeutet das, bis eine Minute vor Mitternacht. Sein letztes Thema war »Modelle der Klimafolgenforschung«. Nach einem Rechenmodell wird die norddeutsche Tiefebene erst in zweihundert Jahren vom Meer überspült, nach einem anderen schon in dreißig bis fünfzig. Ein Thema, über das er eines Nachts in der Küche kurz mit mir sprach.

Ich habe im Internet nach Grundstücken in höheren Lagen gesucht. Um mich und ihn zu beruhigen, würde ich gern für ihn und die nachfolgenden Generationen Land auf der Alb oder in der Eifel kaufen. Ich weiß, dass Kian davon nichts wissen will. Es ist auch für mich kaum möglich, mir vorzustellen, dass diese Stadt mit all ihrem frischen Verputz, den Flagshipstores, Trampolinparks, Containerterminals, der Elbphilharmonie und was man sonst noch für teures Geld hineingestellt hat, wahrscheinlich in nicht unabsehbarer Zeit verschwunden sein wird. Mein Sohn indessen wünscht sich Turnschuhe.

Rausgehen, das ist das dauernde, leidige Thema. Ich weiß, was du willst, gibt Kian zurück, wenn ich vor seiner Tür in einer bestimmten Tonart seinen Namen sage. Auf der ganzen Welt sagen sie, man soll zu Hause bleiben. Nur du nervst mich den ganzen Tag: Geh raus, geh raus. Was ist nicht normal bei dir?

Als er klein war, vielleicht fünf Jahre alt, wehten seine damals längeren Haare hinter ihm her, wenn er auf seinen kurzen, starken Beinen durch den Park raste, einem Ball oder Wurfgeschoss nach. Reichte ein Surfertyp ihm ein Frisbee – klar darfst du mal probieren –, schleuderte der Kleine die Scheibe in einem kraftvollen Wurf außer Sichtweite, bis ans andere Ende der Wiese. Als Sieben-, Achtjähriger baute er am Elbstrand unter dem riesigen Himmel Burgen und Dämme, die er mit aller Kraft gegen die auflaufende Flut verteidigte, immer schneller baggerte er mit den Händen Sand aus den volllaufenden Gruben, schöpfte mit seinem Eimer den Burggraben leer, versuchte mit Rufen gegen den Wind das Unvermeidliche aufzuhalten, um am Ende die gebastelte Fahne aus der Spitze der Burg zu ziehen, bevor diese endgültig versank.

Die Wohnung liegt im Dunkel, es ist Mai. Obwohl der letzte Baum in unserer Straße schon während eines der letzten Hitzesommer gestorben ist, weht durch die gekippten Fenster Vogelgesang herein. Eine Amsel. Seit Tagen liege ich Kian in den Ohren, mich nachmittags zu einem Rundgang durch den Park zu begleiten. Oder an die Alster.

»Wir sind nicht eingesperrt.«

Ich bitte vergeblich. Wenn ich mit verkrümmten Gliedern vom Sofa aufstehe, wo ich täglich mit meinem Laptop sitze, gehe ich allein.

Ron hat verschiedene Heim-Sportgeräte mitgebracht. Kian hat sie hinter seine Tür mitgenommen: Hanteln, Springseil, Gummibänder. Ich habe keine Vorstellung, was in dem Zimmer geschieht.

Einmal war angeblich irgendwo ein Sportplatz offen, jemand hat das Absperrband zerrissen. Bei dieser Gelegenheit traf Kian sich mit einem Freund. Ich blieb in meinem Zimmer und gab keine Kommentare ab. Aus dem Fenster sah ich ihn sein Fahrrad aufschließen.

Die Amsel schweigt, aus weiterer Entfernung tönt eine zweite. Die nähere Amsel scheint auf eine Lücke zu warten, um Gegenargumente vorzutragen.

Der Nachbar hat einen Gast. Sie stehen am Balkongeländer und trinken. Dürfen sie das, ich meine, darf man Besuch haben? Ich stehe in unserer fast dunklen Küche. Es ist wahr, ich kann hören, wie die Mikroorganismen im Sauerteig mit exponentiell wachsenden Kräften den Teller von der Schüssel heben. Ein ganz leises Knistern wie von platzenden Schaumbläschen.

»Mama.«

Ich schrecke zusammen, drehe mich um. Kian steht vor mir. Er ist riesig, überragt mich mindestens um einen halben Kopf. Ganz in Schwarz gekleidet. Ich bin auf Strümpfen. Ich kann nicht fassen, dass er so groß geworden ist und vor allem, dass ich es nicht mitbekommen habe. Sein Gesicht, in dem die Proportionen verändert sind, scheint bläulich im Dämmerlicht, er hat die Kapuze seines Pullovers aufgezogen.

»Ich hab hier was. Es tut weh.«

Er hebt seinen Kapuzenpulli samt T-Shirt hoch und kehrt mir den Rücken zu. Er verrenkt seinen Arm erst nach oben, dann nach unten, um auf eine bestimmte Stelle an seinem Rücken zu deuten. Ich schalte die Taschenlampenfunktion meines Telefons ein und beleuchte die blasse Haut.

»Hier?« – »Hier?«, frage ich, indem ich mit der Hand einzelne Stellen berühre, an denen kleine, gerötete Unebenheiten zu sehen sind.

»Nein, hier!« – »Nicht da, hier!«

Er wird ungehalten, weil ich die Stelle nicht finde, die kleinen Pünktchen und Erhebungen sehen alle gleichermaßen harmlos aus.

»Ich sehe nichts Schlimmes.«

»Aber es tut so weh! Schau doch mal richtig.«

Ich hole meine Lesebrille, suche noch einmal die Hautlandschaft ab.

»Also, kleine entzündete Hautstellen, das ist normal, das

hat man eine Zeit lang, und dann wird es von alleine besser. Oder du gehst mal zum Arzt.«

Ich scheue davor zurück, das Wort Pubertät in den Mund zu nehmen, noch kein einziges Mal habe ich versucht, mit ihm über seine körperlichen Veränderungen zu sprechen. Bin ich ebenso gehemmt wie meine eigene Mutter, frage ich mich, die über Körperliches und Sexuelles geflissentlich schwieg? Ich kann es sicher besser als sie, aber bei meinem Vierzehnjährigen schweige ich plötzlich doch. Das Versäumnis beschämt mich. Wie geht es dir, mein Kind, mit dem Abschied von der Kindheit, mit der Aussicht, ein Mann zu werden? Müsste er die Erschütterung nicht mit anderen Erschütterten teilen, die brechenden Stimmen vergleichen, die Muskeln, die ungleichmäßig wachsenden Arme und Beine? Die Haare an unaussprechlichen Stellen? Die unaussprechlichen Stellen selbst?

Stattdessen bleiben sie, wie wir alle, einzeln hinter Bildschirmen. Ihre Körper sind eine potenzielle Gefahr. Ihr Atem. Ihr Lachen, ihre hintenüberkippenden Schreie. Sie sollen einander nicht knuffen, rempeln, hochheben, umarmen. Kein Armdrücken, keine heißen Ohren, kein geteiltes Getränk, kein Freudentanz. Nie anderen so nahe kommen, dass du sie riechst.

»Wie kann es so weh tun, wenn da nichts ist? Da muss doch etwas sein?«

Ich mache ein Foto von seinem Rücken und will es ihm zeigen. Er zieht den Pullover wieder runter, macht genervte Gesten, wie um mich zu verscheuchen.

»Es ist schwer, alles zu schaffen, wenn man eine so unfassbar doofe Mutter hat! Jeden Tag sage ich dir, unser Internet ist beschissen, ich fliege dauernd raus, meine Sachen sind weg.

Aber es ist dir einfach egal! Du bist zu faul, etwas dagegen zu machen, und sagst, da ist nichts. Immer nur so: da ist nichts, und verschwindest an dein Laptop. Du bist so egoistisch!«

Ich stehe ratlos vor seinem Ausbruch, so ungeordnet, wie alles auf mich einprasselt, und fühle mich zu Unrecht beschuldigt. Ich war mit Maske in drei Supermärkten!, regt sich mein Widerstand, auch für mich ist es schwer. Die eine Arbeit weg, die andere unmöglich verkompliziert. Ich sage jedoch nichts.

Er steht schon am Vorratsschrank, der vom Nachbargebäude beleuchtet ist, und schaut hinein.

»Nichts haben wir zu essen«, sagt er beim Anblick der zahllosen Gläser und Packungen, »nichts, was ich mag!«

Er geht zum Kühlschrank, das Licht hinter Joghurtbechern, Flaschen, Vorratsdosen, Salatköpfen, Karotten, Tomaten beleuchtet sein Gesicht mit dem missgestimmten Ausdruck.

»Nichts!«

Ich verzichte darauf, das Gegenteil zu beteuern. Bleibe im Schatten, im Dunkeln stehen, während er eine große Glasschüssel mit gepufftem, gesüßtem Getreide füllt, dazu eine halbe Packung Haferflocken, einen knappen Liter Milch darauf gießt, wobei ein Schwall danebengeht und auf den Fußboden tropft. Er lässt ein Küchenhandtuch darauf fallen und bewegt es mit dem Fuß auf dem Milchfleck hin und her.

»Bring ich später weg!«, blafft er, als hätte ich etwas gesagt.

Er steckt einen Löffel hinein, der sofort in ganzer Länge in der Milch verschwindet. Dann balanciert er die Schüssel in Richtung seines Zimmers.

Erleichtert bin ich erst, als ich ihn hinter seiner Tür jauchzen höre, vermutlich bei etwas, das über seinen Bildschirm flackert, und außerdem steht zu vermuten, dass Ron und ich diese Sache weder verstehen noch gutheißen, im Kontakt mit seinen Freunden, erlöst vom Hier und Jetzt, und vom Zusammensein mit mir.

KILIMANDSCHARO

Da liegt Lina. Schläft unter wimpernlosen, wie zuge-
schmolzenen Augen. Liegt in ihrem Bettchen, auf dem
Rücken, die zu Fäusten geballten Hände beidseits neben dem
Kopf, der seltsam weit zur Seite zeigt. Ein ganz neuer Mensch,
meine Tochter: Füllt mit ihrer Wärme und Kleinheit das ansonsten nichtssagende Zimmer. Wie sie da liegt, in ihrer
Rundheit ist noch etwas anderes, nicht übertrieben: Göttli-
ches. Ein Schimmer davon haftet ihr an, offenbart sich uns
wenige Wochen lang und verfliegt. Warm, duftend, feinhäu-
tig, flaumig: körperlich spürbar, hörbar beinahe verlaufen die
von ihr ausgehenden Schwingungen vollkommen gleichmäßig, ohne jedes Störgeräusch (welche Misstöne könnten das
sein: Schuldgefühle, Zweifel, Erinnerungen allgemein?), im
reinen Grundton. Linas Wangen und Lippen bewegen sich in
Träumen vom Saugen. Ein Speicheltropfen glänzt im Mundwinkel auf ihrer zuunterst liegenden Seite, dann wieder stößt
sie hohe, hauchfeine Seufzer aus. Ich kann nicht sagen, wie
lange ich sie so ansehe.

Meine Lina. Wundere mich, dass ich so oft versucht bin zu
sagen: Arme Lina. Ich fotografiere, wie ich sie unter den Armen fasse, neben mein Gesicht halte, bis der Selbstauslöser
klickt; wie sich ihr Gesicht nach oben staut, sie bewegungslos
und mit schiefem Kopf da hängt, Speichelschaum auf den
Lippen, angestrengtes Runzeln der Stirn, Furchen unter den
Augen, die krummen, herunterhängenden Beine in Stram-

pelhosen, in die ich sie mit ungeschickten Handgriffen verpacke: arme Lina.

Beim Einschlafen schreckt sie ohne erkennbaren Anlass zusammen, rudert mit den Armen, reißt die Augen auf. Wie kann ich sie auch nur für eine Minute allein lassen, wenn sie aus dem Nichts solche Heimsuchungen anfallen. So kurz erst lebt sie unter den Bedingungen der Schwerkraft, dass ihr alle Erfahrungen und so auch die Maße fehlen. Also muss ich sie abschirmen, mit meinem Körper einen Wall um sie ziehen, sie, wenn sie aufwacht und ihr Gesicht zum Weinen verzieht, hochnehmen, dabei ihre Wange an meine halten, leise brummen, ihre Rundheit mit meinen Händen nachformen, sie küssen, ablecken, alle Säugetiermütter in einer.

Bent wollte nicht. Wollte das Kind nicht, dass später Lina wurde. Als ich ihm von der Schwangerschaft erzählte, saß er ohne die geringste Regung im Auto, hielt beide Hände am Lenkrad, obwohl wir standen.

Es war schon beinahe der nächste Morgen, als er mich aus dem Schlaf riss, fertig angezogen für die Abreise vom Flughafen, um mir mitzuteilen, was ich bereits ahnte.

Ich verbrachte mehrere Tage auf dem Bett liegend, hin- und hergezerrt von gegenläufigen Kräften. Die eine von urtümlicher Macht hielt meinen Körper, mein Denken und Fühlen besetzt. Es hätte sein Nein nicht gebraucht, um mich hinzuwerfen, ich fühlte mich einer viel stärkeren Erdanziehung als sonst ausgesetzt, außerdem litt ich unter der Art Übelkeit, die mir prophezeit worden war. Es arbeitete Tag und Nacht in meinem Inneren; das Unheimliche daran war, dass mein Einverständnis nicht eingeholt worden war, dass in mir ein Programm voranschritt, für dessen Ablauf mein waches, denkendes Ich offensichtlich nicht gebraucht wurde.

Auf der anderen Seite Bent. Saß auf meiner Bettkante, mit Krawatte, sprach mit mir, sah mich dabei traurig an, auch abwartend, prüfend. Seine Reserviertheit versetzte mir Stiche; er wusste ebenso gut wie ich, wo wir jeweils standen.

Ich lag weiterhin steif auf der Matratze, erledigte gerade das Nötigste und spürte ansonsten nur den Kraftpfeilen nach, die Richtung Erde wiesen. Da war bereits etwas, das ich wie irrsinnig liebte, dass ich statt meiner meinte, wenn ich Decken über mich zog, etwas, das ich unbedingt bewahren und schützen wollte.

Wir saßen in einem Raum voll beruhigender Farben, die Formation der Sessel ein gerechtes Dreieck, die Beraterin, Bent und ich. Er war am Tag zuvor aus Seattle zurückgekehrt. Bent sprach zuerst, ruhig, beherrscht, und legte seine Sicht so überzeugend dar, dass ich ihm, obwohl ich an einigen Stellen seiner Rede weinte, in praktisch allem, was er sagte, innerlich beipflichtete.

Er wolle kein Kind, das er kaum zu sehen bekäme, keiner von diesen abwesenden Vätern sein. Gleichzeitig habe er jahrelang ein Ziel verfolgt, und jetzt, da er diese Chance erhalten habe, könne er nicht einfach die Arbeit von Jahren in den Wind schreiben und sich um die Familie kümmern.

Die ganze Zeit dachte ich daran, wie anstrengend er weinende Frauen fand, und pflichtete ihm auch darin bei, hoffte, dass er den Unterschied merkte, dass ich trotz geteilter Abneigung weinte und nicht, weil ich eine von diesen Frauen war. Ich wurde geradezu von einer Welle des Einverständnisses mit diesem von mir so geliebten Menschen überrollt, und das verstärkte meine Tränen umso mehr.

Die Beraterin hatte ihm, wie mir schien, wohlwollend zugehört und bemerkte nun, er wisse klar, wo er stehe, seine

Entscheidung sei bereits gefallen. Jäh durchfuhr es mich: Welche Entscheidung war hier gefallen? Ich glaubte eine Phalanx gegen mich zu spüren, Bent und die Beraterin, die beide in einem lauen Nachsatz bemerkten, zwingen könne mich natürlich niemand.

Zwingen nicht, aber allein dastehen lassen, dachte ich, war von meinem Sessel aufgestanden und stand am Fenster, weinte jetzt so heftig, dass der Anblick der ledrigen Pflanze auf dem Fensterbrett, des leeren Großneumarkts mir vor den Augen verschwamm. So hilflos ich mich fühlte, so wenig aufgebracht war ich gegen einen oder beide, Bent oder die Beraterin, sondern fühlte mich im Gegenteil schuldig, dafür, dass ich die Problemträgerin war, dass der Gegenstand unserer Erörterung in meinem Unterleib nistete und all mein Wollen und Fühlen sich daran klammerte. Wenig überzeugend klangen auch für mich meine unzusammenhängenden Sätze: Ich will es trotzdem; ich kann den Gedanken an den Eingriff nicht aushalten.

Die Beraterin bemühte sich nicht, das Unüberbrückbare zu bemänteln: Sie will es, er will es nicht. Es machte mich verrückt, dass diese Frau meine und Bents Geschichte auf diese Formel herunterbrach.

Nach dem Gespräch lief ich geläutert und gefasst, mit einem Anflug von Heiterkeit sogar, hinter Bent her das stille Treppenhaus hinunter, das, wie es schien, jedem, der es durchquerte, das Gefühl gab, überzählig zu sein.

Ohne uns abzusprechen schlugen, wir nicht die Richtung ein, in der wir wohnten, sondern die zum Wasser, zum Licht hin, zu den Landungsbücken hinunter, weiter zum Kehrwieder und darüber hinaus, wo man von der großen Brachfläche hinter dem Kaispeicher aus die großen Frachtschiffe beobachten konnte, wie sie ihre Liegeplätze in einem der vielen Seitenarme ansteuerten, ihre Größe und Trägheit, ihre weitgereisten Namen unter dem aufreißenden Himmel, die hellen Wolkenstreifen, weit oben Türkis, dazu dunklere, vom Wind gehetzte Kumuluswolken, zusammengenommen ergaben sich komplizierte Schatten- und Lichtspiele, aus den Wolkenzwischenräumen leuchteten schräge Strahlen wie Spots auf das Wasser, die von Baggern aufgehäuften Sandberge, die Hafenanlagen und Kräne.

Die Luft war herrlich, belebend, wir gingen über frisch aufgeschütteten Kies über das riesige Areal der künftigen Großbaustelle, kleine Böen versetzten uns gleichzeitig Stöße, wir gehörten zusammen, beim Knirschen unserer Schritte überlegte ich, ob meine Entscheidung gefallen war. Ob ich einwilligen würde. Weil ich es einsah: Ein Kind jetzt, in der gegenwärtigen Situation, war vollkommen unpassend, und ich sähe später aus einigem Abstand, dass es die beste Entscheidung war.

Ich sah mich mein Leben weiterführen und mich an diese Episode erinnern, mit einem Anflug von Wehmut vielleicht, aber auch voll Verwunderung über mich selbst, oder genauer darüber, welche Zustände in uns schlummern.

Die Leere, die der Eingriff in meiner Vorstellung hinterließe, würde ihr Bedrohliches verlieren. Zahllosen vor mir war es so ergangen.

Wir waren stehen geblieben, um das Auslaufen eines riesigen, kantigen, weiß glänzenden Autofrachters zu beobachten, der mit rotierendem Radar und tiefem Motorengeräusch seinen Weg zum Meer hin einschlug.

Es verging etwas Zeit, in der ich, fast ohne es zu bemerken, wieder Hoffnung schöpfte, davonzukommen, obwohl es keinen Grund dafür gab. Eine geistesarme Zuversicht richtete mich auf, durch nichts untermauert. Wird schon werden, murmelte mein dummes Herz, und ich war aus Gründen, die mir nicht begreiflich waren, gezwungen, an derlei zu glauben.

Da fragte Bent einmal mehr: »Was ist jetzt?«

Er war am Telefon, hatte mich, die ich mich mit trägen Bewegungen gerade anzog, aus München angerufen, es war noch vor sieben, da rasselte ich wie ein Blecheimer in die Tiefe, mein von dort herauftönendes Geheul erschreckte mich selbst.

Ich schäle Lina aus dem Tragetuch und lege sie mit größter Vorsicht auf dem Bett ab, sie seufzt knarrend, ihr Körper zusammengekauert, als müsste sie in eine Eihälfte passen, an meinen Bauch, meine Brust angeformt. Sie gibt diese Haltung nur unfreiwillig auf, will Gesicht und Hände weiter an mich schmiegen. Allein auf der Matratzenfläche ihres Körbchens zu liegen behagt ihr nicht, lieber frisst sie sich wie eine Schildlaus an mir fest. Ihre Beine durchfährt ein Zucken, die kurzen Arme (ausgestreckt reichen sie gerade bis zur Hüfte) rudern um Hilfe, bei geschlossenen Augen, wie im Albtraum, kurz darauf reißt sie sie auf, ein fast vollständiger Ring von Augapfelweiß erscheint rund um die Iris; tief im Innern des winzigen Körpers, das bläulich pulsierend unter der hauchfeinen, fast transparenten Haut liegt, baut sich ein Schrei auf.

Jetzt zieht sie die Beine im Wechsel an, versetzt der Luft Tritte, ihre Arme pumpen Schreie hervor. Der Kopf ist dunkelrot angelaufen, am Mund vibrieren die Lippen, die Zunge ist aufgestellt und vibriert ebenfalls, der ganze Körper ist verhärtet und rückwärts durchgebogen. Trotz der Intensität ihres Schreiens ist das Strampeln abgehackt und seltsam verlangsamt, erinnert mich an ein Aufziehspielzeug.

Starr stehe ich da, ihr Entsetzen überträgt sich auf mich, dabei wäre ich verpflichtet zu handeln. Von nun an bin ich zuständig für diese Schrecken, und die Einzige, die sie beenden kann. Vielleicht werde ich mich daran gewöhnen, was wahrscheinlich bedeutet, dass ich mich unempfindlicher machen muss. Dieses feuchtwarme, seltsam geschlechtlich und nach vergorener Milch riechende Larvenwesen will ausgerechnet und ausschließlich mich.

Ich nehme sie hoch, fülle ihren Mund mit meiner angeschwollenen, blau geäderten Brust. Linas Schreien wechselt die Tonlage, mit wackelndem Kopf sucht sie nach Nahrung, saugt sich fest und schläft nach einigen kräftigen Zügen bald ein. Schmatzend löst sich das Vakuum, wässrig weiß glänzt auf der Unterlippe die Milch. Auch die zuvor beinahe in Krämpfen angespannten Gliedmaßen lösen sich, der Kopf sinkt schwer in meine Armbeuge, das noch vor Minuten in höchster Not schreiende Kind fällt in eine Entspannung, die mir wiederum seine ganze Schutzlosigkeit aufbürdet. Lina. Ein Lächeln fliegt über ihre Züge, ganz aufgelöst liegt sie, Reinheit und Wärme atmend, in meinen Armen. Ich schaue ihr lange zu, beim Heben und Senken ihrer vom Strampelanzug bedeckten Brust. Wie etwas Kostbares, Halbflüssiges lege ich sie dann zurück in ihr Körbchen.

Ich muss gehen, dessen war ich mir sicher, muss mein Kind wegbringen von dem Vater, der es nicht will. Der jetzt kein Kind will und damit nicht dieses. Ich kaufte ein Anzeigenblatt und sah hinein. Ich bewegte mich in diesen Tagen nach Möglichkeit überhaupt nicht, auch meine Augen rollten langsam über die Wohnungsinserate. Mit dieser Langsamkeit, so dachte ich vielleicht, könnte ich das Geschehen aufhalten, abmildern, oder bei der Lesung meines nächsten, wahrscheinlich langen Lebenskapitels unbemerkt bleiben.

Ich war im Begriff zu beweisen, dass Familie keine Einrichtung ist, nicht für uns, dass, wer ohne Vater aufwächst wie ich oder Bent, keinen Halt findet im Leben, und wir diesen Defekt an unsere Nachkommen weitergeben, selbst wenn es auch zu Zeiten anders scheinen mag und sosehr wir uns bemühen. Ich wusste, ich durfte nicht ausfallen, ich horchte auf das andere Leben, das Tag und Nacht von mir fraß, wusste, ich würde immer unfähiger werden zu flüchten, und fühlte mich in nie gekannter Weise ausgeliefert und ohne Schutz.

Mein Jungtier, mein Welpe. Unfassbar klein, dabei ganz menschengleich ausgeformt. Nicht lange, und sie wird aufwachen, atmet schon in schnellen Stößen und räkelt sich auf der Matratze. Ihre Gliedmaßen zucken, sie dreht den Kopf, verzieht das Gesicht, als wollte sie etwas Lästiges, Widerwärtiges abstreifen. Wie zur Probe öffnet sie ihre feuchten, in eine unbestimmte Nahferne gerichteten Augen, in denen kaum Weiß sichtbar ist, mit denen sie eher zu hören scheint als zu sehen, dann lässt sie die Lider wieder sinken. Nach einer Weile sind die Augen dann, so weit es geht, offen, ein Blick, der ganz Pupille ist, aus ihrem vollkommen unvorgeprägten Innersten heraus trifft er mich meinerseits im Innersten, in ihrer Neumenschenblindheit sieht sie vielleicht Wärmefelder oder Aureolen. Mit den Lippen sucht Lina die Umgebung ab, furcht sorgenvoll die Stirn, horcht und spürt mir, die ich sie hochnehme, mit ihrem ganzen Körper entgegen. Dünstend nach

264

Milch, Urin, Süßgebäck, meine Lina: eine gelenklose Puppe, der schwere Kopf, pulsierend die offene Stelle, die nur mit Haut und Flaum bedeckt ist; weich-wulstige Gliedmaßen, die sie noch überhaupt nicht willentlich einsetzen kann, Miniaturen von dünnen Fingern, die ebenfalls noch funktionslos, zu Fäusten geballt, aus dem Jäckchen ragen: Sie fängt ja bei null an, meine Lina. Sie ist zu leicht, nimmt nicht genug zu, sagt die Hebamme. Das Ausmaß ihrer Hilflosigkeit trifft mich aufs Neue mit Wucht.

Unternimm was, sagte Bent, der über das Wochenende zu Hause war, und dann entscheide. Ich verstand, was er da sagte. Ich sah ihn nicht mehr an. Die Erlösung machte mir Beine, der Bann war aufgehoben, ich wollte sofort beginnen. Etwas tun, etwas schaffen, mich vorbereiten. Bent, das spürte ich, schlüpfte in meine liegen gebliebene Starre.

Jetzt saugt sie sich wieder an mir fest, Lina, in meinen Arm geschmiegt, eine heftige Nachwehe faucht in meinem Unterleib, ich schließe die Augen und warte, Linas Kauen an dieser empfindlichsten Stelle, ebenfalls schmerzhaft; immer noch wundere ich mich darüber, wozu mein Körper imstande ist, ohne dass ich einen rechten Bezug dazu hätte: die weiße Rundung meiner milchgefüllten Brust, daran hängend und bedächtig saugend, mit weit geöffnetem Mäulchen das Kind, ein Anblick, den man vollkommen nennen könnte, der auch mich in seiner urtümlichen Schönheit anrührt, nur verwundert mich meine Beteiligung daran.

Bei mir ist eine seltsame Wortlosigkeit an der Stelle, wo die große Liebe zum Kind zu vermuten wäre, eine Unfähigkeit, darüber Auskunft zu geben, auch mir selbst gegenüber; als wäre Lina ein Teil von mir, dessen Vorhandensein mir nicht ganz bewusst ist, vergleichbar einer Körperstelle im Körperinneren oder am Rücken. Sie ist hübsch, ganz fein geformt, sie riecht gut, sie zieht all meine Aufmerksamkeit auf sich, und doch bleibt eine blinde Stelle. Ich untersuche all ihre Körperfalten, putze sie wie eine Tiermutter ihr Junges, binde sie mit einer Stoffbahn eng an mich, trage sie bei jedem Schritt mit mir, meine Lina.

Tonnenschwer, zum Bersten gespannt, ein Koloss, der kaum gehen konnte, noch weniger schlafen, der nach Luft rang, die eigene Ausdehnung nicht überblickte. Und dessen Beine sich mit aller Kraft vom Boden wegstemmten. Ein schwer beschreibbares Gefühl, etwas Schweres, Hartes, Auskeilendes, noch immer Wachsendes im Leib zu haben. Das sich dort eingenistet hatte, wo mein Körper atmen, verdauen, sein Blut hätte filtern müssen. Ich bewohnte in meinem eigenen Haus nur noch eine Besenkammer, von dort aus regelte ich einen Notbetrieb. Noch zwei Wochen, noch eine, noch wenige Tage. Eine lange Zeitspanne, in der es jederzeit geschehen konnte. In meinen Wachträumen nahte keine Geburt, sondern ein knirschendes, krachendes Bersten, das sich durch zackenförmige Risse über meinen Leib verteilt ankündigte.

Die letzten Wochen waren ein Vorweglaufen vor dem Zustand völliger Bewegungsunfähigkeit und also Hilflosigkeit, der mich zwangsläufig einholen würde. Vorläufig letzte Male kletterte ich auf eine Leiter oder betrat ein Geschäft. Die Eile, bestimmte Angelegenheiten zu ordnen, hatte etwas Testamentarisches. Mein Blickfeld verengte sich radikal auf das, was vorher noch zu tun war, und auf die erste Zeit danach.

Bent hatte mit mir vereinbart, dass ich ohne seine Hilfe aus-
komme, dass also das Kind, die tägliche Betreuung und Pflege
meine Aufgaben seien. Er wollte und konnte gerade nicht beruflich kürzertreten, wie man so sagt, unter den gegebenen
Umständen umso weniger. Ich war den Vertrag ohne weitere
Verhandlungen eingegangen.

In den letzten Wochen vor der Geburt begann Bent, mir
innerhalb unserer Wohnung auszuweichen. Sein Gesicht,
wenn ich es denn zu sehen bekam, war mir gegenüber ganz
verschlossen. Seine gepeinigten, peinigenden Energien kro-
chen wie schwere Dämpfe über den Flur, drangen durch Tür-
ritzen, griffen schneller auf mein schutzloses Ich über, je näher ich ihm physisch gekommen war, ja, es schien sogar der
Grad der Beklemmung, der in unseren gemeinsamen Räumen herrschte, davon abzuhängen, vor wie langer Zeit und
für welche Dauer er sich darin aufgehalten hatte. Ich fürchtete seine Abreise am Sonntagmittag, sehnte sie jedoch gleichzeitig auch herbei.

Ich saß am Tisch, mein Bauch wölbte sich schwer zwischen meinen Schenkeln, seinetwegen reichte ich nicht nahe
genug an die Tischplatte. Ich hatte mir etwas zu essen hinge-
stellt, konnte mich zu nichts entschließen und beschränkte
mich, mühevoll genug, aufs Atmen.

Das Kind in mir, die Tochter, bäumte sich auf in dem en-
gen Kokon, Knie oder Füße formten sichtbare Beulen, der
Bauch verzog sich ungleichmäßig in verschiedene Richtungen, wie unter mächtigen Schwanzschlägen eines Fisches.
Das Kind traf unbekannte, schmerzempfindliche Stellen in
meinen Organen, es würde seinem Vater und mir einheizen.

Mein Herz, hatte ich gelesen, war um ein Mehrfaches ver-
größert, den Herzen von Extremsportlern ähnlich, und die

Nervosität, die mich Tag und Nacht innerlich am Tänzeln hielt, fühlte sich an wie vor einem alles entscheidenden Kampf oder Lauf.

Bent und ich kehren mit unserer zwei Tage alten Tochter Lina aus dem Krankenhaus zurück. Bent steuert das Auto, ich sitze auf dem Rücksitz neben dem Baby, das schlafend in einer gepolsterten Kunststoffschale liegt, gehalten von glänzenden Gurten. Es ist ein sonniger, warmer Tag, wir fahren durch vertraute Straßen, nähern uns unserem Zuhause.

Ich schaue aus dem Fenster, die Fahrt ist wie immer, und doch ist alles neu; ich empfinde ein Freiheitsgefühl, obwohl ich mich durch die Geburt dieses Kindes doch mehr gebunden habe denn je. Alles scheint mir in neuem Licht, die Straßen, Bäume und Kreuzungen, die frisch geklebten und halb abgerissenen Plakate, die Imbissläden und Hunde. Mein Blick mag so neu für mich sein, weil er immer wieder auf dem Gesicht des schlafenden Kindes ruht.

Im Vorübergleiten, kaum eine Sekunde lang, sehe ich eine junge Frau auf einem großen, altertümlichen Fahrrad, sie fährt am Rand des Parks entlang, stützt sich mit einer Hand am Ampelmast ab, während sie auf Grün wartet. Ihr Haar ist kurz und fransig, sie trägt ein einfaches T-Shirt und knielange, ausgeblichene Hosen und weint, hemmungs- und haltlos, wie man es nur tut, wenn kein Ausweg offen steht, wenn man weiß, dass der Verlust des Besten und Liebsten unausweichlich ist und jeder Protest sinnlos. Die Ampel springt auf Grün, von Schluchzern geschüttelt, die sie gar nicht zu verbergen sucht, treibt die Frau das träge Rad an. Ich fühle mich mit ihr verwandt, bin ich sie – an einer anderen Station meines Lebens?

Einige Tage später, Tage mit Lina, die in meiner Erinnerung ganz aus der Zeit gehoben sind, die Nachricht im Radio, dass infolge der Erderwärmung die Eisspitze des Kilimandscharo bald ganz geschmolzen, das traumgleiche Bild des Berges für alle Zeiten verändert, verloren sein wird. Die Vorstellung dieses Verlusts trifft mich jäh, als läge ein naher Verwandter im Sterben. Das, obwohl der Kilimandscharo in meinem bisherigen Leben keine Rolle gespielt hat und ich ihn auf dem Globus erst suchen müsste. Ich gehe in mein Zimmer, wo Lina auf dem Bett liegt und in schnellen Stößen atmet, bald wird sie aufwachen, in einer Welt, die ich für sie schöner und besser hätte bereiten müssen. Ich denke an den Kilimandscharo, von Trostlosigkeit erfüllt, und trauere als nicht einzeln sein könnender Erdenmensch um seine verlorene, eisblau schimmernde Kappe.

*Danke an Marc Wortmann, Emma,
John, Ben und Joseph.*

INHALT